U0449597

浙江省社科规划一般课题 — 22KPDW05YB

浙江省社科联社科普及出版资助项目

国家社科基金重大项目"古籍保护学科建设与基础理论研究"
（19ZDA343 阶段性成果）

汪帆 著

浙江人民美术出版社

序

张志清（国家图书馆常务副馆长）

汪小帆女士著《寻纸》，将其从2014年至今，利用假期或调休时间，自费跋涉西藏、新疆、安徽、江西等13个省、自治区数千里，寻访传统造纸的履痕，累积成20多篇文章，收入一书。在阅读她的文章，充满羡慕、敬佩之余，我也思考了一些问题，比如，中国人"博物"的传统就是读万卷书，行万里路，实现知行合一；就是重视听闻和观察，以此作为感性和理性认识的基础；就是上尊"天工"，下行"开物"，以求自然与人的和谐。那么，在现代高科技飞速发展的今天，人类是否还要回望传统，重视文化遗产的收集整理？未来的古籍保护应该如何开展？等等。这是读这本书的收获。

"博物"一词，本义为辨识了解万物。古时知识有限，想要游历山川、遍览典册，做到"博物洽闻，通达古今"是有可能的。但当知识体系日益庞大时，"博物"就为"专业"所取代，知识被细致分类，人类迈向现代社会。如今信息时代，人类以计算机为辅助来组织知识，插上了信息的翅膀。马斯克"脑机"的出现，进一步促使认识主体——人脑发生改变，"超级人类"即将诞生，世界为之一新。

"博物"的目的是"开物"。"开物"就是开物成务，利用和开发自然。人类进化发展伴随着"开物"，先务衣食，借渔猎耕织、百工技艺，解决衣食器用、生存发展。农业和手工技艺"盖人巧造成异物也"，"工有巧"。这个"巧"就是高超的技艺，可以形成有效的生产力。到近代，生产方式和交换方式的一系列变革，特别是蒸汽和机器引起了工业生产的革命，现代大工业代替了工场手工业，使"开物"由手工到机器，发生了本质变化。日本实学派学者佐藤信渊提出"开物之学"："夫开物者，乃经营国土，开发物产，富饶宇内，养育万民之业者也。"今天，科学技术早已成为"第一生产力"，人类进入依靠人工智能、虚拟平台来替代货币交换、组织生产流通的新世纪。

"开物"实现了人类文明的飞跃。但人类的现代高级文明，却不能解决进步所面临的贫困、污染、战争、瘟疫，甚至毁灭的问题，反而以天地万物为仇雠、掠夺榨干自然资源。这说明，科学技术、生产力的高度发展，物质财富的极大丰富，并不能使人类感到安全和幸福。重新审视文化遗产，反思文明足迹，探求我们从何处来、要向何处去，就成为人类思考自身命运的热点。1988年，75位诺贝尔奖获得者在法国巴黎聚会，联合发表一份宣言，提到人类在21世纪想要继续生存下去，就要回归到2500年前，从孔夫子那里汲取智慧。

中国古代深厚悠久的文化遗产中，人与自然和谐共存发展的思想，是对现实颇有帮助的智慧结晶。《考工记》说："天有时，地有气，材有美，工有巧；合此四者，然后可以为良。"这是人类早期探求"开物"与自然造物实现有机结合的开端。"工巧"不是征服自然，而是要与天地材结合，和谐共生。宋应星在《天工开物》中，把"天工"置于"开物"之前，认为天地自然造物，遍及所有，成就万有。但万物形成并不是人力所为。人一定要通过学习观察，才能认识万物，开物成务。《天工开物》就是一部"博物""开物"之书，被誉为中国17世纪工艺百科全书，它给我们的启迪，不只是17世纪的工艺，更重要的是在"博物"和"开物"中学会敬畏自然，与自然和谐共生。

古人非常重视听闻、观察以及科学记录。《天工开物》共三卷十八篇，约十万字，附123幅图，涉及30多个行业，记录分析了130多项农工生产技术，具有很强的实用性和工具性，延续了中国古代科技注重经验记录的传统。《天工开物》对日本和欧洲的科技发展产生过重要影响，传播了科技生产力。宋应星和狄德罗两人在各自的百科全书中集大成汇集了当时的科学技术，综合了17—18世纪的全部工艺知识，达到当时"博物"和"开物"的顶端。今天，我们再发现、再认识文化遗产，也同样离不开观察和记录的基础科学方法。

宋应星是如何观察和记录造纸技艺的呢？《天工开物·杀

青》开宗明义:"宋子曰:物象精华,乾坤微妙,古传今而华达夷,使后起含生,目授而心识之。""物象精华,乾坤微妙"说的是天工造物自有其精彩之处和内在规律。人可以"目授而心识之",通过观察形成认识。宋应星进一步问道:"承载者以何物哉?"这个问题很有嚼头,什么东西能承载关于万物的知识呢?什么能"托得住"人类庞大的思想文化遗产呢?宋应星回答:"覆载之间借有楮先生也。"天地间还要仰仗一个特殊的物质——"纸"(楮先生)。纸这个东西有多奇妙呢?竹骨木皮、杀青见白,就能承载万卷百家;寸符半卷,终事诠旨,就可以风行冰释。实在是太奇妙了!这种"神迹",使纸变成了思想文化的"魂器",是精神文明的住所,历史往事的栖梧,先贤人物的永生之地。

纸为什么会发明在中国?《天工开物·乃服·夏服》说:"苎麻无土不生。""凡苎皮剥取后,喜日燥干,见水即烂。"正因为麻易朽烂,人们在漂麻或浸麻时,才会经常在竹篦或池底看到一层麻纤维絮膜,晾干揭开就是一张纸。纸是自然之力形成的。但其机理逐渐为人所识,再为人"开物",成为生产技艺。如果苎麻在中国不是"无土不生",广为种植、利用,造纸术也不可能在中国发明。公元105年,蔡伦就知道用破布、渔网、麻绳、树皮造纸,改良扩大造纸原料,而欧洲直到12世纪才有造纸术,而且到19世纪才仿照中国把造纸原料作了拓展。

用竹、草料造纸,提高了产量,拓展了纸的应用范围,使人类物质和精神的生产生活更加方便,这点,《天工开物》敏感地注意到了。《天工开物》还记载了还魂纸，这是今天再生环保纸的源头。它还将楮皮纸、桑皮纸、芙蓉皮纸、混料纸造法，以及填料、染色和用途都作了详述。《天工开物》提到："倭国有造纸不用帘抄者，煮料成糜时，以巨阔青石覆于炕面，其下爇火，使石发烧。然后用糊刷蘸糜，薄刷石面，居然顷刻成纸一张，一揭而起。"不禁让人想起清代所谓开化纸纤维匀实、不见帘纹的特点。其制作工艺至今不明。日本纸造法肯定没有帘纹，但工艺比较原始。开化纸也许会有更好的方式。今天，日本能造出极薄极轻的"丝纸"；浙江开化县黄宏建先生经过多年实践，也生产出单位面积比日本纸更轻的纸张。在人类探月探火的当代，手工造纸竟然也别出心裁，比武竞技，说明古纸工艺并没有过时，对其原理和技术细节还要多考察、多了解、多记录、多思考。集腋成裘，探脉寻源，以为今天技术革新所用。

小帆女士（真名汪帆）是浙江图书馆一位有造诣的古籍修复师，也是一位中文系毕业的作家。她不选择学者向往的古籍鉴定和版本学，却坚定地去做被视为工匠职业的古籍修复。在工作上，她天天接触古籍，与各式各样的古纸打交道，在对古籍进行清洗、去霉、脱酸、补洞、修复、装订的过程中，从极细微处体会古纸的性格，纸的火气、柔性、韧性、白度、厚度、触感等。思考如何选择补纸去适应古纸的特性；如何选择装具去适应古籍的特点；如何在方寸之地不破坏古籍原有的沉着之美，还要让它在读者眼中显得惊艳，令人叹服；如何让古人的著述校改笔迹、悬条浮签不至于被剪刀裁去或被糨糊遮掩，还能显出最真实最古典的质感。经过自己思考和师傅点拨，小帆自然而然地产生了对纸的敬畏。古人博物、开物的往事也化为其对文化遗产探寻的渴望。伴随着"中华古籍保护计划"的深入开展，江西、福建深山里长满青苔的纸槽火墙，浙江山溪边成堆晾晒的竹料，云藏高原上蜇人皮肤的狼毒草，沙漠绿洲里的桑皮纸作坊，磨纸的天珠、抄纸的竹帘、挂纸的麻刷、钤盖的纸坊印章等，都能激起都市中以古为友、与纸对话的小帆的热爱和向往。江南杭州早晚绚烂的色彩，伴随着她每日工作的脚步。西湖的四季晴雨、淡妆浓抹丰富着她的观感和心灵。小帆选择周末或加班攒假去全国各地城镇农村、偏远山区寻访手工纸和造纸作坊，探寻这个带给人类巨大进步、托住万卷百家的"神迹"的往昔，体会"片纸非容易，措手七十二"的工艺程序和"掬水捞云云在手，一帘波荡一层云"的工匠生活，既充满了乐趣，也充满了挑战。与中国古代科技学者大都出身官宦、身居高位不同，汪小帆以一位古籍修复师的热情和视角，诠释了新的访纸体验记录，集现代探险、科学记述和文化思考于一体。她沿着宋应星的足迹，做着宋应星的笔记，延续着宋应星的生命，在巴山夜雨或白云朗日中，体味着自然造物的神奇、博物开物的美好，以及人与自然的融合、远古与现实的穿越，享受着人生最大的幸福。所以，几年前，当小帆的访纸作品以《小帆说纸》的题目，不定期出现在《藏书报》上时，立即受到众人追捧。今天，这些作品又用她所热爱的纸张缀辑编册，成为各位读者手上拿着的这一本书。这本书仿佛是一个中国当代手工纸"博物馆"，是一个自然与人和谐共生的手工技艺"开物馆"，也是"中华古籍保护计划"中一段优美动听的奏鸣曲。我劝大家把这本书读下去，在那轻松优美的文笔和奇特难忘的经历之外，有小帆访纸的执着、对传统文化遗产的热爱、对古籍修复的孜孜以求，以及她与古今的对话。女性丰富、细腻的文字也让这本书充满了个性色彩。我深信，这本书不会像其他诸多游记一样惊鸿一瞥就融化消失在碧空里，它会牢牢锁住我们的心灵牵挂，让我们不断感受文化遗产带来的震撼，思考关于人类命运的话题。

"随其孤陋见闻，藏诸方寸而写之。"清贫的宋应星创作《天工开物》的历程令人唏嘘。今天，宋应星的观察记录正在被世人理解、敬仰和自觉效法。愿更多人能像小帆一样，编织今天的《天工开物》，在先贤的博物、开物积淀中体味遗产寻访的乐趣，思考富有意义的人生和未来，共创"让古籍活起来"的今天。

2021 年 3 月 14 日

引子

  一个人若能在依山傍水的风景中工作，是福。我就是这样一个福人：凭栏，西湖尽收眼底；推窗，可听鸟语蝉鸣。左拥"山外青山楼外楼"的佳肴胜地，右抱原清代行宫御花园中山公园。这两个地方都是五湖四海众多游客的印履之处，可惜的是，夹在它们之间的文化地标"浙江图书馆古籍部"，却鲜有人知。

  古籍部院落内，红楼、白楼绿树掩映，空中荡漾着淡淡的樟木香味和陈年古籍气息。踏入院内，骤然感到节奏比墙外世界慢了几拍，连徜徉在青苔石板路上的野猫，也格外慵懒大胆，斜睨着从旁边经过的人，尾巴高傲地竖起，似乎被数百年的古书熏陶，竟也可以用一点文化底蕴来傲人。

  若不抬头，则很难望见背依孤山的那幢雕梁画栋、中西合璧的小洋楼。它也是有来历的，是当年叱咤风云的杨虎为自己盖建的别苑。

杨虎（1889—1966），字啸天，安徽宁国人。1936年，身为淞沪警备司令的杨虎耗资七万法币，在西湖孤山之麓开建宫殿式别墅。为免被人议论，对外则称"博爱堂住宅"。楼成，沿街门楼上却书"青白山居"，唯主楼侧门有虎头、白羊图像，明显暗喻杨虎之楼。奇怪的是，楼建成后，杨虎竟从未入住过。听老同事说，蒋介石来游湖时遥望这栋房屋，问手下："谁的房子，介漂亮，好像一座宫殿。"听说是杨虎新造的，蒋非常恼怒。杨虎得知后，自然就不敢造次入住了。中华人民共和国成立后，杨虎楼收归国有，拨给浙江图书馆作珍藏《四库全书》及善本书的藏书楼。近年来，杨虎楼内新成立了收藏古法手工纸的"浙江省古籍修复材料中央库"，收藏了两百余种、共计数十万张古法手工纸。浙江、安徽、江西、福建、山西、云南、贵州、西藏、新疆、台湾，几乎现今全国能够找到的古法手工纸，悉数网罗入内。可惜的是，许多种纸由于制作工艺失传或作坊消失，现在已经找不到了，湮灭了。

如此规模，品种又如此繁多的古法手工纸库，在国内称得上首创。那些入藏琉璃彩绘、斗拱飞檐的宫廷式华阁的纸张，享受着杨虎不曾享受过的待遇，人事转圜，瞬息变幻，藏身高阁，安然无恙。然而，这些藏在深阁的纸张，可曾知晓自己的前世今生，又是否会思考今后的命运呢？我想，应该去记忆和思考的，当是制作、使用和传承纸张的人，而作为一个与纸结缘的古籍修复师，仅仅满足于当个慧眼识纸的使用者就足够了吗？

其实，我与纸的结缘，并非始于杨虎楼纸库。

2007年7月15日，是我步入古籍修复领域的日子。当年决定从事古籍修复工作，许多同事觉得不可理解。在不少人眼里，古籍修复就是个工匠活，不过一支毛笔、一碗糨糊、数张补纸的事。有好心人还谆谆教诲道：即便要搞古籍，也该奔正儿八经的版本学去呀。可我不为所动，认定古籍修复能化腐朽为神奇，世上再无比它更了不起的事了。就拿修补说事，旁观老师傅手中捏着纸，柔软得像块布，揉捏辗转，不知怎的就把一个洞补上了，天衣无缝，怎不让人着迷？

终年坐拥书城，整天手摩指触的，是年代久远的古籍；每天挑选的"佳人"，是各种品类的古籍修复用纸。既然与纸有缘，我就得把这份缘续好。入行后做的第一件事，就是翻找与古籍修复纸相关的资料，总得先将今后朝夕相处的对象的脾性摸透呀。可是，当时古籍修复的资料少之又少，好歹找到几位修复前辈的著作，但最想了解的修复用手工纸信息很少且语焉不详。少了知识储备，当我面对五花八门的古籍修复纸时，可怜得只知道白色的是宣纸，黄的是竹纸，薄的就是皮纸。至于厚薄、横竖帘纹、纤维走向，则是一头雾水。每每看到老师傅们轻轻一捏待修古籍，凭手感便利索地从纸柜里抽出几张与之匹配的纸，我除了羡慕就是焦虑。宽容的老师傅总安慰我说，不要急，时间久了，你自然就知道了。但我总觉得，除了经验，要充分认识手工修复纸的脾性，是否还应该有些其他的途径呢？

答案很快来了。那年初冬，著名修复专家潘美娣老师应邀来杭州做培训。这位满头银发、气质出众的老太太，一口吴侬软语，跟她商量任何事，她都笑嘻嘻地答道："我都可以的啦。"可一旦涉及修复事宜，就马上变得格外严谨。我曾把纸柜里的各种纸张拿出来请潘老师辨别，她抬眼就能说出："这是玉扣纸，福建产的；那个也是福建的，机粉连。小汪啊，你要注意辨清，这个机粉连，纸质不太好，修复时要注意……哦，这一叠纸要省着用，是老纸了，收一点不容易。"潘老师还手把手带着我，从馆藏纸张中分别取样，作了一册线装纸样本。这是我的第一本纸样本，虽然简陋，纸样也不多，可我一直视若珍宝，时至今日，也还妥善地珍藏在工作室。

2008年我被派往北京参加"全国第二期古籍修复技术基础培训班"，除了学习古籍修复技艺，还要学古籍保护、古籍纸张纤维等方面的知识，特别是中国制浆造纸工业研究院王菊华老师的课，至今难忘。王老师的课讲了整整一天，我听得如痴如醉，余音绕梁，意犹未尽。外行人看来枯燥乏味的纤维图谱，在我眼中却犹如水墨线条，灵动且充满了诗意，深深刻在我的心底。如今，九十高龄的王老师依然活跃在纸张保护的舞台上，她引领我踏进一个全新的领域，是我在纸张研究工作中的热心支持者。她让我懂得，除了古籍修复技术以外，还有更多的旁支体系需要钻研，这也使我对探索古籍修复纸张的兴趣更加浓厚。

常在纸库行走便会发现，其中的纸张数量固然可观，可涉及的产纸区域却仅限浙江、安徽、江西、福建、贵州数省。我不禁自问：中国地大物博，难道古籍印刷用纸的品种仅限于这么几个省份吗？中国之大，必有我们不知道的纸张品种存在，必有从未进入我们视野的造纸场所存在，只是养在深闺人未识吧！

为了寻找这些纸张，我们从各类网站中搜取了42项手工纸非遗项目的信息，先编辑成《调研名录通讯录》，然后按录索"骥"。经过一番努力，先后获取了传承人、制作商及手工纸收藏人的电话信息23项27个。其中，有25位传承人、制作商和收藏人愿意提供样品，我们也因此得以采集到107种纸样。若将电话联系的过程形诸文字，寥寥数句很容易给人留下轻松随意的印象。可当时为了获取有效信息，我们可是打了不下数百个电话。有些手工纸作坊的从业者，白天在山上采集原材料或务工，只能晚上联系，能否联系上纯属碰运气；有些师傅口音特别重，你言我语，鸡同鸭讲，徒劳无功，苦不堪言。说来好笑，当时日日夜夜打电话，连做梦都忙着打电话捞线索。

那么，收集到的纸张样品的状况又如何呢？

经过pH值测定及纤维分析，结果显示出两个严重的问题：纸张pH值整体偏高，符合文物修复要求的纸样不足三分之一；纸浆中混有木浆的纸张占了43%。

千挑万选，我们从107种纸样中仅选出19种添加到纸库中，虽然品种不多，但纸库的纸张产地却从原来的5个增加到13个，甚至还有新疆、西藏、台湾的手工纸入库，也算是有所收获。

这次电话调研的经历、样品质量的问题，对我触动很大，于是我萌生了要通过现场考察弄清真相，深入研究纸张的念头。虽说我从事的是古籍修复工作，纸张只是一种修复材料，但我总觉得冥冥之中有一种责任感、使命感在推动自己与纸亲近。尤其是后来碰到的几件事，更使我坚定了寻纸访纸的决心。

曾有纸厂老板拿着几张竹纸，很得意地向我推销说："我这个纸特别适合修复古籍，颜色特别自然，适合修复老化的竹纸古书！"我看了纸，很无语。正常黄色竹纸自然老化的颜色是发红发棕的，而眼前的竹纸却黄中带绿，甚至还有点发黑，何言自然，何谈适合？就在此刻，我突然意识到，就连手工纸制作领域中的能工巧匠，都对古籍修复用纸的要求知之甚少，这样如何做出修复师所向往的纸呢？一方面，修复师总会因缺乏得心应手的修复用纸而时时犯难；另一方面，制纸工匠埋头苦干，却日日纠结于纸张的销路。这两者之间需要建立一条纽带，一座桥梁，一种信息的交流。责无旁贷，那就让我来做这条纽带、这座桥梁吧！

如果说这件事还仅仅是职业范围的分内事，那么后来发生的两件事则促使我痛下决心。

2013年调研全国手工纸生产时，我曾收到一封来自浙江诸暨青口村杨志义老人的来信。他是青口皮纸的唯一传人，洋洋洒洒写了满满两大张纸。信上分析了现代手工纸与传统手工纸工艺的差别，阐述了抄纸时交织工艺的特点，并且很中肯地说自己因年老力弱，打料捞织都颇费力气，也倾诉了古法造纸在保护工作中的艰难和困顿，以及后继无人的无奈。老人很认真，长长的信，每一个修改过的文字都钤上了私印。

一对老人，用简易原始的工艺，不用机械、化白、火烤，不用出村，不用国家投资，两千年原始工艺，姓姓相传，愿留精华于人间。

这是信的结尾，让我心酸。

另一件事，2013年我们通过中介，向素有"桑皮纸之乡"称号的新疆和田墨玉造纸老人托乎提·巴克购买了100张桑皮纸存入纸库。当时我就下定决心，有机会一定要去拜访这位造了一辈子纸的古稀老人。可是2014年10月，我得到消息，巴克老人已经过世。原以为自己一定有机会见到老人，有机会亲自跟他聊聊纸张，无奈愿望如此脆弱。老一辈造纸人在老去，在逝去，有的幸而有人传承，有的却永远没有了传人。冯骥才先生曾说过："保护我们的传统文化，需要救火般的速度和救火般的精神。"我应该加快脚步，否则收获的将是更多遗憾。所有这一切，催促我在坚持古籍修复的专业工作之外，将今后的研究方向定在了寻访手工古法造纸上，通过考察、寻访手工纸作坊，全面了解现状，探索有利于手工纸传承和发展的途径。

于是，我踏上了寻纸之路。

目录

1 寻找狼毒纸 1
2 一次虔诚的行旅 13
3 连城诀 23
4 竹纸掂来未觉轻 33
5 铅山连四似铅重 45
6 麻纸生产背后的那些事儿 53
7 养骒与租骒的纠结 61
8 名动南疆号墨玉 71
9 梁平：二元纸与年画，谁成就了谁？ 83
10 一个杭州女子的隆回一日忙 95
11 "纸都"无纸 107

12	不虚此行访贡纸	113
13	龙栖山：似曾相识故人来	121
14	曼召，傣纸的香格里拉	131
15	贝叶非纸亦成友	139
16	心中的日月：纳西文化、东巴纸	147
17	鹤庆：绵纸何故望如雪	159
18	丹寨构皮纸：洞里乾坤大	165
19	"玩"出来的加工纸	177
20	开化纸：道阻且长，行则将至	187
21	川地访纸五程纪	199
	第一程：浮华终将剥离尽	199
	第二程：朝圣途中拾萃	221
	第三程：壮哉！德格印经院	221
	第四程：博览园里的大千世界	237
	第五程：走马羌寨观笮纸	245
22	泾县守金：一张有温度的手工纸	259
纸张索引		279
后记		283

1 寻找狼毒纸

对于酷爱旅游的我而言，西藏一直是魂牵梦萦的圣地。自 2011 年首次进藏至 2020 年，我已六次出入藏区，每一次目的都不一样。论及印象最深的，当属寻访狼毒草藏纸之行。

2014 年，马年，我的本命年，也是藏历木马年。据说，在木马年围绕阿里地区的冈仁波齐神山转山一圈，胜于平时走 13 圈。那年 5 月，我背着 60 升的大包徒步冈仁波齐。此行，自己不仅是一个祈福的背包客，还背负了一个"寻纸人"的身份——借旅游机会，寻访狼毒草藏纸。

若是从网络上搜索狼毒纸的信息，大部分都称，当年松赞干布求娶文成公主，公主进藏除了携带金银珠宝以外，还带了各类能工巧匠，其中就包括了造纸匠人。然而，内地所造纸张多以破麻、渔网、树皮为原料，藏地如何能轻易获得这些原料呢？况且，藏地书法工具不同于中国其他地区的软笔，是以竹木为笔，属于硬笔体系，即使藏地生产出如同内陆地区一样的手工纸，也无法书写。所以藏地匠人们经多年潜心研究后，遂采用狼毒草做原料制成纸张，用浇纸法做成厚纸。其实，这只是说了一半的事实。根据《旧唐书·吐蕃传》载：贞观二十三年（649年），松赞干布派来使者，"请蚕种及造酒、碾、硙、纸、墨之匠，并许焉"。唐太宗李世民病亡后，继位的唐高宗又派工匠，再次将养蚕、酿酒、碾、硙、造纸和制墨等生产技术传授给吐蕃。另据《西藏通史——绿松石宝鬘》记载："文成公主入藏时，随身携带了许多天文历法、五行经典、医方百种和各种工艺书籍，同时带来了精通造纸法、雕刻、酿造工艺的技术人员。"这事实的另一半，《松赞干布遗训》《拔协》《贤者喜宴》《西藏王臣记》以及八大藏戏之《文成公主和赤尊公主》等藏文古籍文献中都有明确记载。松赞干布在迎娶尼泊尔赤尊公主和大唐文成公主时，相关诰函写于纸上，而且是写在"汀秀"纸上。"汀秀"为藏文名词，"汀"是矿物颜料藏青、石青，"秀"是纸，两者合起来意思就是藏青纸、瓷青纸或靛蓝纸。藏纸究竟何时何地产生，并没有明确的文献资料记载，所以学者们仅能根据这些信息，对藏纸的问世做出基本判断：在唐代造纸技术传入吐蕃前，吐蕃已经开始使用纸张。文成公主进藏时，也确实将造纸技术带入吐蕃，中原地区和藏区的造纸术应该有所融合。由此也可推断，至少从公元七世纪开始，藏纸造纸技术已经有上千年的历史了。

说起藏纸，略有了解的人会脱口而出"狼毒纸"一词。其实，当地做纸的原料还有与狼毒草同属一个科目的瑞香属和结香属植物，后两者取韧皮为料，而狼毒草则以其发达的根系为造纸提供了极其丰富的原材料。狼毒草这个名号，也因其"冷酷"的名字和独特的生长地域，在江湖上有了一席之地，以至于大部分人都认为，西藏只有狼毒纸。

狼毒草在藏语中被称为"日加"，于牧民而言，它是让人愁断肠的有毒植物，但对造纸者来说，它却能做出保存千年的狼毒纸。当地人采狼毒草，去花茎，用其根部做原料，经数道工艺制得纸张。狼毒草全株有毒，根部尤甚，因此可防虫蛀。西藏空气稀薄，天气干燥，用狼毒草藏纸书写、印制的西藏古籍经书，除自然磨损和风化破裂外，绝少见到虫蛀现象，故狼毒草藏纸被誉为"写印馆藏文献资料的极品"。

2013年，浙江图书馆曾经向拉萨彩泉福利特殊学校采购过狼毒草藏纸。因此，我到拉萨便首先联系了这所学校。这所位于城关区曲米路的彩泉学校，是西藏最早也是唯一一所专门收养孤儿和残疾孩子的民营福利学校。它的创始人强巴遵珠，坚定地用自己大半生的光阴去抢救和保护濒临失传的传统藏纸生产工艺，并教授给学生。经他培养的数百名孤残儿童，有的已经走上工作岗位，自食其力，有的继续追随他从事藏纸事业。不过令人遗憾的是，校园里一片寂静。据工作人员介绍，由于天气原因，暂时无法制作藏纸。既然看不了生产过程，只好参观一下制作场地。在挂着"国家非物质文化遗产"牌子的现场，我只看到一个五六平方米的水槽、煮浆的锅、一片篮球场大小的晒纸场，以及一些现代的印刷设备。

幸好，我早先已与西藏自治区图书馆古籍保护中心尼夏主任取得了联系，他对西藏当地的尼木藏纸有过专门研究，所以由他安排，在古籍部央拉老师陪同下，我们即刻驱车，行程140千米，到了位于拉萨西南的尼木县。

去尼木县的路况良好，可为什么140千米的路程却要开三个小时呢？这里不得不提起西藏地区特有的"限速条"。但凡去过西藏的人都知道限速条在西藏交通系统中的重要性。当时，西藏各地区还是人工限制车速，司机在一个检查站领到限速条后，只能在规定时间通过下一个检查站，并换取下一路段的限速条。在规定时间之前抵达则被视为超速行驶。于是，我们一路优哉游哉，甚至在央拉老师的热情招呼下，还中途停车，享受了一顿美好的藏式奶茶。暖暖地喝下去，仅有的一点高反症状也随之消失了。所以，现在若有人问我如何应对高反，我一定会建议：放平心态，顺其自然，再喝上一壶当地的奶茶。

途中，央拉老师还告诉我，市场上销售的狼毒纸不少都来自印度和尼泊尔，旅行者一般不了解情况，都当成藏纸买了回去。这些年，政府大力恢复藏纸技艺，彩泉学校也曾请来尼木县的造纸匠人传授技艺。看来，他们两者的生产技艺也算一脉相承了。

尼木县海拔3700多米，雪拉藏纸、尼木藏香、普松雕刻被称为尼木"三绝"，当地政府为保护这三项手工艺，特地建了一个小型园区。2006年，藏纸被列为国家第一批非物质文化遗产。2009年，尼木县造纸世家的次仁多杰被评为非物质文化遗产传承人，目前他的儿子格桑丹增在继续这项工作。

很荣幸，这次正是由格桑丹增为我导览介绍。园区外围是大片的水泥平地，地面上筑有一个大型水槽，应该就是用来浇纸的。作坊设备简陋，条件也挺艰苦，不过这也不足为怪，各地手工造纸作坊，如此简陋的并不在少数，甚至在经济较为富裕的浙江富阳，我还亲眼看到抄纸生产的工棚竟是一间四面透风、雨天漏水的小木屋。尽管如此，格桑丹增却说他们已经很满意了。多年前，他们还只是在地上挖个方正的小土坑，把水引进去当成水槽来用，做纸全程都得蹲着操作。

格桑丹增不会汉语，只能通过央拉老师与我沟通。据介绍，他们一般会选取生长在岩石山崖上的狼毒草做原料，这些狼毒草根系发达，抓地力强，且根系越发达，纤维韧性越强，生产出来的纸张质量就越好。藏纸生产需要强烈的日光照射，而狼毒草的生长旺盛期是每年的七、八月，所以当地做纸的时间一般是在五月到十月间。全年唯一不间断的生产程序，就是削根茎备原料。进入作坊，便看见一位藏族老人席地而坐，用刀削着狼毒草的根茎。强烈的高原日照使得这位老人面部黝黑粗糙，但比起手部皮肤算是好了不少。因为常年不断地手工削皮，老人手上布满了刀口、疮痂，关节也特别粗大。虽然早已适应，但过敏现象还是时有发生。面对我的相机镜头，老人笑容灿烂如高原日光。于他而言，这只是一份寻常工作，但我见了却很不好受，也由此第一次对狼毒草产生了敬畏之心。

老人先用铁锤将根茎砸裂，使其皮肉分离，再用小刀将外皮削去，取出内部的纤维组织。在另一个黑暗密闭的小屋子里，晾干后的纤维被放入一口高锅蒸煮搅拌。打开锅盖，刺鼻而古怪的味道扑面而来。我屏住呼吸，象征性地搅动两下便匆匆逃出屋子，真不知他们平时是如何耐住的。大约蒸煮两个小时后，老人开始用石头砸浆料，分离杂质便于拣选。纸张的颜色与细腻度取决于两个因素：煮好的浆料放置时间越短，所出的纸张颜色越白，反之颜色趋深；杂质拣选得越干净，纸张越细腻。

拣选干净的浆料被放入水桶，据说原来是用木制的酥油桶，现在也是鸟枪换炮了。在浇纸前，格桑丹增用一根前端呈螺旋状的木杆，以手掌快速搓动，将浆料分离打散。这活儿看似容易，但我一上手便弄得水花四溅，还带出不少浆料。格桑丹增表情颇为纠结，看来是心痛的。我只好尴尬地把木杆递还给他。显然，这打浆耍蛮力是不行的，还得使巧劲。

浆料打匀后，他们把一幅绷着细纱网布的木框浮于水池中，使细纱网布略沉于水下，再用勺子把浆料水均匀地浇在细纱网布上，借水流力量使浆料纤维混合均匀。接着，由两人共同将木框缓缓抬出水面，略倾斜，待水漉干后，浆料纤维就会在细纱网布上形成一层薄膜。最后将其斜靠在墙边，在太阳下晒干后成纸。由于浆料承载物是细纱网布，成纸后纸面上有网状纹，纤维较明显。抬框时略有倾斜，所以纸浆分布也稍有厚薄差异。

据格桑丹增介绍，作坊一天能出两锅浆料，每锅浆料只能

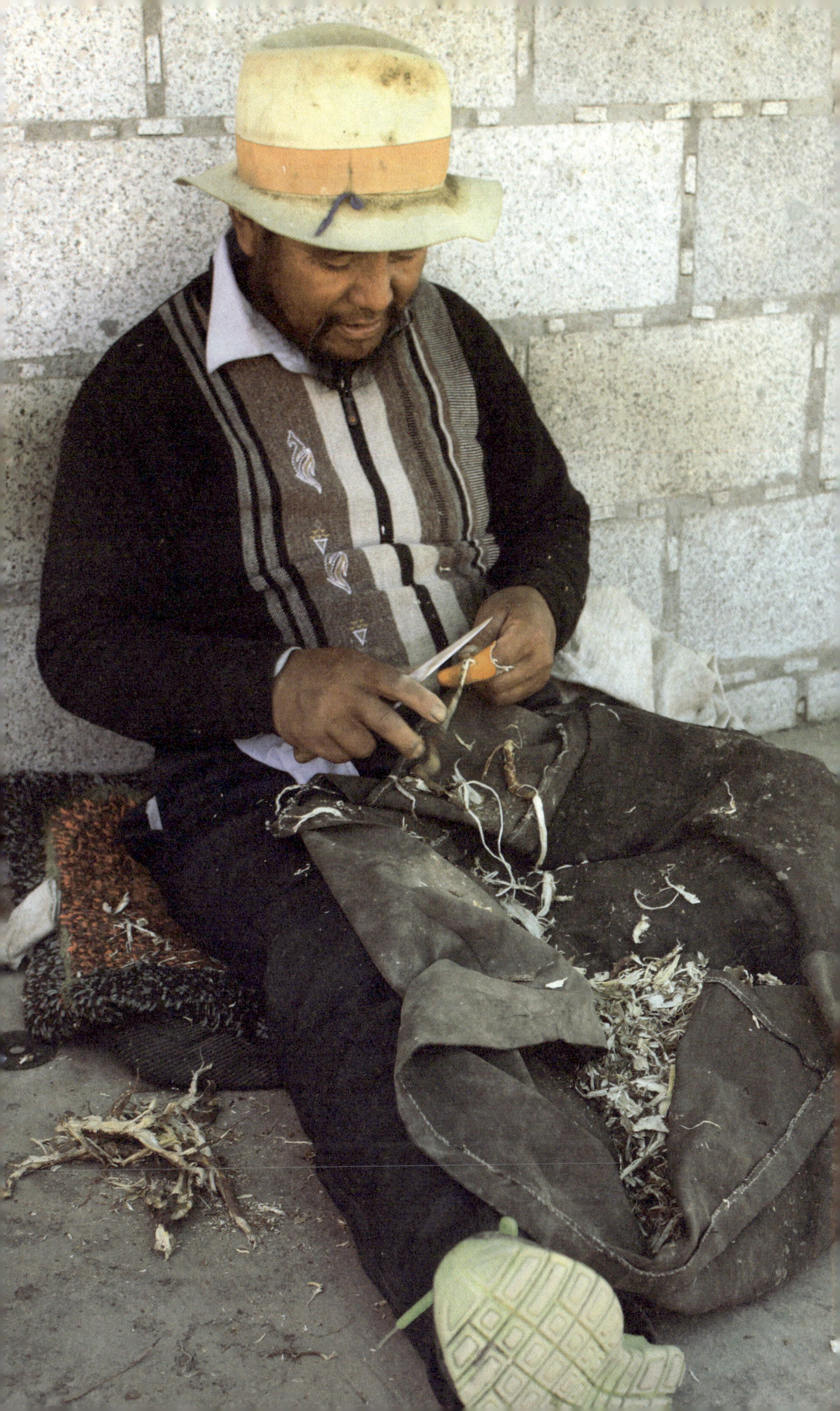

浇出20张纸。然而即便产量如此之低,每张纸的价格也不过90块钱。曾有一段时间,西藏已经很少有人生产藏纸,幸好西藏档案馆在20世纪80年代与作坊签下为期18年的合约,购买纸张用作档案修复。国家的扶持使他们得以将这项技艺延续下来。现在除了生产常态纸张以外,作坊更多是生产一些颇具艺术效果的藏纸,制成灯笼、笔记本、书签等旅游产品。

此番前来,因气温较低,狼毒草还未进入生长期,我也只能先索取些纸样,带回去做进一步的分析研究。

说来有缘,后来途经山南地区雍布拉康山脚时,我居然发现几株未开花的狼毒草,欣喜之下,干脆直接动手挖采。此时的狼毒草根须虽然幼细,但抓地较深,加之依附于石头,很难挖采。因为没什么经验，纤细稀疏的根系被我挖断不少，而且挖出以后很快便干裂了。旁边一位歇脚的藏族老太太见状，指着自己的手和脸，不断向我比画，神情颇为紧张。我猜想，她大概是出于好心想告诉我：闺女，别碰它，惹不起。果然，没多久，我的皮肤就开始有隐隐的瘙痒和刺痛感。仅仅只是稍有触碰，便领教了狼毒草的厉害，我也不禁再次想起那位削狼毒草根的老人。

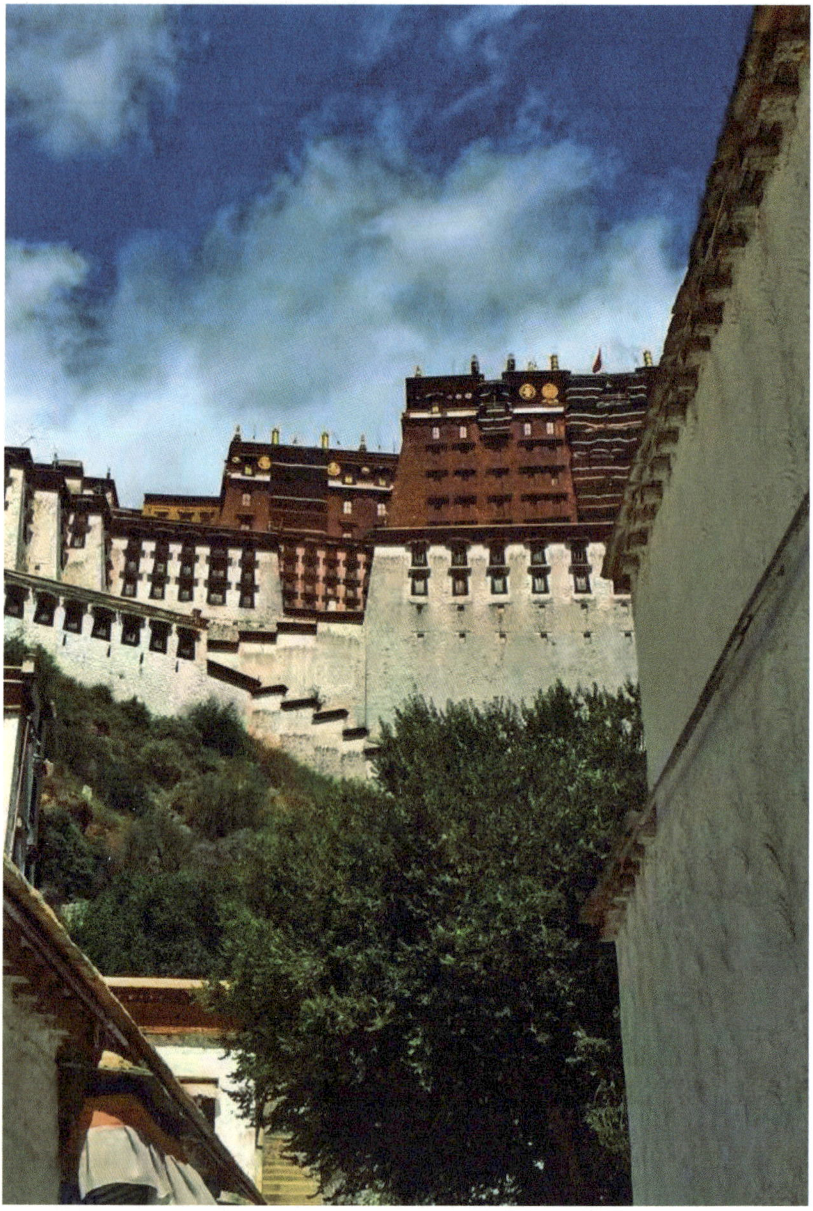

2 一次虔诚的行旅

本以为自己与狼毒草藏纸的交集就此结束了，未曾想，缘结藏纸还有后续一段虔诚的西藏行旅。

2014年除了寻访狼毒草藏纸以外，我还与西藏图书馆的同仁进行过业务交流，耳闻目睹了当地一些状况。那年，西藏图书馆正在进行古籍普查。于他们而言，古籍文献数量庞大，是这项工作的最大难点。在藏区，一座寺庙就相当于一座图书馆。西藏的3000座寺庙存放着大量经书残片，而佛塔中供奉的经书更是不计其数。很多普查点位于高山寺庙里，道路崎岖，古籍普查工作者常常是骑马或徒步，带着锅碗瓢盆开展工作，还要时常在野地里吃饭，在山洞中休息。西藏自治区古籍保护中心的尼夏老师，还曾独自背着氧气瓶爬上山顶，虽然那座寺庙只藏有一部古籍，但他仍克服困难，对其进行了详细著录。

至于修复业务，图书馆系统里唯一从事这项工作的，只有古籍部的央拉老师。央拉曾经在国家图书馆系统学习过修复技艺，主要修复藏文经书。作为同行，我们经常就修复技艺和材料的问题进行交流。

2016年9月，我突然接到央拉老师的电话，说他们要举办第二期西藏自治区古籍修复培训班，邀我前去辅导。对此邀请，我颇感意外，也不免惶恐，但一想可以修复到难有机会接触的藏纸佛经，又可以借此深入研究狼毒草藏纸，便欣然答应下来，踏上了第五次进藏的行程。

培训班如期在西藏自治区图书馆开班，26名来自拉萨及西藏其他地区的文物保护工作者、古秀拉（当地对僧侣、喇嘛的尊称）参加了培训，西藏自治区档案馆的达珍卓玛老师和我负责授课。

课程刚开始，在演示糨糊调制的时候就出现一个问题：西藏是高海拔地区，水最多煮至80度即达沸点，因此，在第一次按常规做法调制糨糊时，糨糊颜色发白，未全熟透，我们只好采用隔水蒸制法。据达珍老师介绍，她们日常工作时就是采用蒸煮法制作糨糊。虽然不同地区会用不同的方法，但我总想尝试一下是否可以改进冲制法以适应西藏特殊的地理条件。第二天调制糨糊时，我让水在电磁炉上保持沸腾状态，注水时，加速加量，同时也加快搅拌速度，最后调制出的糨糊果然呈玉色。这说明改进的冲制法在西藏地区，至少在海拔3600米左右是可行的。

狼毒草藏纸的毒性，以及高海拔地区的地理、气候条件，使得传世佛经大都没有虫蛀现象，其破损主要是磨损、干裂、人为撕裂、缺失、粘连和尘土污染。此次供培训班修复的破损佛经，便多属上述情形。尽管有一小部分学员曾参加过第一期培训，但回去后并未实践过，大部分学员更是没有一点修复基础。我和达珍老师根据学员的情况及修复材料的特性，在确保文献安全的大前提下，商定了培训方案。

由于当地修复纸张全部来源于本地的手工制作藏纸，学员习惯于单一用纸，而对于习惯多种纸张并用的我来说，真有点不适应，便只好将较薄的藏纸当成皮纸使用，或者用多层托裱来加厚补纸，再或者将厚纸搓薄，使其适用于需薄纸来修复的地方。鉴于现有条件，我有意识地告诉学员，如何学会灵活运

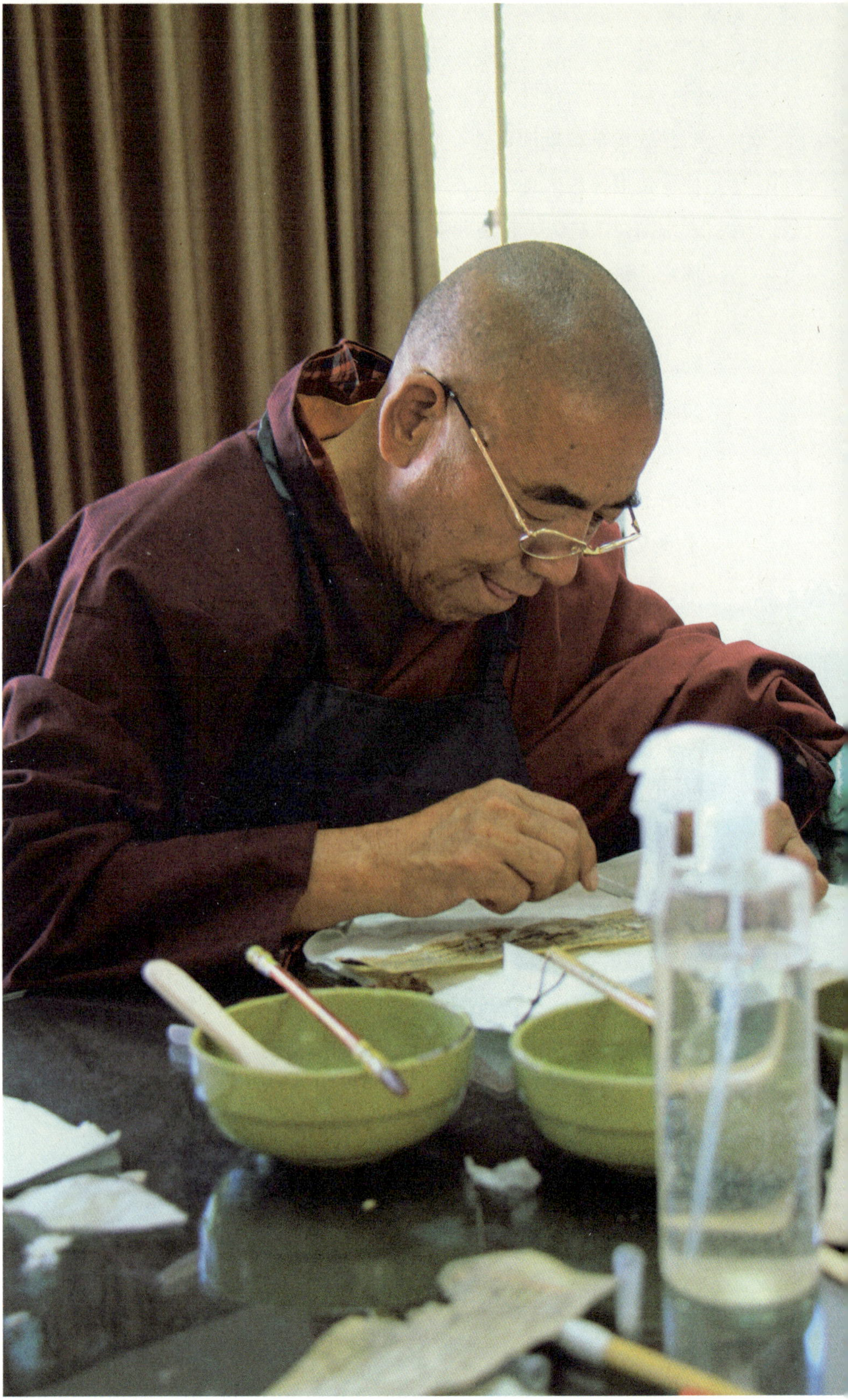

用现成纸张来达到修复效果。不过，我也向他们建议：可以考虑采购其他地方的修复用纸，完善西藏地区的修复纸张品种储备，以满足各种破损问题的修复需求。

确如央拉老师所说，直接参与修复佛经，会加深对藏纸的感性认识。在教学实践中，我逐渐熟悉了狼毒草纸的特性，学会如何利用它的特性来实现最佳的修复效果，自觉收获良多。学员们的学习热情更令我感动。为求掌握更多的修复技术，他们经常要求领取不同破损类型的经书学习修复。部分古秀拉只能听懂汉语，不能表达，但依然不气馁，主动请工作人员当翻译，或者用手势比画，向老师提问求解，实在精神可嘉。此外，他们对老师也格外尊重。西藏图书馆旁边的罗布林卡，是历代达赖喇嘛消夏理政的地方，也是一座典型的藏式风格园林。中午休息时，我会独自前去散步，常会碰到培训班内的古秀拉们在里面转经。他们往往静立一旁，待我稍有空暇，便提出与我合影留念的请求。在他们眼里，我远道而来帮助他们把典籍流传下去，是令人敬重的。

为了加强交流，西藏图书馆利用午休时间派人陪我参观了色拉寺脚下的西藏自治区古籍保护中心色昭办公室。它是由色拉寺与大昭寺共同出资建立，主要工作就是收集各个寺庙所收藏的经书以及僧侣研读经文的笔记，经校对版本，选择最优者进行扫描、录入、校对和印刷出版，为西藏地区的信众及学生提供了大量版本优良且价格低廉的经书。我们去的时候，经书出版量到了一个很有爱意的数字：520种。

在色昭100多平方米的办公室里，两列整齐排列的电脑以及低沉的吟诵声给我留下深刻的印象。一列电脑桌前坐着数位年轻人，飞快地录入经文；另外一列电脑前分别坐着两位工作人员，一位对着扫描的经文轻轻吟读，另一位对着电脑上录入的经文进行校对。这大概就是能够亲眼见到的"校雠"了。靠窗的一排藏式沙发上，坐着两位年长的工作人员，正在进行第二轮校对，通常还会对经文释文进行一些辩论，有点类似于西藏寺庙里的"辩经"。我本以为这样的校对已经是非常慎重了，不料后面还会有专家级别的人员做第三轮校对。除此之外，色昭佛学研究院内还有一个规模颇为可观的教室。据介绍，此地每个月都会请大学老师、图书馆专家、高僧大德前来授课，提升工作人员的佛学修养。如此认真慎重，对藏传经文的保护和传播无疑是非常有益的。

六天的时间很短，六天的时间也很长。当学习结束，全体学员把白色的哈达送给我和达珍老师时，我突然感悟到：对于他们来说，学习藏文经书的修复不仅仅是为了古籍文献的保护和传承，也是维系他们深入血脉的一种虔诚的信仰。对于一名修复人员来讲，不能仅把古籍修复看成一种工作，更应该将其当成一种对文化传承的信仰。

离开西藏那天，正好是10月1日。在前往机场的高速路上，电子屏幕上打出一条标语"加强各民族交往交流交融"。

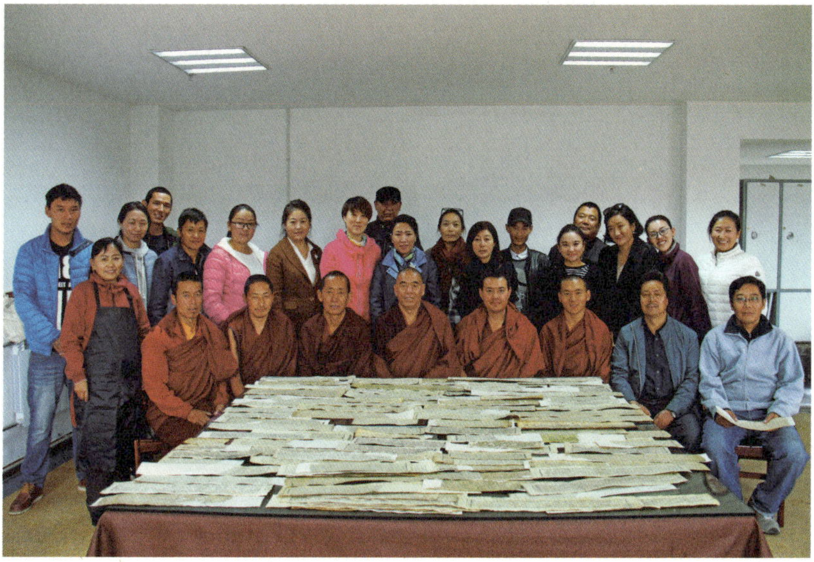

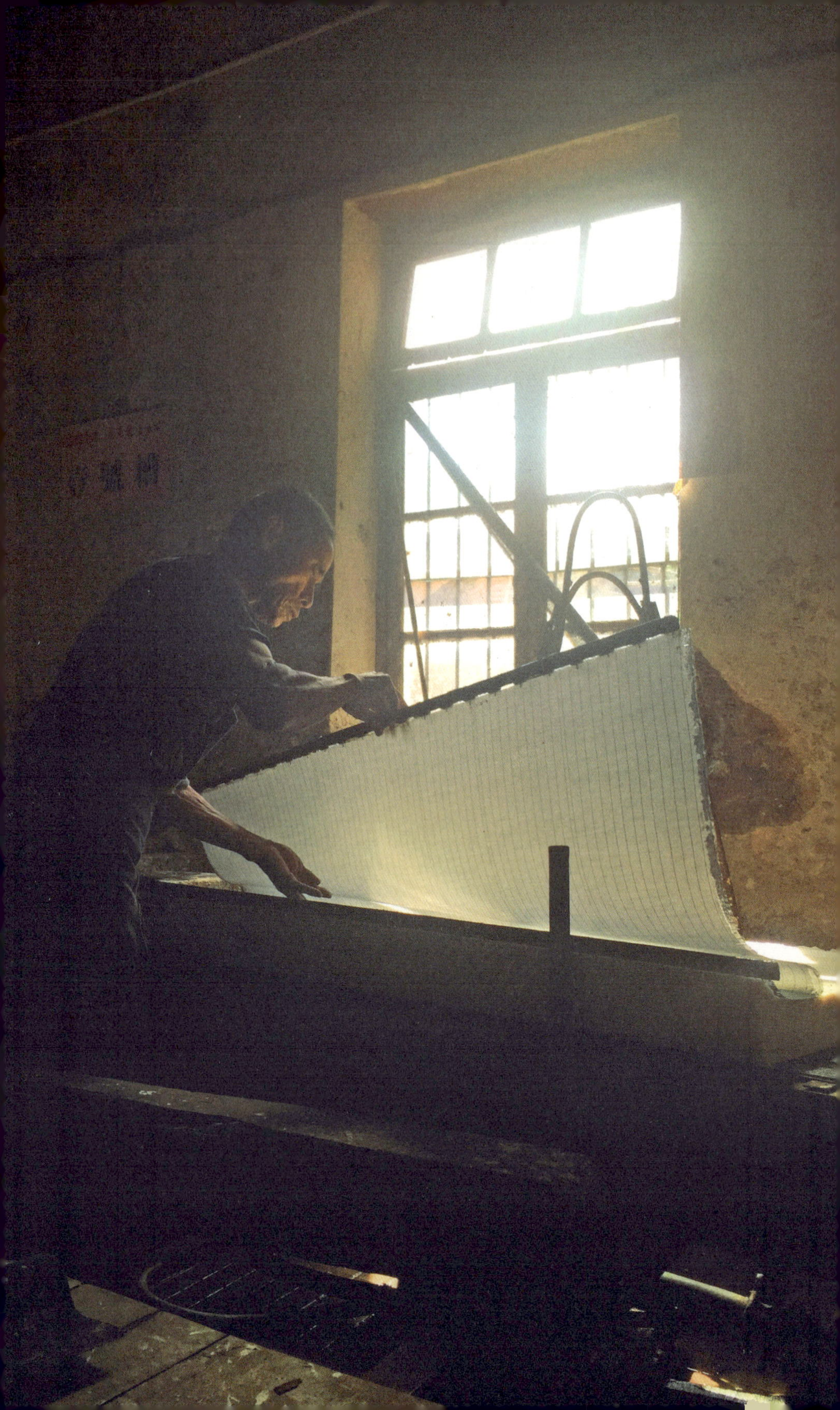

3 连城诀

2016年7月20日的午夜时分，至今仍留在我记忆中的画面，是福建龙岩火车站上空那一抹清冷的朦胧月色。

那一年，我通过业内好友联系上了龙岩地区的一位朱姓纸商，请他帮我安排去当地踏访手工造纸的行程，实地考察龙岩和长汀玉扣纸、连史纸的生产工艺及现状。

朱先生热心地帮我制订了行程：周三晚上到龙岩住一宿，次日早起去姑田看连史纸，周五从长汀县城驱车一小时去看纸槽，周六一早返回龙岩，赶中午的火车去江西铅山继续访纸。可见我们的行程非常紧凑。

人算不如天算。那一年7月，华北很多地区下暴雨，与我约定同去考察的马国庆老师遇到火车迫停，因此我到达陌生的龙岩火车站时，看到的第一个信息就是他乘坐的列车晚点——360分钟！于是，也就有了本文开头的那一幕画面。其实在我后来深入的访纸行程中,这种突发或意料之外的情况经常发生。对于平时需要正常上班、仅能利用休假时间跨省访纸的我来说,时间特别宝贵,不过拗不过天:没得商量,只得再加快行程节奏。

福建山区竹资源丰富,手工纸历史悠久,自宋代以来一直是手工纸的主要产地之一。据史料记载,福建全省67个县有58个曾经生产过手工纸,而这些县又主要集中在闽西山区。闽西的连城县,手工造纸至今已有三百多年历史。据史料记载,该县于明朝嘉靖年间就开始手工造纸。姑田纸庄商号最多时超过50家,特别繁荣,也因此形成了富有特色的客家族群造纸文化。可是时至今日,姑田地区还在坚持手工造纸的仅"美玉堂"纸号一家。这家纸号的第一代主人邓圣俊从康熙年间开始造纸,到了第八代,邓家出了一个做纸出色的人物。据《姑田镇志》记载:"光绪二十三年(1897年)姑田上堡邓林昌所制连史纸,因纸质光滑如油、色泽温润如玉,而非常畅销,为示纸如玉之清美,即取名'美玉堂'为纸号。"经过十一代人不间断的传承,如今"美玉堂"的掌门人邓金坤先生,也就是邓林昌的曾孙,一直致力修复类纸张的研发,热心调研连城造纸业史料,著有《连城宣纸》一书。在他的努力下,邓氏纸业实现中兴,在行内颇有名气,而此行经他指点,我自然也受益良多。

据邓先生介绍,当地连史纸生产使用的是"连城捞纸法",捞纸要捞三下,这与安徽宣纸的捞纸两次有所不同。以我的理解,竹纤维是短纤维,之所以增加一下,就是要经过这三次纤维交织，使纸张拉力增强、密度紧实。不过，这"三捞"很考验师傅的技术：既要增加纸张拉力，又要确保纸张薄度。此外，连城捞纸法还与焙纸师傅的技术相辅相成。我先前曾见过一则资料，说同一纸槽造纸，需一人捞纸、一人焙纸，当地人就把这两人合作才能完成的流程称为"扛轿生意"，也有人戏称像是夫妻关系，合得来就可以合作一辈子，合不来就只好"离婚"。有一次，一位捞纸师傅和另一位焙纸师傅因纸张质量问题起了口角，捞纸师傅一怒之下不干了，结果焙纸师傅也因缺了搭档，跟着一起赋闲在家。

古人有云：片纸非容易，措手七十二。说的就是一张纸从原材料到成纸工序繁多，每道工序都有其特定的时间段，过长过短，质量都会受影响。春天里砍下的嫩竹，砍成节、削青皮、剖成片，放入竹塘，两个月后洗竹丝、晒竹丝、石灰泡料、纯碱蒸煮、碓料踩料、捞纸焙纸、捡纸裁纸、打包纸篓、售于纸商、运送码头，哪一环节能出纰漏？

大暑的那天，邓先生顶着烈日，带我们登山去往造纸现场。山坡平缓处，铺着用支架撑起的黑色防晒网纱布，上面堆放着白色的坯饼，这是天然漂白。邓先生告诉我，古法连史纸的浆料要连晒四个月方可进入下一道工序。随着山路逐渐变陡，我开始气喘吁吁，而邓先生却走得很平稳，想来已是走过无数遍了。山间竹林边，竹架上晾晒着金色的竹丝，而与其相呼应的则是远处林间传来的潺潺水声。沿着水渠上行，水声越来越响，但扑鼻而来的却是一阵阵腐臭味儿。沿着山势转了个急弯，只见一位老者站在水渠内，用力漂洗竹丝。另外一位年龄颇长的妇女则蹲在竹林中打理身边一堆沤烂的竹段，腐臭味正是从那传来的。

　　主人告诉我们，新竹在竹塘内浸泡60天后已经腐烂，剩下的纤维需要用木槌敲打成丝，并从外层竹衣上剥离，放到水渠中用干净的流水漂洗（这个过程叫作洗青）。我们之前看到的，便是清洗后正在晾晒的竹丝。那一瞬间，我突然感觉时空倒错：我们先在邓先生处看到连史纸，而后又看到焙纸、捞纸、沤料、天然漂白、晾晒竹丝、洗青……而这漫山青竹，不正是尚未成纸的原材料吗？

　　我的职业是古籍修复，自然会带着相关的问题在手工纸生产过程中寻找答案。日常修复工作中，我们经常发现，即使修

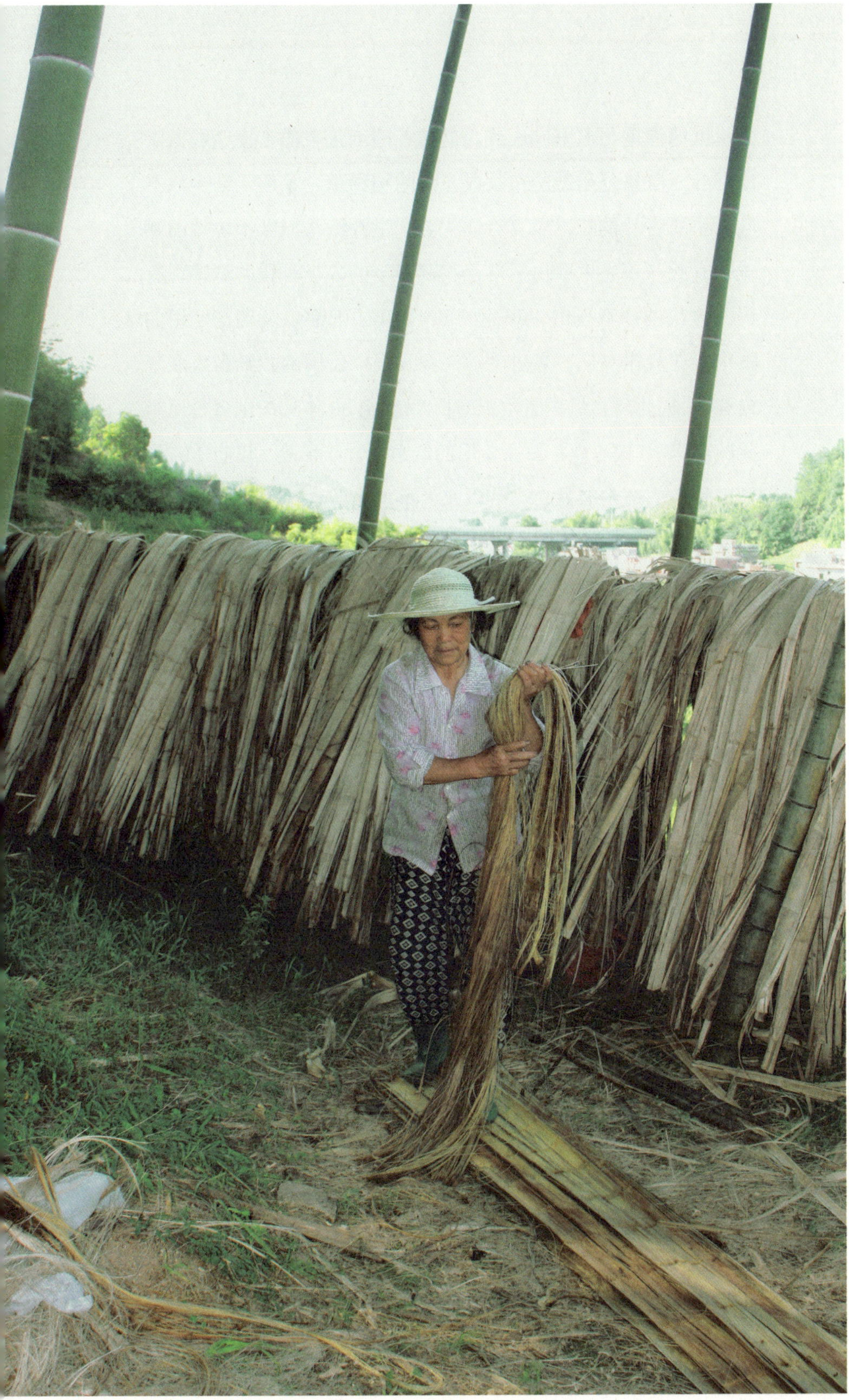

复用纸的厚度与原书叶一致，但前者的纸张表面密度明显低于原书叶，且修复用纸的帘纹或布纹结构稀疏、呆板，缺少原书叶纸张的古朴韵味，修复后往往会产生补纸与原纸不协调的感觉。对此，邓先生取出了自己收藏多年的各个时代的纸帘，有民国时代的抄纸残帘、20世纪80年代的纸帘以及现在使用的纸帘，让我作对比。量过之后，我发现：民国的抄纸帘每厘米内有17根竹丝，编织紧实绵密；20世纪80年代的纸帘每厘米就减少为13根竹丝；现在使用的纸帘，竹丝稀疏，仅有11根。竹帘竹丝的疏密必然会影响纸张纤维的承载，过于稀疏的竹帘会导致细小纤维的流失，也就直接关系到纸面结构的密度。

我总觉得这个问题不难解决，便随口一说："那是否可以高价请人制作好的帘子？"邓先生叹气道："帘厂工人说，即便扔去几千块钱，他们也做不出那样的好帘子了。"我哑然无言，原来，纸帘制作工匠在当下也处于一个技艺衰退的断层阶段。"当然，做纸工人的技术水平下降也是一个原因！"邓先生并不避讳。一个学徒初步掌握"按放帘头"的手艺需要4个月，但要精通则需一生的磨炼。现在当地从事造纸工作的，大多有或远或近的血缘关系，手艺大多是父辈传授，不过也正是这种传授方式，制约了造纸手艺的发展。

传统手工造纸业的衰退，外加与其紧密相关的旁支技术的衰落，固然有历史的、社会的原因，但造纸人的自我放逐呢？说是古法手工纸，过去造纸人选取山中草木烧成灰，制成土碱，清末民初后改成纯碱，现在大概再没听说过造纸还需要

29

制碱的。天然漂白法先是被改成用漂白粉辅佐增白，再后来索性就用了化学药品。纸张看着不错，可终究躲不过时间考验。

　　在修复师眼里，由于时代久远，加之各种自然因素影响，纸质文物一般呈现古朴、陈年的色调。修复过程中，为保持文物原貌，尽量做到修旧如旧，就需要恰当选配适合古纸原有色泽的纸张。若没有合适的颜色，需要修复师自行加工染色。近年，在对新采购的修复纸张进行植物染色再加工时，我们发现染色后的纸张会出现发黑、发绿的变色现象。质朴的植物染料哪能与氧化剂类的化工原料接触呢？大概是产生"排异反应"了吧？

　　我似乎找到了答案，但又苦于没找到解决问题的方法，未免百般惆怅。这种惆怅，在往后的访纸过程中，还会再现吗？只愿邓先生能保持初心，继续做无愧于先人的好纸，诚如他的座右铭——习近平总书记的那句话："像爱惜自己的生命一样保护好文化遗产。"

　　写在文后：最近看到邓先生的文章《连史纸的文化运用和非遗保护》，里面提到现在的传承已经是第十二代了，新一代传承人是邓君华。按照"美玉堂"子承父业的传统，想来继承者正是他儿子。邓先生一直认为，家族传承的优势是从小耳濡目染。他七八岁时就去纸寮"顶纸"，把做好的连史纸搁在头顶运回家，每次顶一两刀，然后从爷爷手里接过一两分钱。去得多了，有意识或无意识地持续学习着技艺，焙纸也就会了，抄纸也能上手了。这种深入骨血的技艺传承，无疑有天然的优势，而客家人的造纸文化也因此得以在族群中延续。

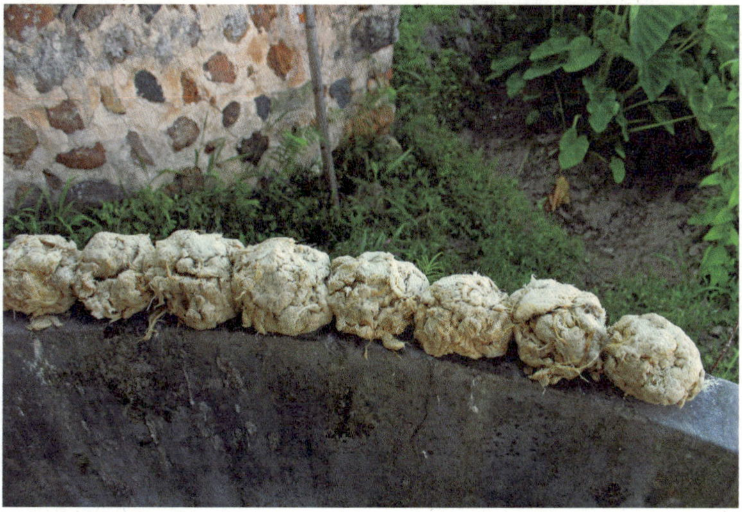

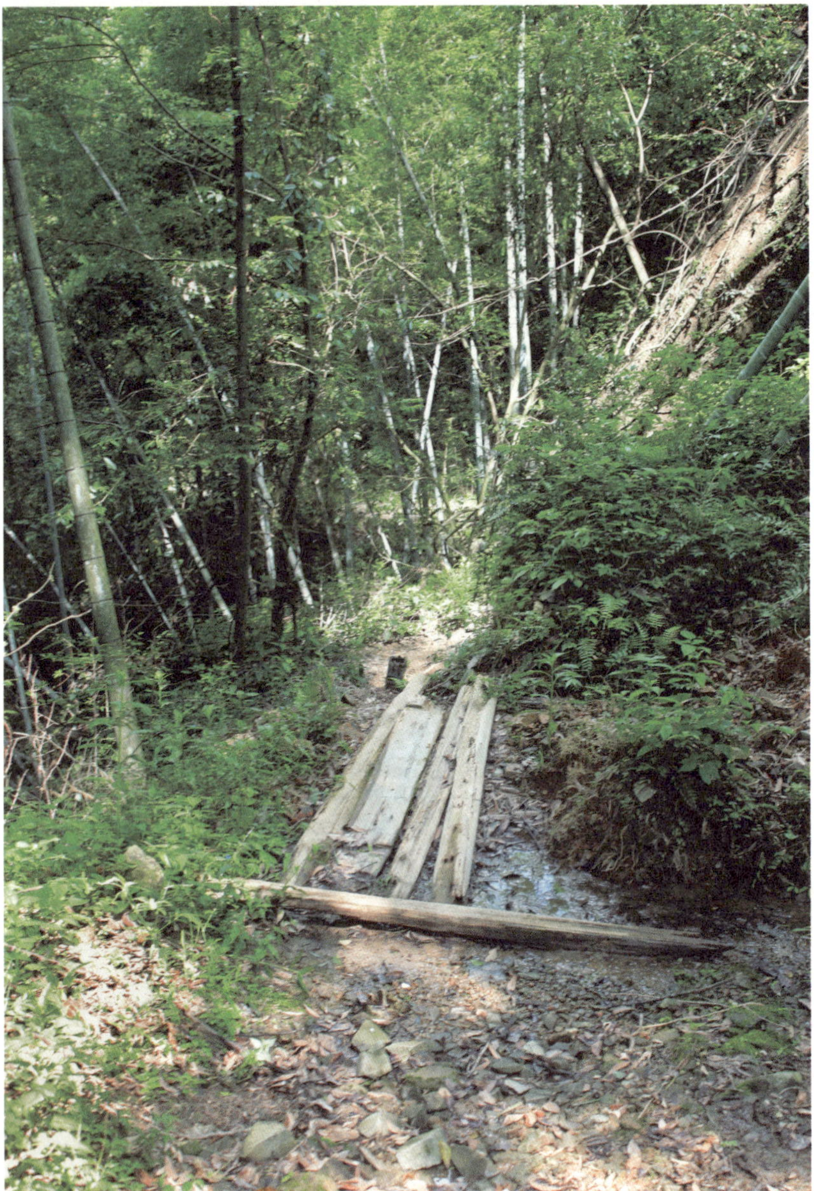

4　竹纸掂来未觉轻

福建汀州，以竹料造纸闻名于世。早在宋代《临汀志》的《土产·货之属》里，就有关于纸的记载。《长汀县志》载："截竹置窑中……其料有生有熟……"嘉庆十七年（1812）《临汀汇考》更是明确写道："汀地货物，唯纸远行四方，各邑制造不同。长邑有官边、花笺、麦子、黄独等名。"一言道尽当时汀州纸业盛况，而长邑就是今日之长汀。官边、花笺纸质地细腻，品质优良，相当于后世的毛边、玉扣。玉扣是清代纸名，至于名称从何而来，有不少说法。一说是因纸质细腻柔软，色泽洁白如玉，而"扣"字是古时土纸的计量单位，一"扣"相当于现在的"一刀"；另一说，则是客家话谐音，产地名被外地商人误听为"玉扣"，又颇觉文雅形象，如此沿用下来；还有一种说法，是传闻上海人称玉扣为山贝，意为山里的"珍珠宝贝"，所以就把玉扣当作福建的"纸中之宝"。三种说法并没有准确的佐证材料，但一律是对玉扣的赞誉之词。也是，中国文人向来讲究意会，哪一种古纸名是直白到一眼就能看明白的？

　　本以为之前的连城之行已经十分艰苦，没想到比起通向长汀山坳小纸坊的路而言，那边算得上康庄大道了。去往作坊的路上，朱先生一直在给我做铺垫：路很难走，小轿车可以开到山口，但下车后还要走很长一段路。虽说访纸从来无坦途，即便颇有心理准备，我还是被眼前的景象吓了一跳：由于连日暴雨，山体滑坡，路面上滚落了大堆山石、泥土。面对如此险途，连朱先生也有点傻眼了。无奈之下，我只好下车观察路况，摆手指挥，朱先生则小心翼翼地左挪右移，百十来米路足足折腾了十几分钟，总算驶离滑坡地段。可是进入一段崎岖山路后，再无车路可寻，只得弃车步行了。

　　刚到村口，迎面看到一个小小的湖塘，装满石灰沤制的竹麻，两端用老竹片盖着。朱先生说这是造纸工序中的"落湖"。当地有句俗话："竹麻不吃小满水"，意思是该工序对时间要求非常高，必须在小满前完成。小满一至，竹麻就会长出黑色小斑点，影响造纸质量。落湖期间还要有专人看管，随时检查封湖水位的高低，不致"腌坏"竹麻。尚未进村，这一湖竹麻就足以让外人感受到，这是一个专门做纸的自然村落，弥漫着浓郁的造纸氛围。沿路竹林错落有致，地上青苔亦是绿润可爱，狭小的路上偶尔还会斜倚着一棵大树，逼我们逐一猫腰钻过。逢竹言竹，我们又谈论起"砍青"时间。至于这"砍青"时间，各地略有不同，比如福建地区在立夏前10天，供应原料的农户就会将只生长一到两枝竹梢的嫩竹砍成节，江西地区则是在立夏和小满之间把初生枝、未生叶的嫩竹砍下，而浙江富阳一带一般是在小满前后完成。即便同一个地方，长于山阴与向阳面的竹，砍伐时间也有颇多讲究。"砍青"工序有强烈的季节性，它是决定纸品质量优劣、原料使用率及经济效益高低的关键环节，所以这项工作应该是风雨无阻。可惜，现在已经没人愿意按照传统时间去砍青。为了控制成本，提高竹材原料的获取率，有人"自发"将上山砍竹的时间由夏至推后十天半月，导致砍下的竹料过老，纤维粗糙，木质素含量过高，给后续加工带来很大的负面影响，造成纸张粗脆，影响表面构造。别说砍青，甚至落湖沤竹麻，现在都不那么严格按照传统了。话题稍稍沉重，加之林间路滑，我们走了足足一刻钟，已是大汗淋漓。朱

先生则是一路摇头叹气：平时路就够难走了，如此一来，工人搬纸就更麻烦了……

很快，小径一转，竹山陡升，眼前一片疏朗，山腰里隐隐有几间黑瓦白墙的二层小楼。竹径一侧错落着一个个湖塘，里面依然密密地码放着竹麻。我想调节下气氛，便开玩笑道："在此处做纸，倒也像过神仙般的生活了。"朱先生微微一笑，并没搭话。可是越走近小楼，我越觉得，这小楼近看不如远观，方才明白刚才朱先生的一笑颇有深意。

在通向长汀山坳小纸坊的路上，早就吃够了苦头，真正走进造纸的小楼，才发觉更不容易。小楼有两个房间，一间设捞纸槽，另一间是焙纸房。捞纸槽的房间昏暗潮湿，两位抄纸工人正站在硕大的纸槽边抄纸。在当地，这道工序被称为"做纸扛尾"。做纸，就是把纸槽内已搅拌好的纸浆抄成纸张。两位工人左右站立，各扛头尾，同时扛起内压纸帘的帘床，以横浪下水的方法斜入水中，再从槽内捞起纸浆，送到榨纸托板上。他们的抄纸速度极快，而且时不时根据槽内纸浆的稀稠度做调整。纸浆太稀时，用槽耙从后槽内往身前捞浆；纸浆太浓，就下纸药稀释。据介绍，他们每天四点就早早起来做纸，我们到得晚，槽里的浆料已快捞尽，不过倒也刚好可以看看如何压干榨纸。

各地榨纸的方式大都相同，此处则是在湿纸上放一张大竹篾，盖上木板，放置枕木，再压上特制的钢槽，固定两端向下施压，直到钢槽两头微微下沉为止，压力不能过度，否则会导致湿纸断裂。

37

40

待湿纸压干后，抄纸工会把纸坯扛到纸桌上，先用大镰刀将湿纸边裁去。接着再把湿纸按焙笼干纸的规定张数，一张张地夹成一叠，牵纸（按叠撕开）后，交由焙纸工人烘干。

我刚入行的时候，有次去安徽看造纸，听到过一句话："抄纸、焙纸，六个月大，六个月小。"什么意思呢？就是指天冷时，焙纸工人舒服，抄纸工人受罪，天热则反之。此时在长汀正是七月份，从抄纸房走到焙房，就像是掉进了蒸笼里。昏暗的焙房内，纸屑混杂着灰尘在屋顶透下来的阳光里飞舞，那道夏日的阳光较之于房内的热气，反而显得十分无力。

焙纸工人打着赤膊，在刷着清漆的铁板焙墙前忙碌着。按传统工艺，当地的焙墙要用三合土制成。所谓三合土，是指由石灰、黏土、细砂夯实而成，个别地区还会在土中拌入纸筋，以增强韧性。墙面要两个月刷一次桐油，一个月涂一次蛋清和豆浆，平时还要涂抹米浆，这样既可以保护焙面，也有利于贴纸。现在呢，三合土墙似乎都换成了铁焙墙。以修复人员的眼光看去，古纸表面光洁温润却不反光，而现在新生产的手工纸，纸面大部分光亮异常，呈现出一种"贼光"，用于修复古籍会与原纸不相匹配。此外，现在的手工纸除存放时间短，"火气"太足以外，湿纸后易拉长变形，伸缩性过强。其中原因，我认为就与使用铁焙墙有关：铁焙表面刷清漆，导热快，焙面持续高温，湿纸纤维被剧烈拉伸或收缩，不仅纤维受到损伤，而且纤维之间的稳定关系也因此被破坏。

从焙房出来，我们又参观了位于二楼的纸库，那里也是纸工们的宿舍。床和纸都在一间屋子里，同样的昏暗，同样的纸味，留着他们日常生活的气味。

  离开小楼时，我向朱先生问起这个村庄的名字。他犹豫了一下，嘱咐我不要公开。身为纸商，他们为推销这里的纸付出很多时间和精力，所以担心别人会绕过他们直接找到厂家。我随意问了纸的售价，朱先生告诉我，他们把纸运出去，包装好，做营销，按六个等级分，每刀150元到300元不等。据我所知，玉扣纸的等级是根据竹麻的质量来区分的，竹子越嫩，做出来的纸越细腻。当然，这只是一个宽泛的概念。对于内行来说，评判纸的好坏有专门标准，从1957年开始，实行较为合理的十个等级。不过，纸的鉴定，历代都是依靠目测，所以鉴定人员（早年称为看庄先生）必须具备一定的纸业修养和丰富的实践经验，既要使买卖双方心服口服，也要得到主顾们的信赖。过去许多商号能在国内外拥有响亮的名声，高明的看庄先生也是功不可没的。可为什么由合理的十等级变为了六个等级，朱先生也很是无奈：剩下做纸的槽户也就五六家了，其中有一家还时做时停。生产的纸量都不多了，拿什么来分十个等级呢？只能自我简化，根据现有纸张分个级，拉个差价而已。我诧异，如此售价，每天在这里辛苦劳作的纸工又能到手多少报酬呢？也难怪大多数年轻人不愿意传承祖业，难怪荒废的纸槽越来越多。我不禁感慨：竹纸掂来未觉轻。

44

5 铅山连四似铅重

铅山连四纸是我这些年关注比较多的纸张,当地的含珠实业也是我在访纸过程中去过次数最多的地方,每次都会有不同的感觉。可到底什么是连四纸,连四纸和连史纸是一回事吗?

刘仁庆先生说:连史纸是明代纸名,原名叫"连四纸"或"连泗纸"。相传福建某地(这某地,也有一说是福建连城)排行"老三""老四"的连姓兄弟二人,精工造纸,其弟技高一筹,被誉为"连家老四纸",简称"连四纸"。后来此纸由福建传到江西,口耳相传误为"连史纸",可能是时人认为"史"较"四"更雅一些,由此,连史纸就被传颂开了。不过潘吉星先生根据元代费著《笺纸谱》中提到的"凡纸,皆有连二、连三、连四",判断纸名由来可能与纸张抄造方法有关:连二,就是用棉布条缝制在竹帘上,将帘子一分为二,捞一下则得两纸,以此类推。到后来,名字是保留下来了,实际上则是一帘一纸。潘先生所说固有道理，这些年我访纸所到之处，也偶见一帘两纸或一帘三纸。然而，史料文献中还有"连七纸"，难道是帘中加六个布条成七纸？明代屠隆《考槃余事·纸笺·国朝纸》有载："永乐中，江西西山置官局造纸，最厚大而好者曰连七、曰观音纸。"连七若是又厚又大，那帘子得有多么巨大？所以我个人还是偏向"规格说"。有学者认为，可能唐宋的纸都是一尺见方，加长到两尺就是连二，三尺就是连三，四尺就是连四。从明、清史料中的信息推算，连四纸大致是四尺长、二尺宽。这一说法就显得比较靠谱，连七的存在也就合理了。

虽说历史文献中屡见铅山"连四"纸名，如明代铅山地方志《铅书》记录了不少纸张品种："纸凡十有四种，毛边、京文、陈坊竹帛、西港火纸、草纸……书策纸、连四、古本、毛梳。"清同治年间《铅山县志》记录该县纸张原料"以末叶嫩竹制成"，其中连四纸是一种较为高档的竹纸，但连四之称绝非专属江西，也绝非专指竹纸。《笺纸谱》所写就是唐宋时期蜀地的纸张情况。明代文震亨在《长物志》中说："……近吴中洒金纸，松江谭笺，俱不耐久，泾县连四最佳。"而《装潢志》中更是提到："纸选泾县连四，或供单，或竹料连四，覆背随宜充用。余装轴及卷、册、碑帖，皆纯用连四……用连四，如美人衣罗绮。"相对于后一个竹料连四，泾县连四显然属于皮纸体系。若这还不能说明问题，那么初刊于明崇祯十年（1637）的《天工开物》里，则直接把"连四"归入"造皮纸"。奇怪的是，在清末民初的资料中，"连四"很少见，大部分称之为"连史"，或用"连泗"。《中国近代造纸工业史》就指出，在江西、福建、四川、广东均有连史纸，所用都以竹为原料。如此推断，从连四到连史，经历了由皮料到竹料的动态发展过程。造纸业专家元荣恺先生就认为，竹料连史纸名源自皮料连四纸，而名为"连四"是取自抄纸竹帘放大为四张小皮纸尺寸。后来以竹料仿照漂白皮料的方法改进成漂白竹纸，成本价低，纸面又洁白细腻，可谓价廉物美，皮料连四就逐渐被竹料连四取代了，而后又因其名不雅，遂改为"连史"。

至于福建连史与江西连四，我时常揣摩，闽赣交界的武夷山区自然条件相似，再加之明清时期人员的迁移流动，那则源于连氏兄弟的说法也未必全是传说，两者真有可能同根同源呢。当然，这只是我的揣度，作不得数的。话说回来，作为修复师，纸产自哪里、叫什么名字，倒不令人特别在意，我更关注的是他们能否生产出好纸。

清代中期，铅山从事纸业的人口在全县占三四成。铅山以其发达的手工造纸业，名列江南五大手工业区域，当得起"铅山唯纸利天下"之美誉。盛极而衰，近现代机器造纸业的兴起，严重冲击了传统手工造纸业，加之生产周期长、成本高、技术难度大等诸多因素，手工纸生产无可避免地日渐衰落，连四纸也未能幸免。到20世纪80年代末，连四纸生产技艺在铅山地区几近绝迹。

2007年，铅山连四纸制作技艺被原文化部列入首部"国家非物质文化遗产"保护名录，江西含珠实业有限公司也开始致力恢复该项技艺。公司在原址建设纸坊，利用当地丰富的毛竹资源、特定的气候和优质的山泉水源，还聘请到原有的师傅在家门口带徒授艺。

如果将我走过的许多纸厂或纸作坊比作招待所的话，由绿化起家的含珠实业俨然将其作坊打造成了一个五星级的园林式宾馆。外观养眼，内涵亦佳。含珠也是我访纸所见的唯一一家能提供正规纸样检测报告的生产商，也是唯一一家将纸张重量细化到克重的生产者。记得2015年，我们在修复中发现连四纸在染色过程中容易破损，便与他们沟通此事。公司马上寻找原因，原来是他们为求纸面洁净，蒸煮时加工过度，后续打浆过程中，纤维分丝帚化不理想，纤维之间的摩擦力和结合力也有所下降，致使纸张强度降低。他们当时立即责令负责人员加以纠正，而这样的交流和反馈在修复者和生产者之间是非常必要且难能可贵的。

此外，含珠实业还引进了一套喷浆系统，负责人鄢中华先生邀我再次前往铅山。我当时站在宽敞的厂房内，看到抄纸工人们一字排开，浆料通过管道上的喷浆口喷到纸帘上，颇具气势。纸工们手持帘子，纸帘自然左右振动，成纸速度非常快。鄢总很高兴地告诉我："以前培养一个熟练的操纸工人需要三年时间，有些人做熟了还会离职。引入这套喷浆系统后，工人们只要三个月就能上手。"鄢总说的倒是实情，跑过多家纸厂，令我感慨最多的就是人的问题：大多数做纸师傅不愿继续从事这个工作，因为工作环境差，劳动量大，起早贪黑，收入

微薄。含珠实业能通过引进新设备、新系统来试着解决这一问题，无疑是找到了一条新路子。不过，我站在纸槽边看了很久，总觉得哪里有问题。可能是纸工们的动作似乎被机器程序锁定，显得非常机械、僵硬，与传统抄纸过程中灵活的摆帘、荡帘有很大的差异。后来我把这个感受告诉王菊华老师，她从专业的视角告诉我：帘子的振动或摆幅出现问题时，将导致纸张的纵横撕裂度差值变大，而纵横撕裂度则与纤维的排列方向有关。专家如是说，而我在造纸界的朋友对此更是直接给出答案：如果要生产出合格的纸张，关键就是尽量让纤维能朝着各个方向分布，尽量做到各向同性，也就是纤维交织均匀。当我把这些意见转达给鄢总时，他很是感激，而我内心也因为向他指出了问题的关键而充满成就感。

2016年7月，我从福建访纸后返杭途中，鄢总热情邀我再顺路去看看他的厂。可惜的是，时隔一年，喷浆系统依旧，铁板焙墙依旧。此时的我满心希望他们能按传统工艺恢复手工纸生产，就以肺腑之言提出自己的想法。鄢总一声叹息，二话没说，驱车一个多小时，把我拉到村里一个废弃的厂房。厂房前竖着一个高高的牌楼，上书"铅山县连史纸制作技艺传习所"。原来，这就是2008年铅山县浆源村原连四纸生产作坊遗址隆重开张的"千年纸坊"所在地。

　　作坊规模不小，可放眼看去虽然算不上断壁残垣，也已是杂草丛生，蛛网密布。这里曾是一个传统的手工纸厂房，有纸焙、水槽，光看眼前被丢弃的残破纸帘，也能想见当时生产时的盛况，然而现在却空无一人。

　　"汪老师，你说的道理我们都懂。一开始投入这个行业时，我们完全按照传统工序来，在成功制作出连史纸后，我们这个传习所就以建立非物质文化遗产生产性示范基地为目标。我们所做的一切，都是为了缩短连史纸生产周期，降低对劳动力的需求。我必须改革啊，不然投入这么多，却出不了货，工人要吃饭，我也要吃饭啊！"他说得实在，我却不知如何作答。

　　"未成绿竹取为丝，三伐还须九洗之。煮罢锽锅舂野碓，方才盼到下槽时。双竿入水搅纷纭，渣滓清虚两不分。掬水捞云云在手，一帘波荡一层云。"这是清代田园诗人程鸿益所作《竹枝词》，短短56字，写尽连四纸由竹到纸的所有工序。诗人写诗，即便写实，也总带几分诗意。可实际操作上的艰辛与劳累,却非我们所能体味。加之受现代机器造纸冲击,从业者的困境、困惑、挣扎与无奈,可想而知。我知道,修复纸张的需求量并没那么大,文物修复类纸张只是市场金字塔尖的那颗明珠,这些年来,他倾尽全力为光耀这颗明珠而努力,但市场并没有给他对等的回馈。后来我得知,鄢总为了连四纸,押上了自己所有的身家资产,不停地向前迈进。纵然面临资产重组的困境,也依然没有放弃。前几天,他还给我寄来纸样,希望我们能从修复者的角度提出意见。

我想,正是有鄢总这样为手工纸事业挺起腰板、承担重任的从业者,我们的传统手工造纸业才能在风雨中前行,终有一天,我们会迎来一个阳光明媚的复兴时代。

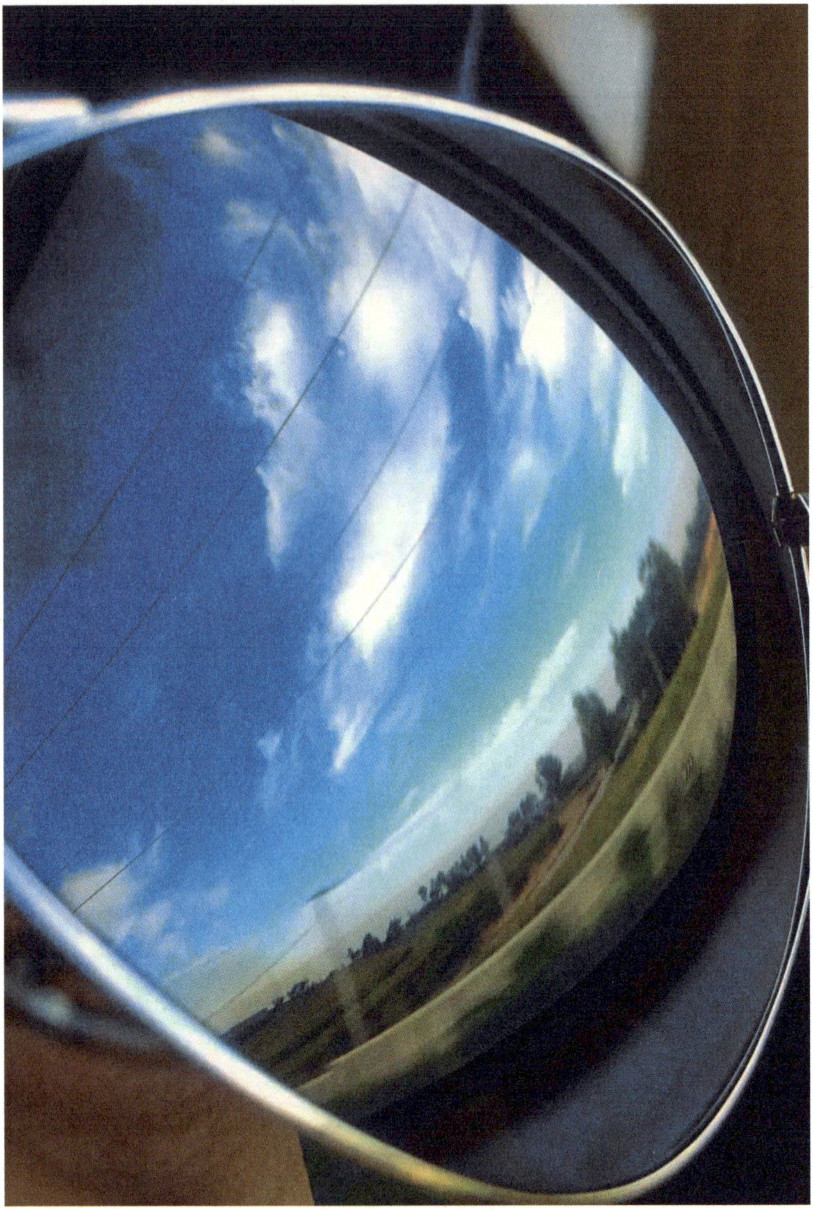

6 麻纸生产背后的那些事儿

  2016年杭州G20峰会期间，我利用攒出来的各种补休假，从萧山机场出发，去往山西太原。此行的目的，一是观摩当地同行正在修复的一批珍贵经书，二是到之前接触过的几家纸厂实地看看，顺便为单位今后选购麻纸做个考察。毕竟，我们纸库里是没有麻纸这个品种的。

  当我看到同行们修复的经书时，不由赞叹：原来古代的麻纸能做到如此光洁平整，绵密结实！正如米芾《书史》中所写："王右军《笔阵图》，前有自写真，纸紧薄如金叶，索索有声。"记得潘吉星先生曾在考察敦煌写经用纸时发现一件魏朝之前的写本："白亮而极薄的麻纸，表面平滑、纸质坚韧，墨色发光，以手触之，则'沙沙作响'，属于上等麻纸。"而现在采购到的用于修复的山西麻纸，虽颜色妥帖，厚薄合适，纸面结构却疏散粗糙，手感绵软，要经过再加工才能达到经书修复的标准。

我未免疑惑：古人是否也要先对麻纸做一番加工再使用呢？当晚，我便迫不及待地给纸张专家王菊华老师打去电话，八十高龄的王老师回复说："如果古人在做纸中用的功足够，确实可以做出这样漂亮的纸，不用再加工的。"我明白，所谓用的功足够，就是淘洗时间、碾料时间、各个工序下的功夫都足够。而现在的麻纸制造，还能让我们看到足够的功夫吗？

山西造纸历史悠久，最早可追溯至东汉蔡伦时期。到了明代，临汾与襄汾的麻纸生产已颇具规模。临汾地区的麻纸，据说还延续着汉代用麻绳、麻布为原料制作的传统，其中邓庄、贾得一带，水质又格外特殊，虽不适合饮用，却为做纸创造了很好的条件。这种碱性水，在清洗麻料的过程中，可去除污物，提高漂白度，使做出的纸张呈弱碱性，延长保存年限。再加上麻料纤维素含量高、纤维细长坚韧等诸多元素，成就了临汾地区的那张好麻纸。不过，临汾手工做纸也曾走过弯路：由于麻料短缺，他们曾一度添加过废纸料，20世纪80年代还加过玻璃纤维。虽然刚做出来的纸张拉力大，洁白度高，看上去很美，但经不住时间考验，稍一存放就出现脆化、吸水性差、容易开裂的情况。好在如今他们不再这样操作了。

与同行们交流过后，次日一早我便登上了前往临汾的火车，去看看麻纸的生产又是何种场景。约了当地三家麻纸作坊，但由于他们彼此往来甚少，加之交通不便，很多时候我不得不独自寻路，或在路边等候稀少的公共交通。山西气候干燥，尘土飞扬，一天下来，颇有点灰头土脸的模样了。

所幸，我看到了与南方大不相同的造纸工艺。比如传统的麻料切割，这边都是人工，且有专门的工具。剁麻斧不同于一般的斧头，需要找铁匠专门定制。可即便如此，剁完 2000 公斤麻料，斧头也报废了。最神奇的是用榆树根做成半圆形中空状的桎子，它的作用显然是用来压住木墩上的麻束，避免伤手。而隐藏其中的，则是北方人粗中带细的做事风格：粗细相间的麻束，用这桎子盖实，便能确保切下去的每一刀都长短一致，而这也就确保后期的碾麻过程中，每一根麻所受的力都一致，不至于因长短差异过大而使一些麻料受力过多，一些麻料帚化不够。然而，其中一家麻纸厂现在已经采用自动切刀机剁麻了。从现场效果看，自动切刀显然不及手工。在被师傅们的创新精神感动的同时，我也心生忧虑：现代工艺的介入，固然提高了效率，但由此导致的关键工艺环节的缺位，又如何弥补呢？

三家麻纸厂都已经非常现代化，不能看到原生态的制作过程，这让我略感遗憾。不过，对于纸工们来说，如果没有这些机械，他们可能还要在滴水成冰的寒冬里，赤足在淘麻池里翻踩劳作吧。

每次访纸，由于工艺流程顺序的关系，总有些环节是在现场看不到的。三家工厂这次都没有蒸麻，所以我也遗憾地错过观摩这道工序的机会。好在每家厂子都向我作了详细介绍，虽然口音是个大问题，但综合了三家信息，总算勾勒出山西地区麻料蒸煮的特色。锅还是那口大蒸锅，内部也同样放了一块圆形木质隔板，只是隔板上多了数十个直径 3 厘米左右的气孔。蒸麻之前，工人们用长约 1 米的气棍把所有气孔眼堵上，然后放入淘洗干净的麻料加水蒸煮，每隔一段时间就把气棍往上提一点，以便水蒸气均匀上升，在麻料间顺畅循环，确保锅内各层的麻料均匀蒸熟。如此蒸煮 12 个小时后，待棍拔完，用土加封，才算完成。麻料蒸煮也特别讲究，蒸得太生，碾麻耗时间；蒸得过熟，在碾麻过程中会破坏其纤维。只有成熟度一致且合适，才能保证碾麻时碾得匀，从而提高纸张质量和成品率。这其实与切麻长短一致的道理是一样的。

连续 17 个小时的马不停蹄，不停地看，不停地学，不停地交流，直到深夜才返回住地。躺在床上，身体极度疲惫的我，大脑却格外清醒，一幕幕全都是白天经历的场景。

再来说说"纸药"。所谓"纸药"，是指传统手工纸生产过程中所使用的某种植物胶料，在各个地方都有自己的"土名"，

57

比较常见的有黄蜀藤、猕猴桃藤等。用"纸药"是为了使槽内的纤维分散且均匀漂浮，同时在榨纸之后易于分揭。在一家麻纸厂内，我留意到抄纸坊内的纸槽边放着一个装有透明液体的白色水桶。抄纸师傅告诉我那是悬浮剂。我问他为何不使用植物纸药，他说植物纸药需上山采摘，还要熬煮，费时费力，又不易保存，而悬浮剂在网上就能采购，送货上门，泡半天就能用上！为了提高效益，降低成本，添加化学药物的结果便是损伤纸张纤维，缩短纸张寿命。师傅明知使用化学助剂对纸张不好，却仍然要用，并不是不知道，而是怕麻烦。

三家纸厂在向我介绍时都说，他们做的是山西麻纸，可是原材料是从四川采购的，抄纸师傅也是从四川聘的，烘纸师傅

则来自安徽……技术的引进，带来工艺的变化，博采众家之长固然好，可这样做出来的纸还是有地方特色的山西纸吗？一方水土养一方纸，而技艺的异地"嫁接"逐渐使得全国的手工纸都长一个模样，还有什么特色可言？

这些情景在我脑海中如同走马灯般一遍遍闪过，心里也颇不是滋味。不过，我听当地人介绍，山西沁源县有一个祖祖辈辈造麻纸的老师傅，还保留着不少原生态的制作技艺。这让我有点期待后面的行程了。

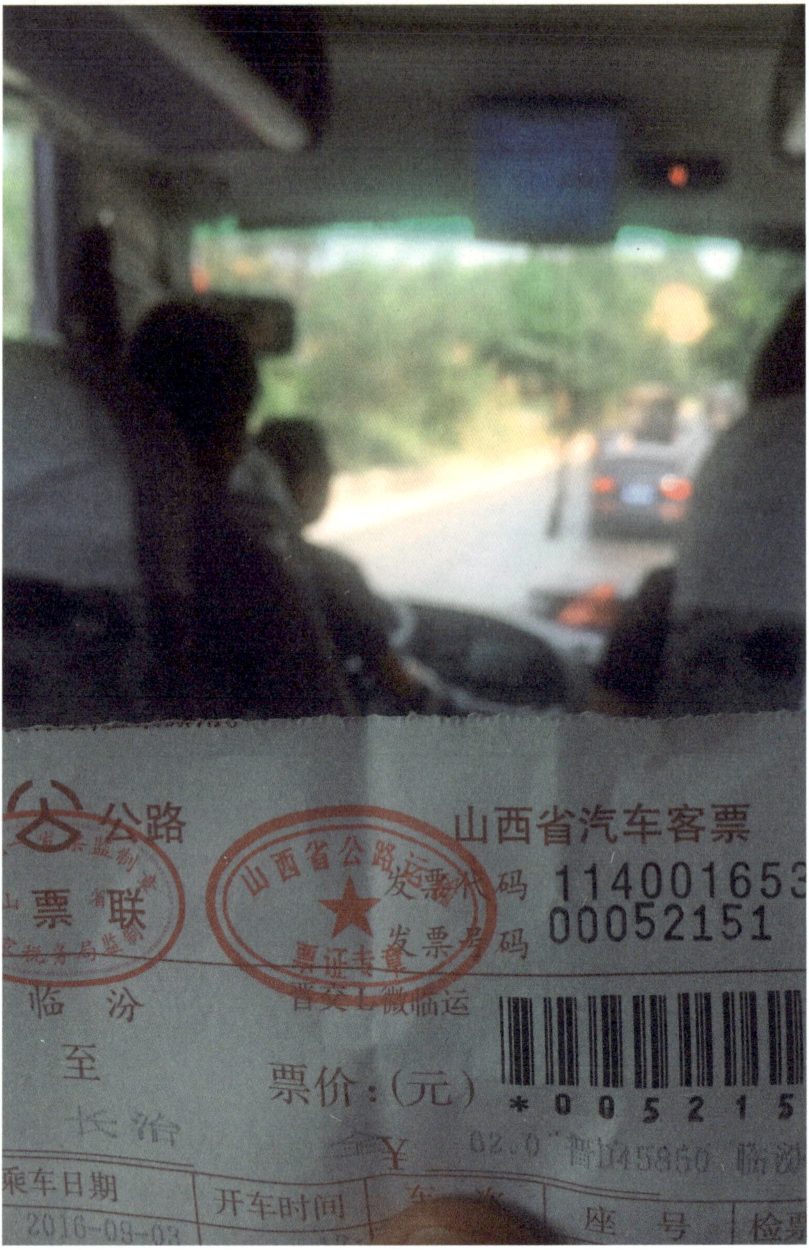
公路
山西省汽车客票
发票代码
发票号码 00052151
票 联
临 汾
至
长治
票价:(元)
乘车日期
开车时间
座 号

7 养骡与租骡的纠结

  2016年9月,我去沁源访纸途中特地转道壶口瀑布。站在奔腾不息的黄河畔,观望许久。逝者如斯夫,唯有厚重之物才能在历史长河中沉淀留存,堆积出这黄土高坡……

  中午折返临汾,计划赶下午一点的车,借道长治前往沁源。可谁曾想,临汾到长治总共193千米的路,开了整整四个小时才走了一半多,最后还是司机帮我在半途截停了一辆前往沁源的大巴车。我以胸前挂单反,后背60升大包,手上拎着拎包的逃难造型,用百米冲刺的速度在运煤大货车穿梭往来的国道上,从山西大巴转移到河南大巴,顺利完成"国道交接"。人在旅途,一切皆有可能。对于西部地区的人们而言,生活状态似乎更加闲散,他们的时间仿佛是静止的,当外人以疾速状态闯进他们的日常时,也会被圆融地包裹,成为他们当中的一分子。或者,这种时光的停滞,会对传统技艺有着更好的保护?

位于沁源县中峪乡的郑氏麻纸坊，始建于清朝中期，传承至郑变和师傅手中，已是第四代了。他的造纸作坊无论工具还是技法都还是原生态的。记得曾经看过一部介绍山西麻纸的纪录片，郑师傅赶着一头毛色油亮的骡子正在碾麻，希望此次能亲身踏入纪录片中的那番场景。

沁源是一个安静的小县城，我在街上包了一辆"蹦蹦车"去往住所，顺便询问如何能到郑师傅所在的中源村。司机师傅告诉我，那边离沁源县城有30千米，他可以带我去。于是便请他第二天一早送我过去。

晨曦中的山西小乡村，空气中带着丝丝缕缕的甜味，可我的行程却没有那么多诗意，而且此时才深切体会到为何"蹦蹦车"要叫"蹦蹦"了。这种小型改装车并没有避震装置，遇到崎岖不平的路段，车内的我就是一阵乱蹦，不是脑袋顶到车棚，就是胳膊膝盖撞到车壁。更离谱的是，中途还被掌车师傅加了两次价。孤身一人在外，也是无奈。

郑师傅早已候在村口，待我下了车，他还在探头向我身后望："姑娘，你们几个人来的？"得知我是只身前往，他不由惊叹，到他这里看纸的，最少也是一车四人，像我这样的孤家寡人还真是少见。郑师傅的感叹也引得我内心酸涩，不知为何，感觉这次山西之行尤其孤单。一路奔波，午饭多数是在大巴车上解决。晚上偶尔想吃点当地特色，却苦于一人食量有限，点份豆腐还得打包一半。

在邓庄一带，抄纸的槽被称为"海"，这应该是当地的方言，就像在贾得一带被称为"涵"。前一天看的三家纸厂，抄纸池是建在平地上的，而郑师傅家的抄纸池却保留着原生态，低于地平面，以厚10厘米左右的大石片砌底和四周，以防渗水。"海"的两头各有一个坑，当地称为圪窝。在"海"里搅浆被称作"打海"，主要目的是把麻纤维打散，这个体力活在其他地方已经被打浆机取代了，在他这儿还是人工操作。据郑师傅介绍，要想把"海"里的麻料打"熟"、搅散，得打1000下，第二天才能抄纸。我很好奇，这1000下是个概数还是个实数？若是实数，可怎么记得住？郑师傅说，"打海"时，他们要唱《打海歌》，你来我往，如同山歌对唱一般。

甲：我说一谁对我一，什么开花在水里？
乙：你说一奴对你一，莲花开花在水里。
甲：我说二谁对我二，什么开花窜苔里？
乙：你说二奴对你二，韭菜开花窜苔里。
甲：我说三谁对我三，什么开花叶心尖？
乙：你说三奴对你三，桃花开花叶心尖……

如此你来我往，总共100句，各唱完50句，就是打海100下了。唱十遍就是打1000下，好记数，真是基层劳动人民的智慧。可惜郑师傅现在不会唱了，只记得部分歌词，不过如何"打海"还是可以让我见识一下的。他和老伴站在圪窝内，手执长2米，直径3厘米的木棍，左右划水，咚咚有声，显然用了十足的气力，而且也是用了巧劲的。在上提下划时，须控制长棍，让所有动作都在水下进行，免得纸浆溅出槽外，直至浆料与水均匀融合在一起，方能停下。

中午时分，郑师傅热情地招呼我跟他们一起用餐。偏远村庄，确实也没有吃饭的地方，就只能叨扰了。午饭很简单，浓稠软糯的小米粥和尖椒炒鸡蛋，却是我几日以来吃得最好的一餐，差点落泪。暖胃，也暖心。

午饭后，郑师傅告诉我他家后面有个小土包，上面有蔡伦像。"都是跟纸打交道的，姑娘，你也跟我上去拜拜吧，谢谢祖师爷赏饭吃。"当时我还觉得十分惊奇，后来跑的地方多了，查过不少资料，才知道在中国传统造纸行业中，蔡伦这个历史

人物被大多数造纸工匠们认定为祖师神而顶礼尊崇。一般会在开槽之初或生产遇到困难时，或者在某个特定时间进行祭祀，各地习俗多有不同。在郑师傅这里，祭拜的时间是每年农历三月十五，说是蔡伦生日。每逢这天，他总要带着家人上山，清除像前杂草，祭奠一番。

　　看着陡峭且杂草丛生的山路，我猜想郑师傅可能是对小土包的概念有啥误解吧。他在他认为的小土包上健步如飞，如履平地，而我却是手脚并用，一会扒着岩石，一会揪着野草，拼命往上爬。山坡上的蔡伦石像看上去有些年头了，石龛前还散落着一些褪了色的鞭炮纸屑。石龛内除了蔡伦本尊外，后面还立着两个面目模糊的石像，据说是水母娘娘。可不是嘛，纸的好坏跟水可是大有关系。我随郑师傅虔诚地拜上一拜，但愿祖师爷保佑我们的传统手工纸能够传承下去。

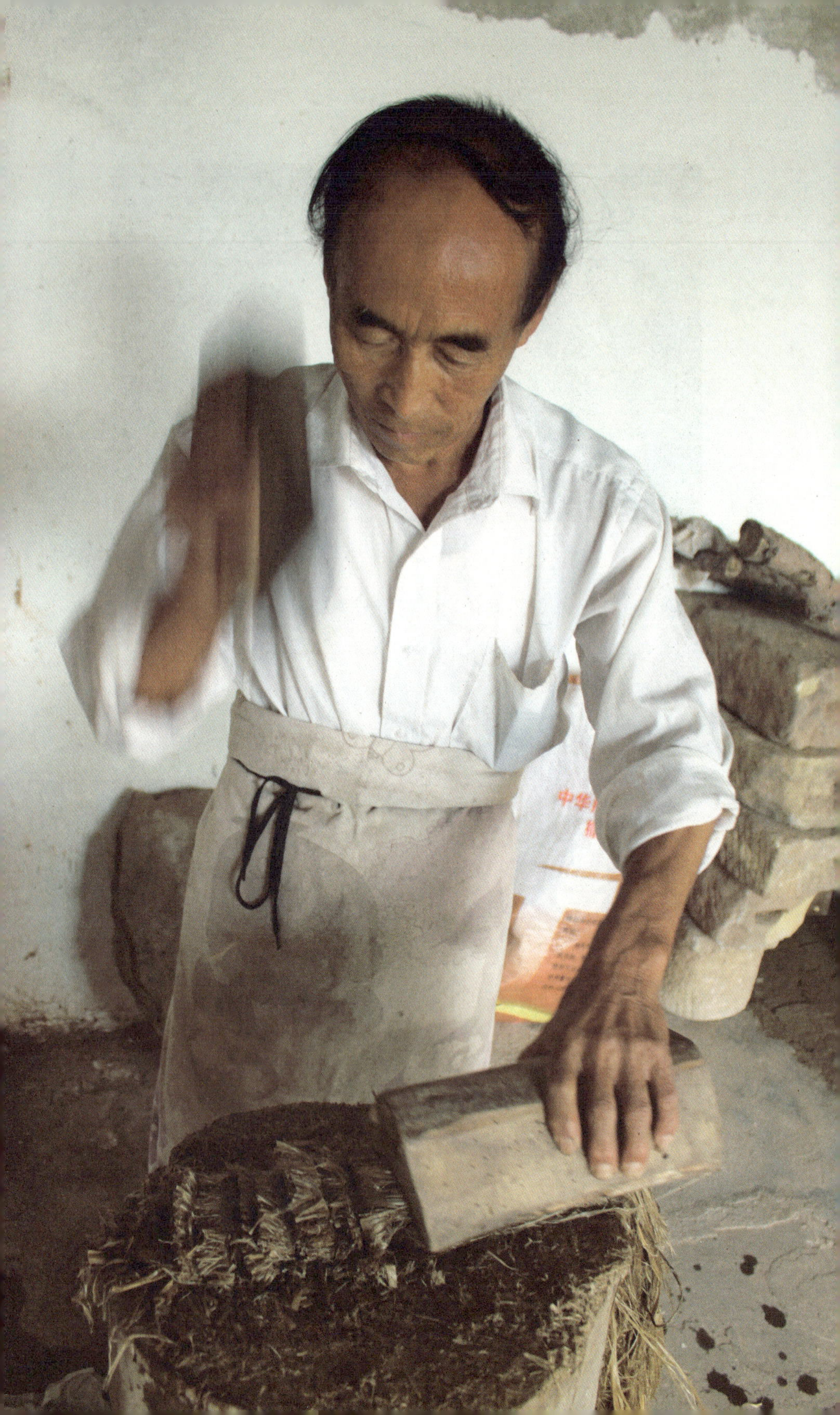

从山上下来，我在郑师傅的院子里四下寻找，除了一个石碾和一个横杠，并没有看到传说中那头漂亮的骡子。

"骡子呢？"

"养不起，卖啰。"

"那碾麻咋碾呢？"

"租呗，一般租两天。"

"那麻料一般碾几遍？"

"四遍，骡子一天能碾两遍。"

"那两天刚好四遍。"

"哪能呢，从县城租骡子，来回得走一天，另外一天碾两遍。"

"那为啥不租三天呢？"

"姑娘，租三天就得花六百了，成本太高，吃不消的。浆料出不了那么多钱。"

看着郑师傅掰着手指头跟我算账，我才明白为什么墙上贴着的那些麻纸表面如此粗糙。在他的作坊里，还会习惯性地往浆料里加"废纸头"。所谓"废纸头"，就是从外面收来的废纸边。据说祖祖辈辈都这么做，不加一点，就不会做纸了。因为郑师傅这里碾麻还是依靠畜力，加之必须考虑成本问题，麻碾得不够匀细，纤维分散也不均匀，帚化程度不够，添加废纸头主要是为了用废纸头上的短纤维堵住麻纸上的细小窟窿。而临汾三家厂因为引进了机械化碾麻设备，反倒不需要添加废纸头了。

"那现在还收废纸头吗？"

"收啊，就是去印刷厂，收那些印完报纸、课本裁下来的边边角角！"

"可那些是木浆纸啊，对麻纸本身不好的！"

师傅摇头："现在的书法家喜欢让我在麻料里面多加点这个，说是好写字，润！滑！"

我无言以对，这已经不是我第一次听到这个论调了。书画家们都喜欢存纸，说是存过几年的纸好用。修复师也一样，我们也存纸，在浙江图书馆还有一条不成文的规定，新买来的纸当年是不能用来修复古籍的，得让它与空气充分接触、氧化，慢慢变得温润。但是，含有木浆成分的纸张是绝对不允许存放的，因为木浆会加速纸张的老化和酸化。纸寿千年，特指的是用传统工艺和原材料制作的手工纸。自清末民初，木浆原料和机械纸制造技术传入我国后，纸张可是大大折寿了，但外行人并不明白这一点。所谓皮之不存毛将焉附，纸张都不能长久保存，何来其所承载的艺术传世呢？

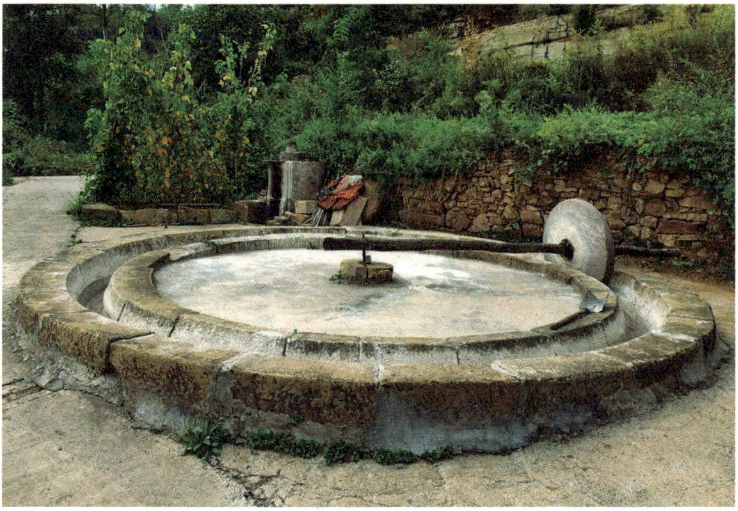

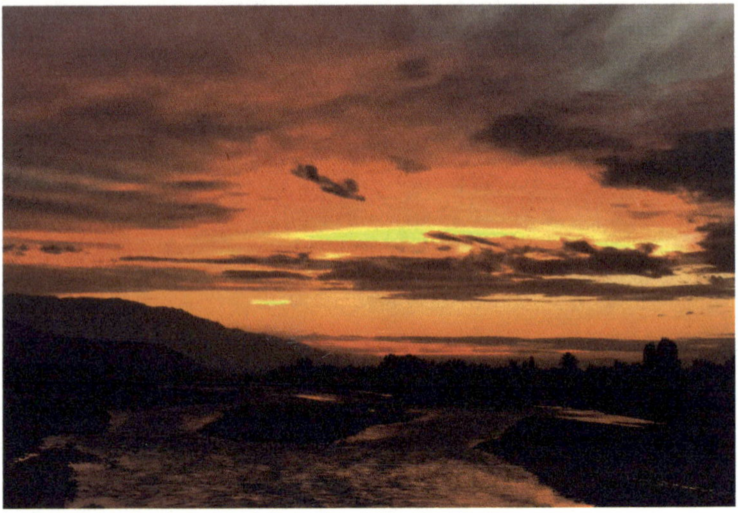

8 名动南疆号墨玉

从小就熟悉"我们新疆好地方"的优美旋律,也对那里的葡萄瓜果和风吹草低见牛羊无限向往,可是真正促使我去往新疆的原因,却是2014年惊悉和田墨玉造纸老人托乎提·巴克的离世。至今我还清晰记得,那年10月我在机场候机,突然接到一位纸界朋友的电话,他以沉重的语气告诉我:巴克老人刚刚离世。我一时呆住,继而为自己的疏懒感到懊悔。

2013年,浙江图书馆曾通过纸商中介,从巴克老人那儿购得100张墨玉桑皮纸。这些纸手感柔嫩、韧性强、不褪色、吸水力好,给我留下了深刻的印象。听说,2002年美国史密梭民俗生活馆还曾邀请巴克老人去威斯康星州的民俗生活艺术节表演造纸技艺,博得在场观众的热烈掌声和喝彩,为维吾尔族传统桑皮纸工艺赢得了声誉。打那时开始,我就下决心一定要去拜访这位造了一辈子手工纸的古稀老人,向他请教和田墨玉纸的奥秘,而去南疆访纸也成为我内心深处的一个难解情结。但人总有那么多推诿、拖拉的说辞,我的新疆访纸之旅迟迟未能成行,却得到巴克老人离世的消息。所幸的是,得益于国家非遗保护政策,以及当地政府的大力支持,老人虽然过世,但其遗孀和子女依然传承着他的技艺。

2017年伊始,我便给自己定下了新年目标:南疆访纸!目的地就是巴克老人的故乡——新疆墨玉县普恰克其乡的布达村!

对于我的这一行程,感兴趣的朋友很多,纷纷表示要与我同行,报名人数之多,甚至能组成塞满两辆车的队伍了。我对南疆之行甚是乐观,有那么多亲朋好友簇拥,真不同于往日孤身一人背包访纸。可随着出发日期越来越近,意想不到的事发生了:报名的朋友纷纷提出种种理由,打起了退堂鼓。也难怪,路程之远、时间之久、行程之苦以及种种未知因素,并不是谁都可以来一场说走就走的旅行。直到计划出发的前5天,我都没买机票,只能眼睁睁地看着机票价格一路上涨,心头不免焦躁起来。难道我的南疆之行要泡汤了?

我很不甘心,打算瞒着家人独走南疆。此时,我的一位同学突然联系到我,说南疆也是她向往的地方,很想与我结伴同行。我内心顿时窃喜,立马与她敲定了行程,两人各带一只包,说走就走。当然,为了让家人放心,我依然告诉他们,此次旅程是五六人结伴同行。

飞机即将降落在乌鲁木齐机场。身旁的同学顺口问了我一句:"我们转机到了那拉提之后,再怎么走,安排好了吗?"我回答:没有。以往每次出门都要做许多功课,旅程中总会缺少一点额外的惊喜,也总会碰到这样那样的问题,既然计划赶不上变化,所以不如没有计划,走哪算哪。也正因这样的任性,我们赶上了那拉提草原上壮丽炫美的落日;继而转道巴音布鲁克,虽然未见九曲十八弯倒映下的十日奇观,却跟着一帮追星少年,披着睡袋,追着看东边缥缈银河,西面树形闪电。一路上,独库公路上的连绵花海、怪石嶙峋的库车神秘大峡谷、沙雅沙漠公路旁大片的胡杨林以及《西游记》中的女儿国原型、龟兹高僧鸠摩罗什升坐宣讲佛法之地——苏巴什佛寺遗址,一一消失在我们身后的地平线。我们随路而行,接受热情好客的维吾尔族同胞的邀请,与他们共进野餐,同饮马奶酒。我们夜宿帕米尔高原上的蒙古包,清晨醒来就能看到被晨曦映成粉色的慕士塔格峰和卡拉库里湖;我们也曾远眺被誉为"天界红哨"的红其拉甫口岸,遥指玄奘行经的瓦罕走廊;闲暇中,我们游走在喀什噶尔古城,花了半天时间体验当地人喝茶聊天的清闲;我们又深入喀什高台民居,遍览民生市井生活。迷人的景色和民风,稀释了漫长艰辛的路程带来的疲惫与枯燥。当然,我们也领教过新疆的"小脾气":在帕米尔高原的布仑口,被特殊地貌形成的大风吹得跌跌撞撞,踉跄而行。包车,转换绿皮火车,再飞上一小段,终于来到了此行的终极目标——和田墨玉。

新疆以动人的风光款待了我们这些远方来客,一方山水养一方人、物,墨玉县又会端出怎样的风物?普恰克其乡布达村的墨玉纸，又会向我们诉说怎样的心语呢？

新疆地区的造纸业可能发端于唐代。植物纤维纸及其制造技术是沿着丝绸之路传播的，"中国纸也随丝绸一起西运，20世纪以来沿这条商路，各地出土大量汉魏及晋唐古纸，因此也可将这条商路称为'纸张之路'（Paper Road）"。1972年，在吐鲁番阿斯塔那墓葬中，考古学家发现了若干纸质文献，其中一件文书残纸上用汉文墨书九个字："当上典狱配纸坊驱使"，意为把犯人发配到纸坊服劳役。另一件书有"纸师隗显奴"的文献，其纪元为"高昌王麹文泰重光元年"（620）。这说明，公元7世纪初，高昌地区不仅有本地造纸业，造纸技术具有较高水平，还出现了"纸师"这样专门管理造纸业的官职。有学者认为："造纸术在北朝至唐初传入高昌（吐鲁番地区），到了唐朝中叶沿着丝路传到了于阗。"但西域并不是纸张西传的终点。公元751年，镇守西域的高仙芝与沙利统帅的大食（今天的阿拉伯）军队在古城怛罗斯进行了一场战争，这场被后世称为"怛罗斯之役"的战争，以唐军惨败告终，被俘的近两万唐军中有各类手工艺匠人，其中包括造纸匠人。虽然没有明确记载，但在怛罗斯战役结束后，撒马尔罕就出现了第一座造纸工坊，这是不争的事实。在浩瀚的历史中，这场微不足道的冲突战只是蝴蝶扑闪一下翅膀，却影响了中国造纸术西传的进程。

和田在新疆南部，古称于阗，现为维吾尔族聚集地，以盛产和田玉闻名，是著名的玉石之乡。然而，鲜有人知的是，昔日的和田也是一个造纸之乡。当地还有一个小巷，名叫"卡卡孜库恰"，即"纸巷"之意。当地气候炎热，适宜种植造纸原料桑树。1908年4月，英国人斯坦因在和田地区一座唐代寺庙遗址中发现了一个记载当地纸张买卖的账本。账本中记载，唐代新疆地区产的纸不但用于文书，还用于印钱、制扇，进入了生活用品的领域。据《维吾尔医学常用草药》记载，当地民间有用和田纸包伤口止血消炎的风俗。甚至还有人用和田纸做鞋底，有吸汗防臭的效果。记得2008年我在北京培训时，故宫博物院的徐建华老师给我们讲修复案例，就曾提到修复新疆阿斯塔那古墓出土的纸鞋，其鞋面、鞋帮都用文书纸糊蒙，鞋底、鞋跟用较厚的皮纸制成。文书纸上记录了不少当时、当地的事物，有的内容就是账目，原始、质朴，有非常珍贵的史料价值。修复师们通过高超的技艺，把纸揭取出来，独立保存，又采取复制纸的方法来复原纸鞋，由一件文物拓展出两件文物，各不损伤，相互照应。这个案例给我留下了非常深刻的印象：纸张在西域这样特定的环境之下，显然比其他有机物质存世时间更长。印象中，徐老师说，揭下的文书纸是皮纸，至于是不是桑皮纸，我不太记得了。不过从对博物馆所存文物的观察来看，新疆桑皮纸大多还是用作文书、钞票。

与很多手工业一样，桑皮纸也经历了由盛而衰的过程，直到2011年，由国家图书馆古籍保护中心主办的"西域遗珍——新疆历史文献暨古籍保护成果展"吸引了数万人的关注。这次展览是新中国成立以来第一次在北京对新疆珍贵历史文献作全面展示。展览上，保护中心也邀请了相关的桑皮纸非遗传承人到现场展示造纸技艺，受到各方热切关注。随后，由新疆文化厅发起，国家图书馆古籍保护中心配合的新疆桑皮纸画展在北京举办，而后在全国巡展。为了更进一步保护桑皮纸的制作技艺，保护中心还出资购买了一批纸张，新疆桑皮纸制造业自此又开始如火如荼地发展起来了。

我所去的墨玉县普恰克其乡布达村，是目前和田地区仅有的保留了传统手工造纸技艺的村庄。村子四周有成片的桑树，被称为"桑皮纸之乡"。维吾尔族桑皮纸制作技艺于2005年被评为国家级非物质文化遗产项目。托乎提·巴克老人就是在这个造纸之乡传承着祖祖辈辈的手艺，到他这一辈，已经整整经历了九代。老人过世后，他的遗孀和子女继续传承着技艺。

墨玉县文广局非物质文化遗产保护中心的艾散江老师一直帮我联系行程，提供车辆，并安排他的同事金丹老师做我的维吾尔语翻译，以便我能深入交流。此次接待我的，就是巴克的妻子和她的儿媳及孙子。

造纸的地方就在老人家中。一小片院落内，两两相依，斜靠着数十个纸帘。在造纸中，将处理完毕的分散纤维交结在一起的过程，叫"成形"。成形的方式有两种，一种是将水和纤维混合物"浇"在纸帘上，然后滤水干燥成纸，我们之前所见的尼木造纸就是如此。新疆造纸法类同于西藏，浇纸过程也与西藏尼木地区并无二致。由于浇纸法不易使纸张表面平整，在湿纸时，老太太就用手在纸张表面摩挲几下，算是平整工序了。难怪当年有画家抱怨这桑皮纸表面粗糙，特别费笔。

和田地区日照充分,大约两小时后,纸张发白,就可以沿帘子周边慢慢撕下。由于当地尘土较大,取纸时可明显看见阳光下飞扬的灰土。老太太毫无保留地向我展示了如何剥桑皮取料,如何手工捣料。在此不得不提一下他们的捣料法,真可谓纯手工操作:把煮熟的桑皮料放在一块半圆形的石板上,剔除杂质后,用一种柄短头大的木槌敲砸,木槌敲击皮料的一面嵌入密密麻麻的螺丝钉,目的在于加大敲击的接触面和力度。在砸料的过程中,还需不停翻叠皮料,同时加水,待桑皮料被砸成饼状,颜色呈黄白色才算完成。

我在小院里拍照时,发现一个特别旧的废弃纸帘,明显与院子里的其他纸帘不同。据老太太介绍,这是他们原先一直使用的老纸帘,木框上的网布是新疆当地所产土麻布(当地称作

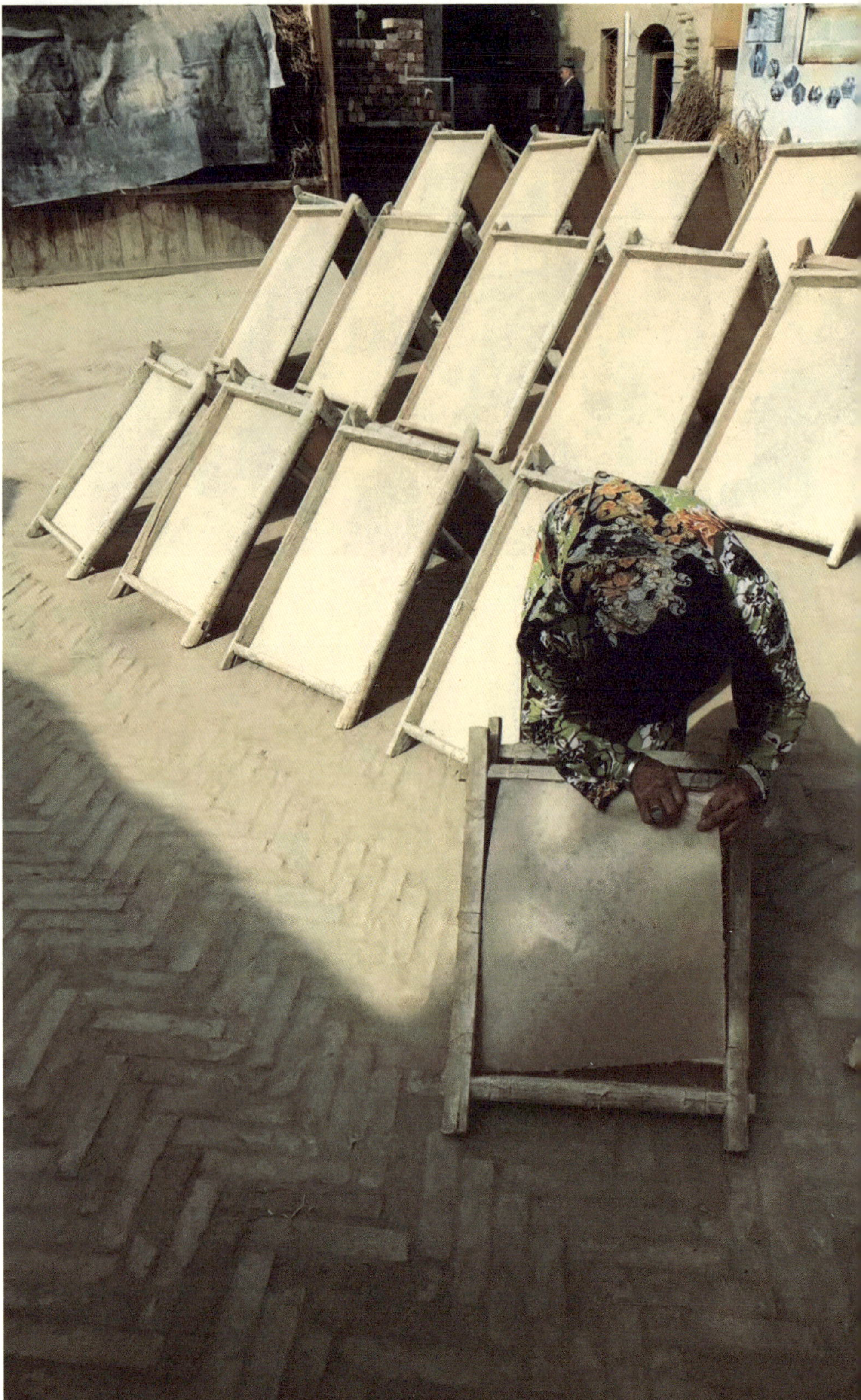

钞布），结构疏松，拉平后撑于木框上。由于麻布纤维会与纸张纤维交织，揭纸过程费时、费力，易出次品，让他们颇感烦恼。所以，当出现新的替代品——尼龙网布时，当地所有的手工造纸者都不约而同地将麻布更换成尼龙网布材质。难怪我在进村的路边看到很多类似铝合金纱窗的物件，一度还以为是生产门窗的厂家，不料竟也是造纸的工具！虽然使用新的替代品，工序简便了，速度加快了，成品率也提高了，但在我看来，钞布所制的纸张，纸面上形成了不规则的网络纹样，纸面显得比较灵动，而近年来多地生产的纸张，表面网络纹样规整死板，纸样过于平实硬挺。要是用当代生产的桑皮纸修复旧时的新疆文书，是否有无法调和之感呢？对此，我也只能想象一下，毕竟我还没有修复过新疆的纸质文物。另外，此地还存有不少用钞布制作的老纸，在阳光下检视，纸张偏薄，呈半透明状，纤纹分布不均，纸面纹路也不甚清晰，却蕴含着传统工艺的生命张力。当然，两种不同的纸张价格差距也是显而易见的，老纸每张100元，新纸每张20元。老纸库存渐少，新纸不断生产，桑皮纸前景可想而知。

　　来南疆访纸之前，我多多少少做了点功课，知道桑皮煮料使用草木灰，而且是胡杨的草木灰，被称为胡杨木碱。奇怪的是，当我向老太太的儿媳妇询问时，她却说只用水煮。再三询问，她依然如是说。我以为，工艺又被改变了，颇感遗憾。返程途中，我百思不得其解，只有水怎么能把皮料煮烂呢？此时车轮滚滚，离开布达村已有八千米远了，我厚颜向金老师提出要求，想返回去再把这个问题搞清楚。司机二话不说，便一把调转方向。车刚开到门口，我见没有旁人，便直奔灶棚下，围绕大铁锅左三圈右三圈地里外寻找，一无所获，便索性揭开大锅盖，仔细察看锅底残留物。站在旁边的老太太一脸疑惑，直到金老师向她做了解释，方才哈哈大笑，用维吾尔语嘀咕了一阵。金老师翻译说，不用胡杨木碱怎么煮得烂呢？老太太带我们绕到一个不起眼的角落，掀开编织布盖，露出一个小箱子，打开锁，里面存放着数袋灰白色沙土状的胡杨木碱。我同学轻轻耳语，叹道："这种古老的方法，一代代的能传到现在，真是不容易啊！"可我至今仍未想明白，老太太的儿媳妇为何坚持说只用水煮，是担心我们不认同煮料用碱，还是认为此乃技术上的机密？

我攥着老太太送我做样品的一把胡杨木碱，不免想，如果不是我坚决返回，如果不是老太太的毫无保留，这次的新疆访纸之行或许会留下些许遗憾吧？再次离开前，我和老太太在纸坊门口拍照留念。纸坊的门牌上，贴着绿色立体的字：和田维吾尔古老桑皮纸乡托合提巴·阿吉庄园。门牌有点旧了，"巴"字也脱落了，只在上面隐隐留下一抹影痕。老一辈造纸人逝去，新一辈造纸人又将如何接棒呢？

在南疆行程结束之前，我们又去了位于塔克拉玛干沙漠的热瓦克佛寺遗址。当我们痴痴地站在沙漠腹地，万籁俱寂，甚至连呼吸的声音都被无尽的黄沙吞没。突然觉得天地之间人类的渺小，内心深处涌入了无尽的孤独感。这，是否也是造纸人心中的孤独呢？

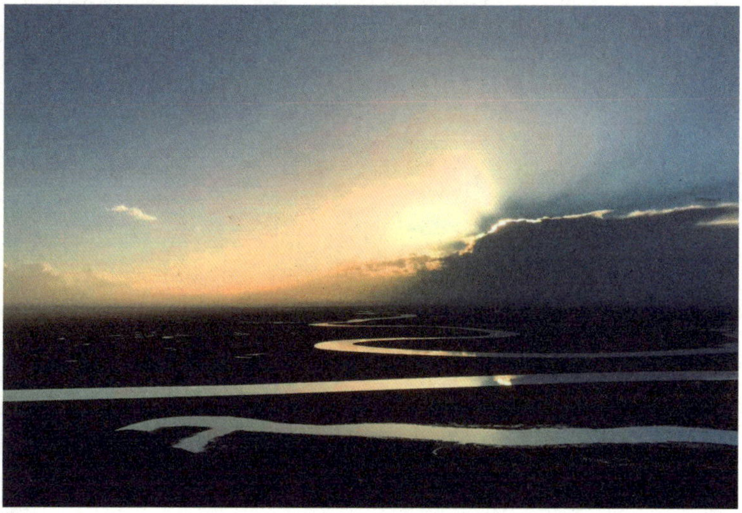

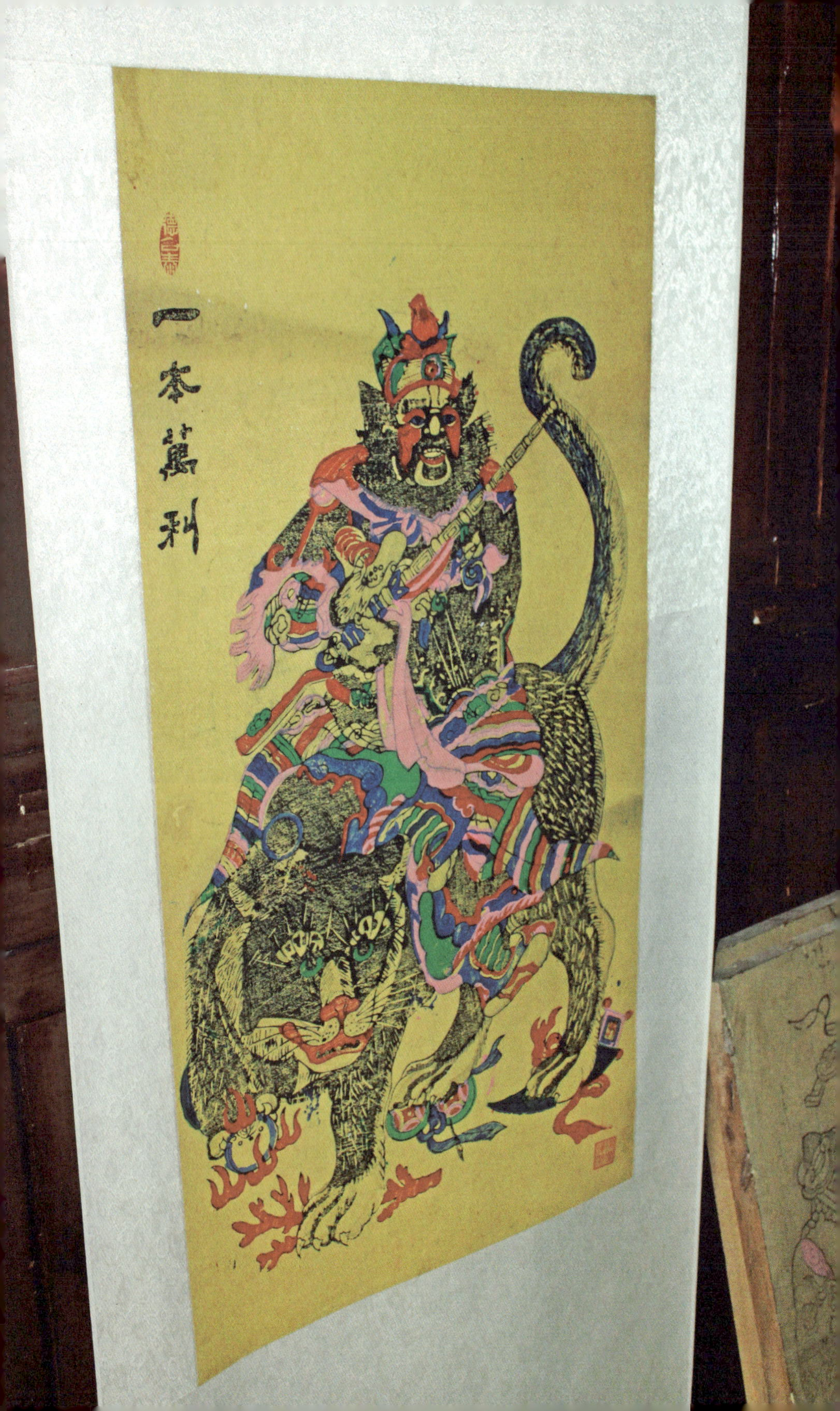
一本萬利

9 梁平：二元纸与年画，
　　谁成就了谁？

　　对重庆梁平二元纸念念不忘，是有原因的。2013年，我们在对全国非遗手工纸进行电话调研时，梁平县非遗办公室的郭主任允诺给我们寄一些样纸。很快，样纸寄来，从外表观察，那些略为粗陋的黄色毛边纸纸面疏松，颜色偏黄，可经过仪器检测，各个指标又符合要求。因此，对梁平二元纸的采购问题引起了在场修复人员的争议。当时的意见主要有两种：一方认为，这种纸张类似土法造纸，过去从没见过用这样的纸印的书，节约起见，该把有限的经费花在刀刃上，不买也罢；另一方则认为，有备无患，即使不常用，不妨少量购买，以作储备。再则这个地区的纸，纸库里从未收藏，即便作为一个品种来充实储备也不错。正在大家为了是否采购而纠结时，刚好有人送来一本家谱请求修复。大家意外地发现，该家谱前面有三十余张书叶，竟然跟手头上的梁平二元样纸的相似度达到90%以上。至此，"买还是不买"的纠结顿时消失，我们当即订购了2000张入库。这次小小的争论对我深有启发，它让我明白，经验再丰富的修复人员，能见到的纸张终归是有限的，因此，没见过的纸并不等同于没用，在选购的过程中，要克服经验主义，风物长宜放眼量。

没想到的是，梁平二元纸的购入还会出现波折。当对方将纸张寄来时，我们竟发现所有纸张上都有淡褐色的斑点。我赶紧联系了郭主任，毕竟事关我们修复材料的质量安全问题，也关系到梁平二元纸的声誉及市场开拓。郭主任非常重视，放下电话便亲自前往纸坊一探究竟，当晚就回复我，说是料池里存有一些陈料，纸工为图方便，没有清理便把新料倒了进去。

时至今日，我依然记得郭主任打来的这通电话，在将近两个小时的交谈中，他讲述了梁平手工纸的历史：抗战时期，重庆作为陪都，洋纸来源被阻，而大量政府机关及媒体机构对于纸张的需求全部仰仗于土纸，使得梁平二元纸得到了长足发展，开创了一个辉煌时期；他也谈到了当前梁平手工纸的困境，单一的市场渠道，手工纸业的没落。此外，他还与我探讨了梁平手工纸未来发展的前景，如何打破窘境，再创荣耀。梁平纸的波折，让我认识了一位敬业、负责、有担当的业内人。

与梁平纸的缘分并未结束。2015年12月，宁波天一阁举办了联合国教科文组织的"纸张保护：东亚纸张保护方法和纸张制造传统"项目成果发布会及学术研讨会。会上，一位日本纸张专家在专题发言中提到了梁平手工纸。时隔两年，一个熟悉的地名、熟悉的纸张名字，再次勾连起我对往昔的记忆。这位专家介绍了当地手工纸的制作特点，还播放了一段视频，演示当地人如何使用人力杠杆原理榨纸。那时的我，对手工纸还没有进行多少实地考察，望着屏幕上的画面，心里暗暗下定决心，必须去梁平看一看，亲身感受造纸的现场氛围。

转眼到了 2017 年。年底一算，手头还余几天假期，索性收拾行囊，直奔重庆梁平，再来一趟说走就走的访纸之旅。

12 月 16 日，我背着大行囊，从杭州直飞重庆。由于和梁平方面约定的是 17 号到达，为了第二天能搭乘最早一班火车出发，便在重庆北站附近找了一家酒店入住。此前，我曾联系了郭主任，他当时已调任他职，却仍然非常热情地帮我安排了在梁平区内考察的事项。在与他的交谈中，我能体会到，虽然他不再分管当地的非遗工作，但依然关注着梁平的手工纸。

梁平方面负责接待我的文老师，在去往目的地的车上就开始向我介绍相关情况。梁平的造纸历史悠久，与大部分造纸村落相同，大多以家族或同姓村落为聚集地，并以此为核心，向四周分散、辐射各类大小作坊。梁平延绵百里的竹山盛产百夹竹，竹质纤维肥厚短平，细腻绵滑，为纸工们生产本地所特有的二元纸提供了丰富的材料资源。一直以来，二元纸都是作为梁平年画的载体唱主角，而用其他普通竹类所生产的纸，只能用作鞭炮外衣纸或是祭祀纸（黄表纸）销往国内外。我想，这大概就是郭主任一直提到的品种单一和销售渠道单一的原因吧。

小车奔驰在去往七星镇的高速路上，原本需要走上两个小时的土路，因为有了高速公路只需半小时就可以到达。想来，交通的便利总能为深藏在大山中的纸户们提供一些方便吧。听着文老师的介绍，我在脑海里勾勒出的画面应该是：梁平会像其他纸乡一样，各种作坊星罗棋布，让人目不暇接，而我慕名而去拜访的，又是曾被评为重庆市非物质文化遗产代表性项目土法造纸技艺传承人蒋师傅。此次考察很值得憧憬呀！岂料文老师立马泼了冷水，由于近年纸张生产排污严重，又得不到合理整治，当地政府便采取了一刀切的方式，取缔了很多手工纸作坊。"整个梁平应该也只有蒋师傅一家在做了吧！"文老师的语气有点游离，接着又补充了一句："保留这家，也是为了梁平年画的发展，梁平年画全靠他们提供纸张。"听了这句，车上一片沉寂，也许大家都在替梁平手工纸的前景担忧吧！

半小时的路程很快，七星镇仁安村的村道也够平坦。我们下车去往蒋师傅的作坊。他的纸坊与村道隔着一条小溪，沿着土坡爬下路基，踩着溪水中散落的湿滑的石头，才能进入作坊。根据经验，我想象过纸坊可能会有点破旧，可没想到，眼前的作坊如此破败，竟然让人不敢走进，生怕老屋会因脚步的震动而坍塌下来。迎面四间土房，歪歪扭扭斜倚在那里，屋基由不规则的石头垒就，白色石灰泥抹的墙面，大部分已经斑驳脱落，里墙的原材料竹篾也露了出来。木条框打格的窗户，没有玻璃，甚至连挡风的塑料膜也没有。作坊里抄纸的水池，昏暗潮湿，白天也得靠一个悬在梁下的灯泡照明。屋里最显亮的墙上，高高地挂着蔡伦画像，紧挨着的，就是"重庆市非物质文化遗产土法造纸技艺"的牌子。屋子正中，是一个巨大的石头水槽，颇有年头，放着舂捣用的石臼以及踩浆用的石凼。石凼是一块做在地面的呈45度角的石板，上有类似搓衣板的石条纹，纸工们将洗好的竹片放在石凼上，赤脚反复踩踏，直至成浆。我曾心心念念想见的那个人力压榨工具——一根两米长的粗杠子，正倚靠在墙边，一大坨手腕粗的麻绳正歇在杠子旁，似乎在默默告诉我们：古老的传统造纸工序，就靠我们延续着、维系着，经年累月，真有点累了，是否可以歇息了呢？

蒋师傅向我们介绍说，待湿纸抄到一定数量时，他们就开始"刁纸"（当地俗语，也就是我们所说的榨纸），以帘子上固定的纸张边界线留在湿纸上的印迹为准，去除多余的边角料，放上厚木板，叠上特制木方（俗称"码子"），略微施以重量，挤出纸中水分。待纸张定型后，再加上凹型木方（俗称"枕头码子"），将小杠杆一端伸入千斤栓，以由轻到重的力压挤。此时，再将小杠杆换成大杠杆，持续由轻而重地用力压挤，直到无法再压挤出水为止。随后，在大杠杆一头套上纤索，用撬棍转动滚筒，继续加压挤出水分。最后，干脆人站在撬棍上，手握拴在屋梁上的牵手绳索，用力踩踏撬棍，直到榨干为止。只可惜，蒋师傅今日造纸数量不够榨纸，我也不能强人所难非要让他演示，只能听个大概。但终归耳闻不如目睹，他讲得再仔细，我还是有点云里雾里。

在另一间焙纸用的土房里，我看到了一直都想见但始终没见过的土焙。土焙内部由钢筋搭架，绑以竹子，披上竹篾，外

88

砌石灰料，并拌上纸筋。每过半年，都要用桐油、蛋清、盐、米浆混合，将焙墙刷上一遍。可是，如此工艺讲究的焙墙，却让我有点小小的失望，因为，它没像我曾经听说过的土焙应该有的那种光滑、细腻与温润的外观，不，它甚至连平整都做不到——从焙墙侧面看，竟是凹凸起伏的。我难以想象，在这样的土焙上刷出的纸，纸面如何做到"细而薄，柔韧而不脆，遇水后不卷不皱"的呢？走过这么多纸坊后，我已经学乖了，决不会再问这样的问题：为何不把这个用了二十多年的土焙重新砌一下或修整一下呢？因为我明白，对于利润微薄甚至会赔本的作坊来说，花上一万多真金白银重砌一面焙墙，根本就是天方夜谭，况且，当下焙墙工匠的稀缺，也让他们心安理得：聊胜于无，维持现状。

至于这里的纸为什么叫二元纸，我也很是好奇。有人说，二元纸是竹纸的品级，二元之上还有一元纸，比之更加细腻绵密；也有人说因为尺寸特殊。即便在蒋师傅口中，对此也有两个说法：一是二元纸在抄纸过程中，要用竹帘在纸浆水中上下、左右晃动两下，所以叫二元纸；另一种说法是某位皇帝大赞此纸，当时恰逢开国元年，所以称为二元纸。蒋师傅口音很重，我听得不甚明了，后一种说法，大概就是民间传说的意思了。

　　由于时间原因，我没能等到观看蒋师傅的榨纸工序，略带遗憾地离开了作坊。临走时我又回头看了一眼摇摇欲倒的作坊，不免侠胆义肝，"为民请命"，向文老师建议：县里是否可以用非遗专款修缮一下作坊，以改善操作环境呢？文老师指着破屋墙上挂着的一块牌子告诉我，这块牌子一挂，就不能动蒋师傅的房子了。我凑近一看，但见牌子上写着："重庆市梁平区不可移动文物保护单位 蒋集文土法舀纸作坊"，头悬"免死金牌"，我愕然而退。

　　之后，我们又去往梁平区屏锦镇，参观了国家级非物质文化遗产梁平木版年画。传承人徐老师告诉我，他制作年画用的纸都是向蒋师傅采购来的，但由于年画印刷对纸的柔韧性、厚实度要求特殊，所以需要二次加工，再刷制年画，也因此形成了极具特色的梁平年画。徐老师直言道，只有用梁平的二元纸印制的年画才算正宗的梁平年画。我想，在梁平木版年画上的交集，蒋师傅和徐老师算是相得益彰，相互成就了对方。二元纸催生了梁平年画，而梁平年画也因着二元纸的特殊质地，呈现出更丰富的艺术风格和表现力，一如梁平的竹帘画。据《梁平县志》记载，相传在公元997年，梁山就有绵延竹海，当地一位叫燕洪顺的手工艺人，擅造竹帘，以手破竹取丝，缝合针线，织成薄如罗丝、透明干净的竹帘用来舀纸。可以说，竹帘画源起于舀纸帘。舀纸、年画、竹帘画可谓一脉传承，但世人却只知年画、竹帘画，而未必知道梁平二元纸，为何？到底是谁成就了谁呢？

梁平的访纸之行，并非结束于看竹帘画，而是结束于与郭主任的道别。我给他讲了自己的所见所闻，他则把自己收藏的一大堆当地的古籍文献摆出来给我看。他自豪地相信，这些文献都是用传统梁平纸印制的。他一心希望梁平二元纸能够恢复到当年的全盛状况，梁平的手工纸终有一天可以用来印刷书籍、充当修复材料。我感慨于郭主任的桑梓情，慰藉于梁平人的执着心，更寄望于梁平二元纸的新生。

如此说来，此行梁平访纸没有结束，而只是再次寻访的先声。

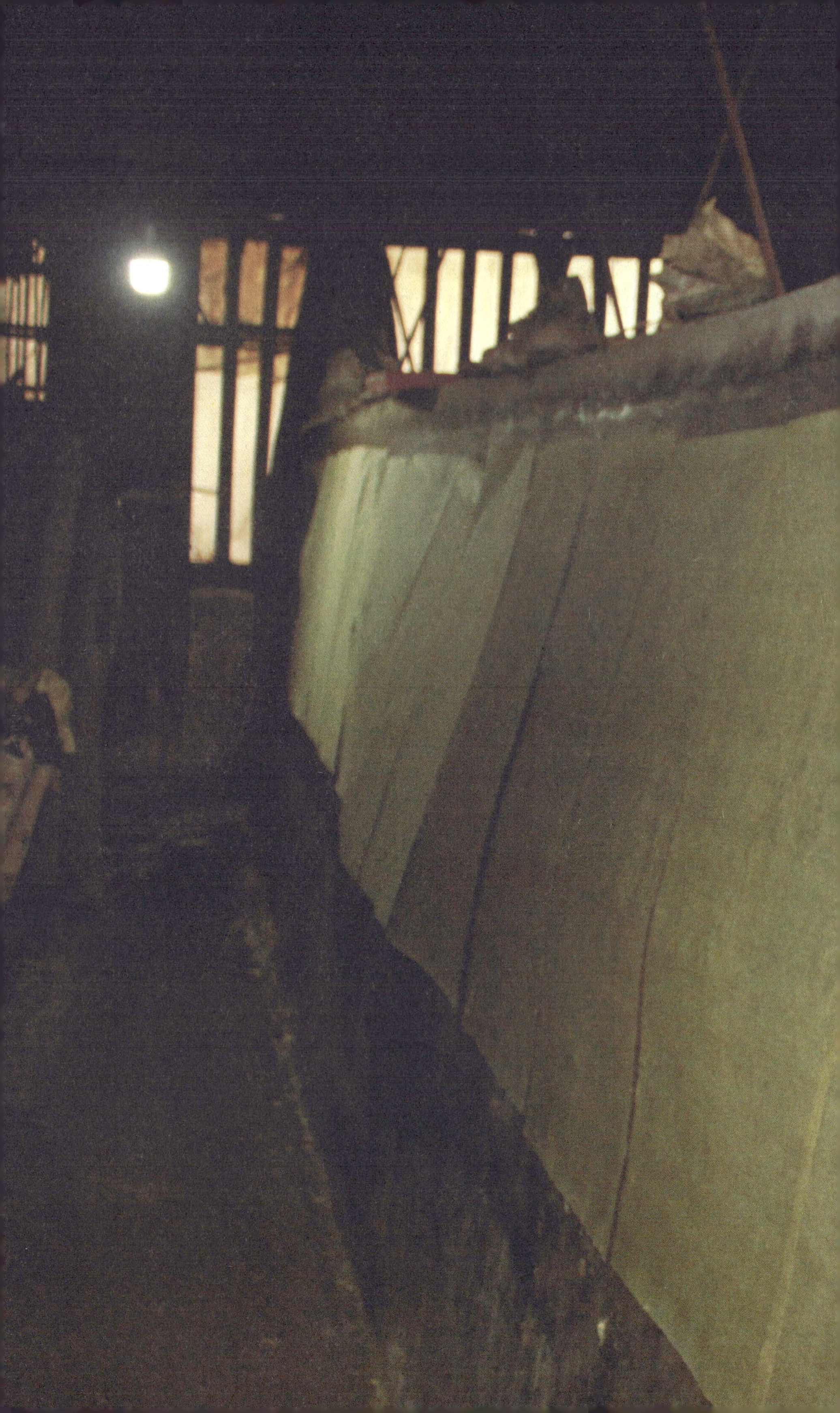

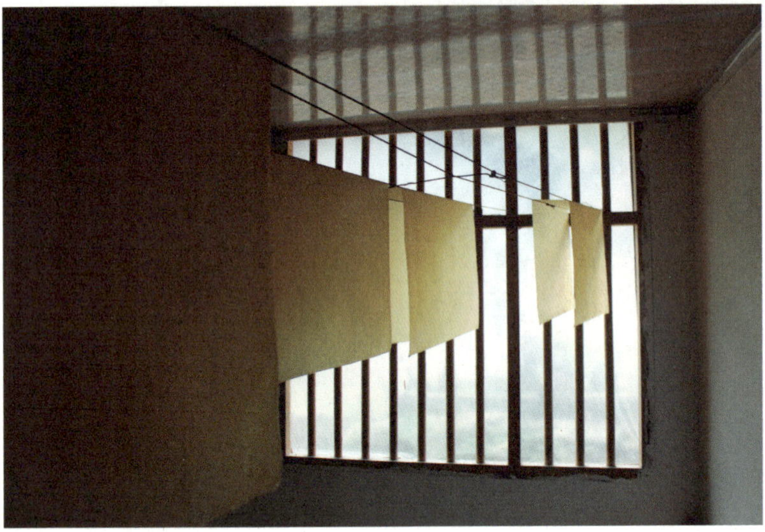

10 一个杭州女子的隆回一日忙

从梁平返回后,又在重庆逗留了几天,品尝了山城小巷内"苍蝇馆子"里劲爆爽辣的串串,欣赏了宫崎骏电影《千与千寻》中"汤屋"的原型——洪崖洞的夜景,也徒步山城第三步道,体验了老重庆人的生活。遗憾的是,十八梯被拆了,第三步道上也处处写着大大的"拆"字。在它们消失前,能留点吉光片羽的记忆,也算一种小确幸。城市建设的推进必将湮没那些旧时光,我们以后去哪里缅怀逝去的岁月?

带着道别老时光的遗憾,12月22日,我搭乘早班机飞到了长沙黄花机场。老规矩,为了行程方便,我在长沙汽车南站附近找了住处。当然,车站周围的旅馆条件不会太理想,不过出门在外也不能太过讲究,只能将就。

按照行程安排,我即将寻访的是隆回县古法造纸的李志军师傅。提到李师傅,就不得不说起心里的一点小纠结。在我们2013年调查手工纸期间，他曾寄来几款特有的以"雪花皮"为原材料的手工纸。其中有一款特别亮眼，纸张古朴，带着旧时的清雅气息，让大家一致认为适合用来修复。爱之心切，便即刻向他电话订购，得到的回复是已经售完，不过会特地再为我们制作一批。不久，新纸送到，打开一看，纸张从骨子里透露出明亮的鲜黄色，全然没有了原先样纸所特有的那份古朴清雅。当天，我把最初的样纸和新制的纸张放在一起对比，在微信朋友圈发了一个状态："今日天气阴冷、潮湿，还有跟样纸完全两码事的新纸……情绪恶劣。"李师傅却不能理解我的小情绪："汪老师，当初您告诉我纸张是用来做古籍修复的，所以我精心制作，这么漂亮的颜色，多好看，像迎春花似的，为什么不能修书呢？"我也不知道应该如何回答他，心里全是郁闷：同样是与纸打交道，为何造纸与修书的人对纸的要求会有这么大的差距呢？也许辜负了李师傅的好意，但这件事最后倒让我更加明白，就中国传统手工纸而言，即便同一个纸坊，不，就算同一个做纸师傅，不同时间做出来的纸都会有差异。

2019年在上海复旦大学参加第二届传统写印材料国际学术研讨会时，我做了《古籍修复材料常见问题解析》的报告，有与会老师在提问环节问我，报告中的"不同时期"指的是不同年份吗？我回答说："不，这个'不同时期'很可能就是指不同日期，即昨天、今天和明天，三天时间内造出的纸都可能是不一样的。"所以我经常劝朋友，看到合适的手工纸，尽可能多存一点，别指望以后还能买到一模一样的。

23日一早，我从长沙南站坐上一辆载着鸡鸭鹅的长途车，驰骋三个小时，在周旺铺收费站附近下车。汽车绝尘而去，但我在飞扬的尘土间并未看到李师傅的身影，内心突然惶恐起来，脚下可是个前不着村后不着店的地方。带着不安，我一边尝试着向前探路，一边电话联系李师傅。他也挺着急，在约定的地方没有接到我。他说他在一块红色的大牌子旁边，让我先找到那块红牌子。我左右观望，一直走了几十米，才发现前方路口有两个人。我猜想那可能就是李师傅，无意中回头，发现他们面前确有一块高高的鲜红大牌，上面写着三个大字："中国梦"。

　　李师傅之前曾向我介绍过，当地有一位做帘子的93岁的老师傅。纸帘是手工造纸的必备工具，隆回滩头造纸72道工序中，有83种工具，而纸帘位列所有工具之首。李师傅与这位"帘匠"陈师傅相熟，是因他帘子做得又密又细，能抄出好纸，这么多年来一直在用他做的帘子。所以在参观造纸作坊前，我们先顺道拜访了这位陈老师傅。

　　这次访纸，一遍遍刷新我对民间底层手艺人生存状态的认知。陈老师傅住在一座两层土坯房里。房内还是泥地，几只母鸡旁若无人地在屋内外悠闲踱步。屋内唯一显眼的器物，是一张被岁月磨出厚厚包浆的锃亮的竹躺椅。老人的袖口衣角，也如那躺椅一般油光锃亮。这位老师傅是当地做手工纸帘技艺最强的，至今眼不花，动作快，编织细腻紧密，远近村里的小伙子都做不过他。有人说他天生是做帘的好手，他手里的竹丝通过大小不同的圆孔进行抽丝，最后得到一根均匀的直径为0.2

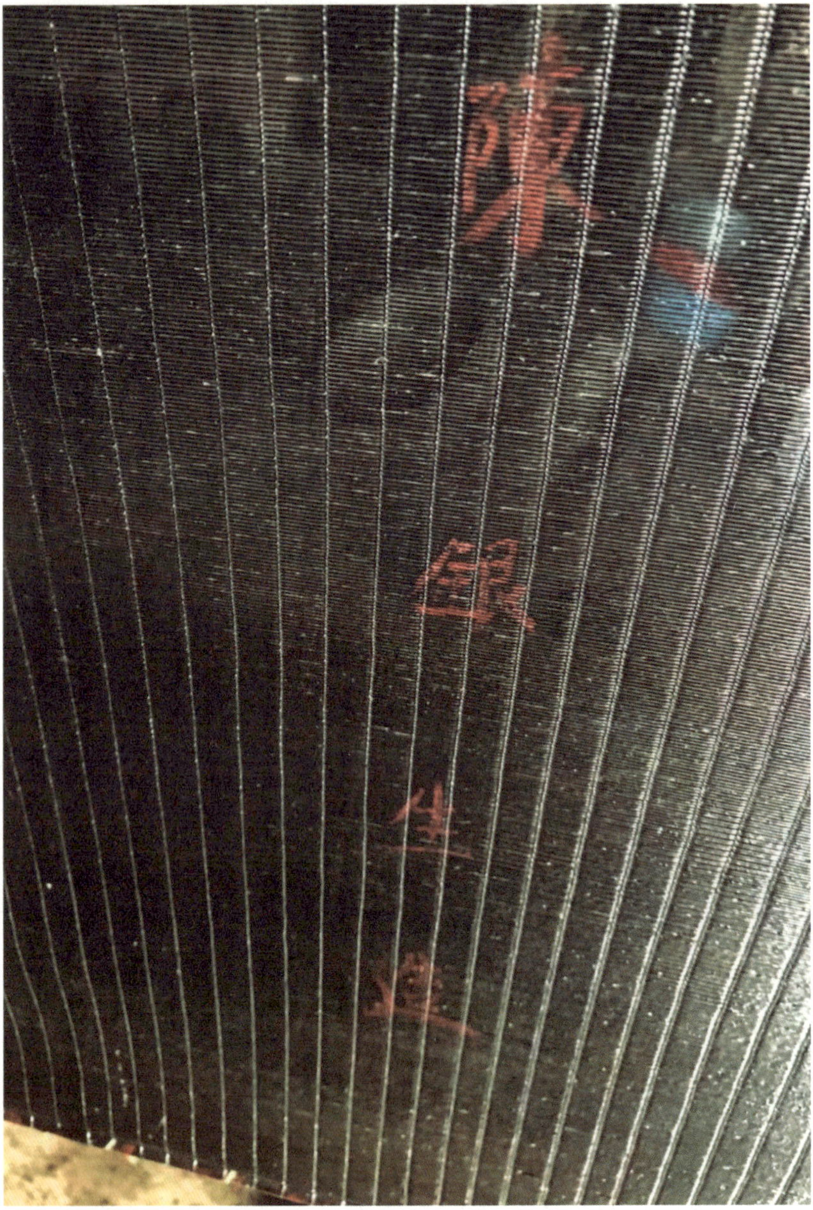

毫米的竹丝，这样的竹丝才有资格被陈师傅编入竹帘中。虽说一张长90厘米宽80厘米的竹帘能卖2800块，无奈现在做纸的人少了，买帘子的人就更少了，他的生活自然也就十分窘困。

老师傅举着自己做好的帘子让我看，只见黑色土漆刷过的竹丝排列紧致细密，黑漆均匀地包裹在每一根竹丝上，但竹丝却又根根分明。乌黑发亮的细竹帘上用红漆写着"陈银生造"，显得格外醒目，仿佛是这陋室中唯一一道亮色。想必这也是他集一生时间、精力，唯一可以向世人展示的了。

离开陈师傅的陋室，我心里便开始琢磨着，李师傅的纸坊又会是什么模样呢？

走近祝家桃林村，见村口立着一块醒目的牌子："国家非物质文化遗产滩头手工纸坊"。我们沿村道走了一段泥路，绕过菜地，沿着小溪，最后跨过一小段独木桥，眼前顿时豁然开朗。李师傅的纸坊是一处灰砖墙、黑瓦房的独立小院落。院门正上方挂着"烟冲古法"的竹制牌子，另一边是政府颁发的"滩头手工抄纸技艺传习所"牌子。院落内数幢小平房各自独立，门口分别挂着"焙房""香粉纸作坊""书画纸作坊""古纸加工坊"等标牌，功能区分明确。小院内台阶层层递进，石子小路曲径通幽，花草散落其间，好一派南方小院景象。屋后则是沤料的池子，布局颇为恰当。

我们参观时，仅有一位师傅在抄纸。我留意到水槽上方从院子里接入两根水管，一根是常见的塑料管，另一根是竹管。询问之后才知道，竹管引入的是山泉水，当枯水季或水量不够时，就用自来水补足。我问抄纸师傅，用山泉水和自来水有何差别。他停下手里的活，认真回忆了一下，说："山泉水嘛……用起来好，滑，好捞纸。"这应该是他的切身体会。

在水槽另一侧，我又见到了石凼，里面堆着不少明显已经成型却断裂的纸张。李师傅在一旁不无懊恼地说："这就是昨天榨纸太大力了嘛，全压断了，一天白干了，得重新踩浆，再来一次了，还得损耗不少浆料。"要知道，一般要达到榨纸的数量，起码也得有五六百张纸，所以这的确是非常可惜。

李师傅得知我没看到过踩凼操作，当即挽起裤腿，脱下鞋袜，现场演示了一遍。12月的隆回，气温最多个位数，更何况还是在山里。看着他赤脚踩料的熟练程度，想来应该是常年这样干的。一想到滑腻冰凉的浆料在脚底的触感，我不禁缩起脖子，也更加能够体会到纸工们的辛苦。

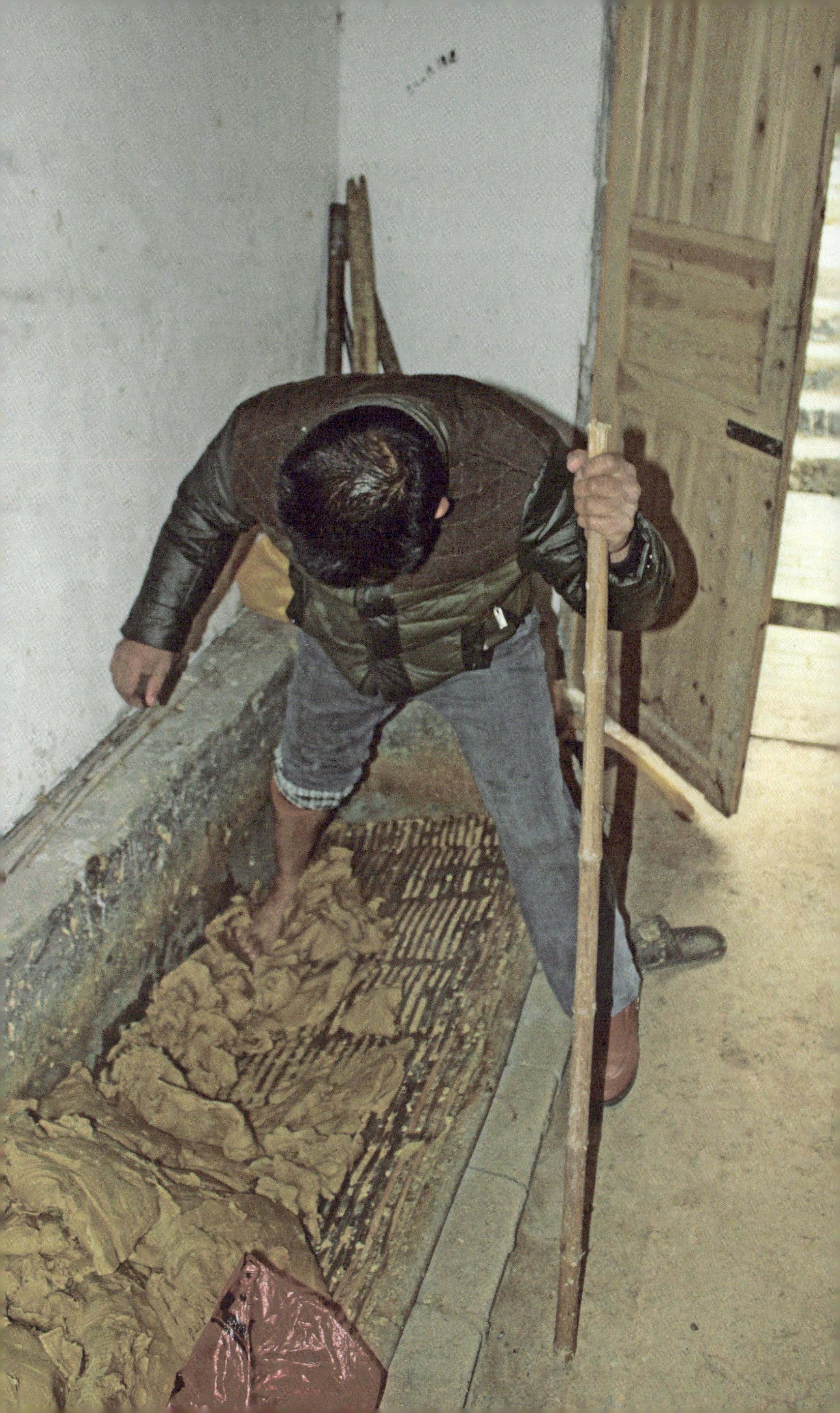

与梁平手工纸制作一样，李师傅这里也是采用人工压榨法。他毫无保留地向我介绍了这种压榨法的操作细节。压榨法是利用杠杆原理，以人力加压榨干抄纸中的水分。压榨时把主杠一头就近卡在"木榨"的横梁下，另一端则悬挂在上方的缆绳套中，然后借助人的手臂和身体发力，不断扳动那根插进辊轴中的木棒，转动辊轴加力压榨。为了加大杠杆力量，纸工们使劲加力转动滚轮榨压，以达到除水的效果。听了李师傅的介绍，虽然还无法完全想象出操作时的情景，但也能够与梁平所获取的信息形成一个补充。还好，李师傅大方允诺，以后会发我榨纸工序的视频，以弥补我未曾亲见的遗憾。

　　近年来，李师傅除传承滩头手工纸非遗项目外，也一直致力于新纸的开发。比如他加工制作的古油纸，就是在滩头手工纸的基础上，加上某种油类，经过十多道工序加工而成，主要供包裹文物之用。他甚至还想生产能够媲美宣纸的滩头纸，这也让我满怀期待。

　　一般情况下，凡盛产手工纸的地方，也多产年画，滩头年画就是当地一绝。在我计划中，寻访滩头年画本是一个顺带的项目，只因纸友龙文老师对此甚是推荐，并再三强调，在隆回"忠良美"年画的陆显中老师那里，能看到许多有意思的东西。结果，这个顺带的行程反而让我收获颇多。

　　作为一名年画创作者，陆老师给我的感觉更像一位底蕴深厚的艺术家。他的代表作《湖南滩头新刻老鼠娶亲全本》，传递着幽默诙谐的气息，"可爱极了"。尤其使我感兴趣的，是他的作坊会对手工纸进行再加工，就地取材，用当地河边特有的石料磨成细粉，涂于纸张表面。更让我惊喜的是，他收藏的花纸老版以及部分老花纸，或施蜡砑花，或刷色点粉，精美无比。陆老师告诉我，原来滩头的花纸作坊比年画作坊还要多。比起年画的装饰功效，滩头花纸可用作包装，可做墙面，也供祭祀之用。而现在，虽然人们收藏的关注点主要集中在年画上，然而陆老师却另辟蹊径，收藏了几百块花版，也算是一种宝贵的财富。滩头花纸的工艺，大多体现在清末的很多折子上，不少档案馆里也都有收藏。陆老师希望能通过收藏的老版来恢复花纸生产。我在他这里看到了意料之外却又在情理之中的传统花纸，心生欢喜，由衷期待他能恢复生产滩头花纸，为纸质文献修复多提供一种适用的材料。

一天的行程匆匆结束，晚上十点我才返回长沙住处，虽然无比疲惫，心情却特别舒畅。陆老师把代表"忠良美"年画的《老鼠娶亲图》赠送给我。随后又发来他当天写的小随笔：

一个杭州女子用一天时间，以最简单快捷的交通方式，完成了一次非凡的探索和旅行。她留下了几句话：我喜欢把工作当旅行，也喜欢在旅行中工作！我对隆回的滩头花纸比滩头年画更感兴趣！我喜欢有底蕴的地方！

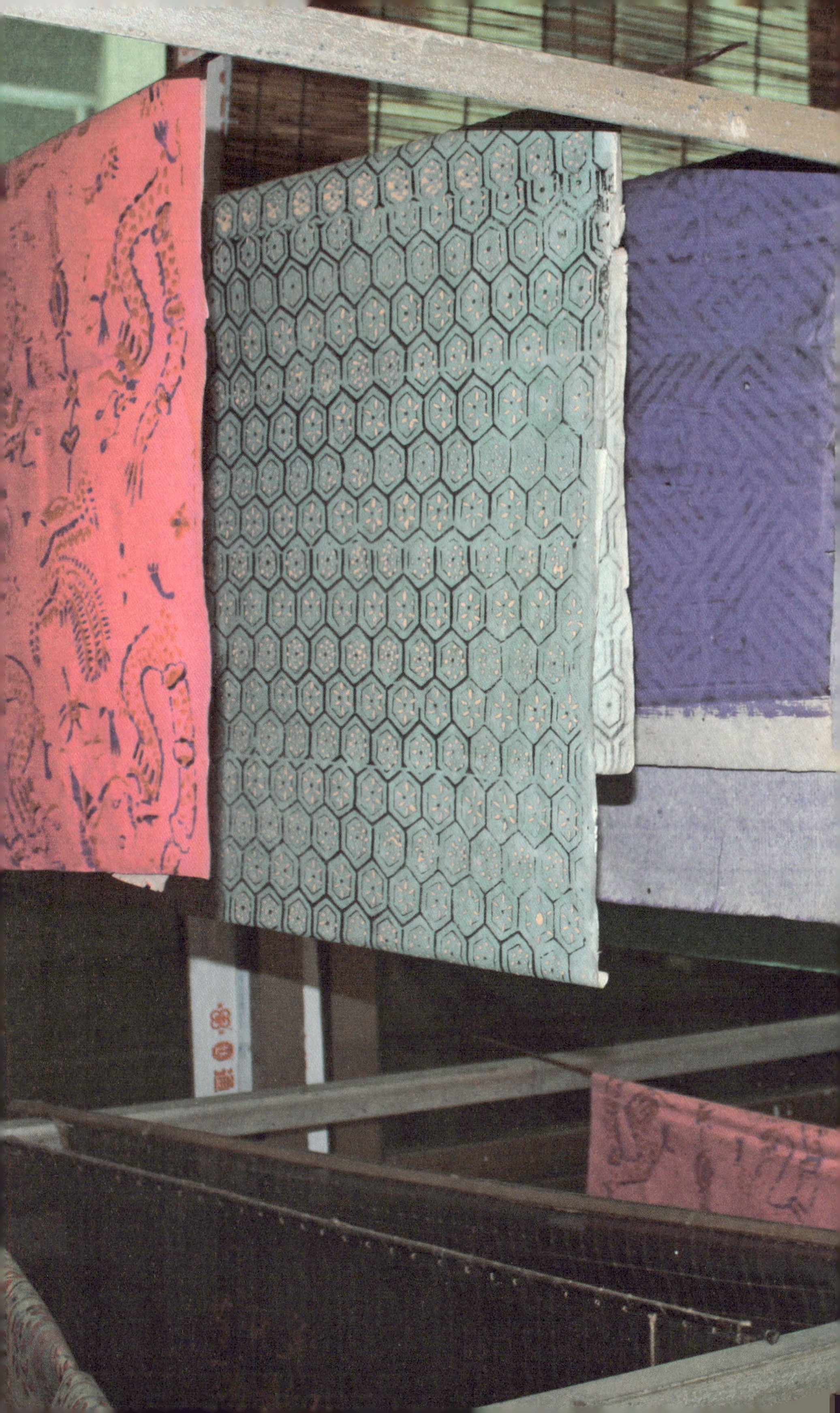

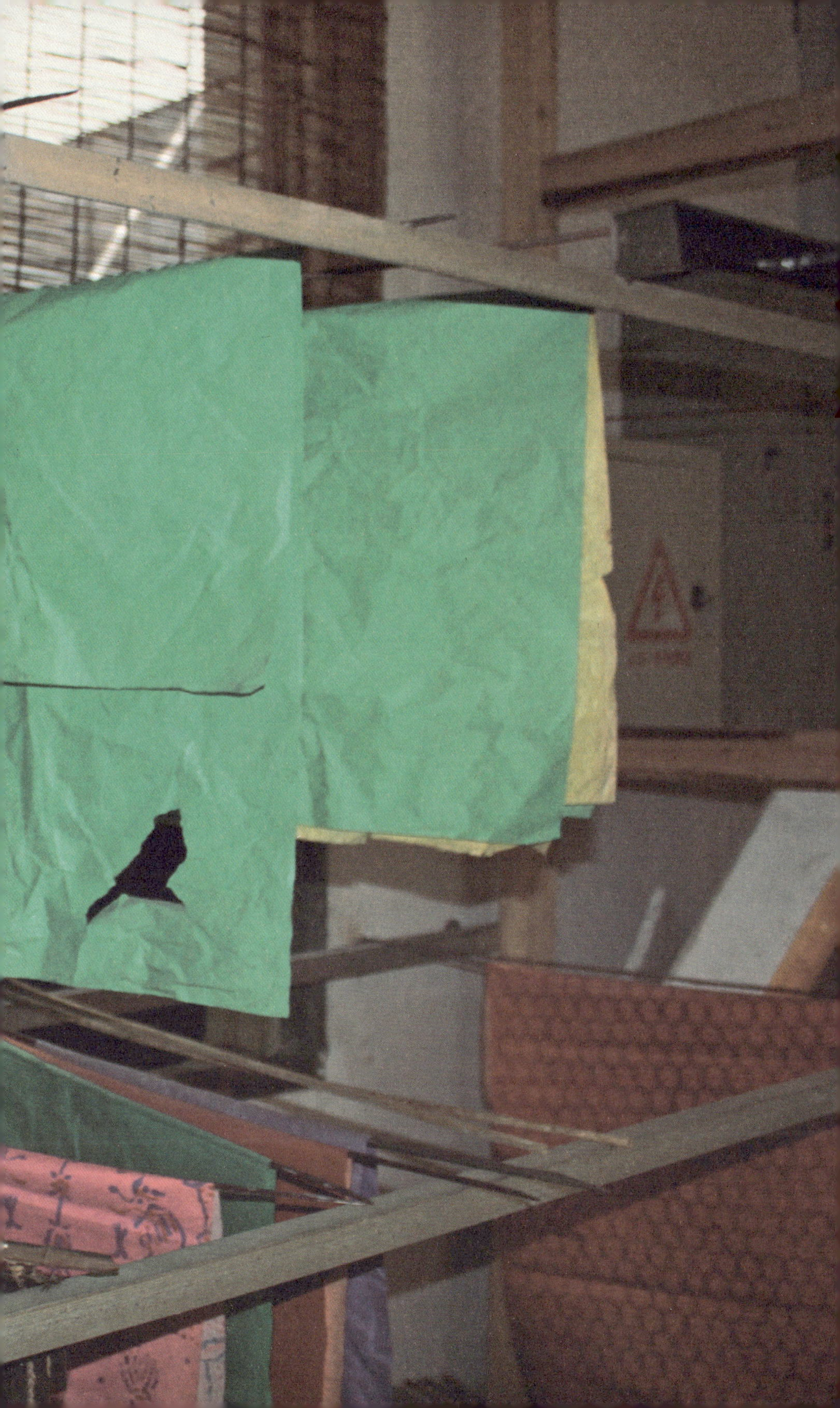

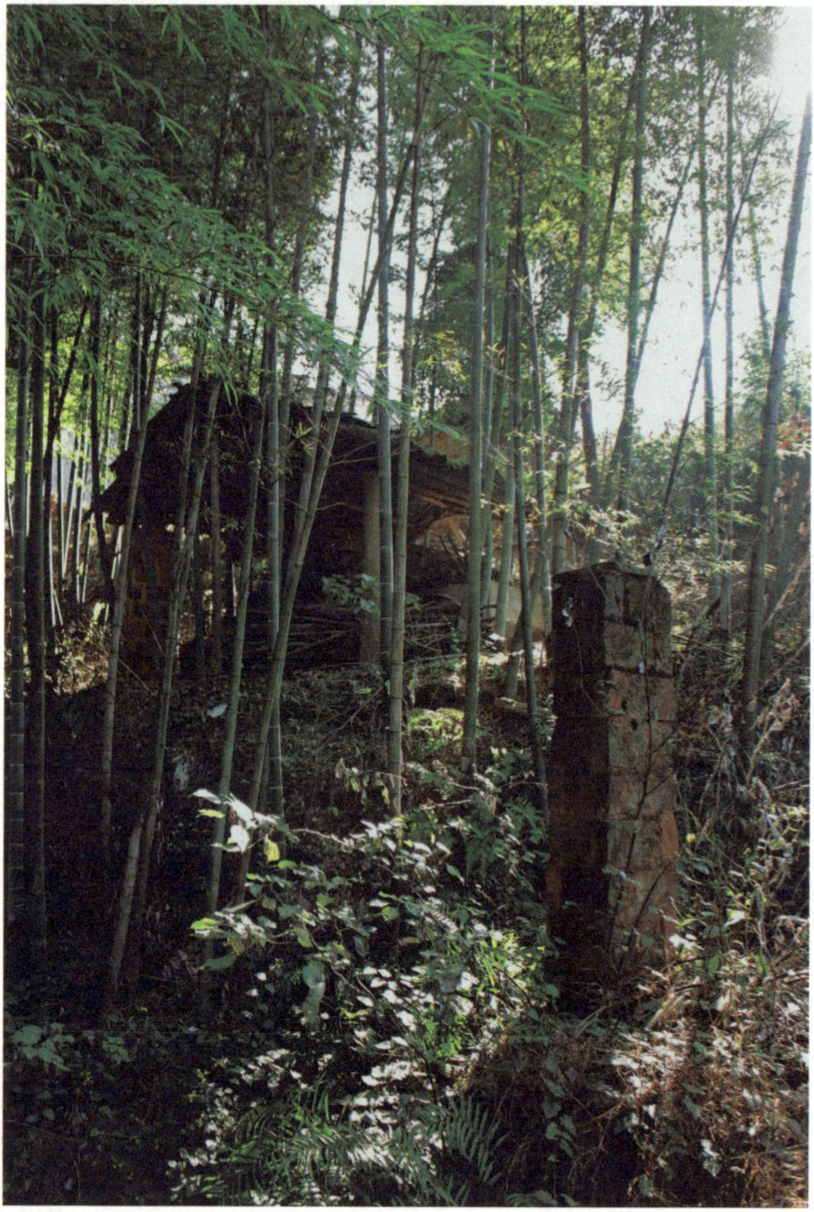

11 "纸都"无纸

湖南省耒阳市素有"纸都"之称。

既然被称为"纸都",总该是以造纸闻名吧,不过耒阳之所以被冠以"纸都"之名,仅仅是因它相传是蔡伦的故乡。当然,耒阳并非不产纸,只不过以当地楠竹为原材料生产的土纸及祭祀纸,与修复用纸无关。可是一想,终日与纸打交道,蔡侯还是应该去祭拜一下的。据说,当地的蔡侯祠内还收藏了不少文物,比如蔡侯亲炙的遗迹,都值得去看一下。况且,距离耒阳40千米处还有蔡伦竹海,说不定那千里竹海深处还藏有古老的纸户呢!

纸圣蔡伦的籍贯问题,一直都有颇多争议。《后汉书·蔡伦传》中开篇写道:"蔡伦,字敬仲,桂阳人也。"此处的桂阳并非现在的桂阳县,而是当时的桂阳郡,郡治(郡守府署所在的首县,相当于现在的省府所在地)郴县。而桂阳郡下治十一城，那么哪一个才是蔡伦真正的故里呢？当地主要有三种说法：一说郴县（今属郴州）。虽无明确的遗迹存世，却有北宋诗人阮阅的诗作《蔡伦宅》为证："竹简韦编写六经，不知何用捣枯藤。自从杵臼深藏后，采楮春桑事已更。"阮阅曾在宋徽宗宣和年间任郴州知州三年，在此期间，他撰写了《郴江百咏》，描述了郴州的名胜古迹和山水景观，此诗就是其中之一。后来学者由此推测，他亲眼见过与蔡伦相关的历史信物，如"蔡伦宅"、春捣石臼等，所以能写出如此诗作。二说是桂阳县。桂阳县曾经拥有蔡子坪、上耒村、下耒村等地名，也曾有祭祀蔡伦的建筑群，清朝康熙、同治时期的《桂阳州志》均有记载。不过蔡侯祠在1934年修筑军事碉堡时被拆除，蔡伦牌楼亦在"文革"中遭到破坏，但"蔡伦井"和春纸石臼依然还在。第三个说法就是耒阳了。若真算起来，有关蔡伦的遗存，耒阳拥有得最多、最丰富。对于蔡伦故里的文献记载，出现最早的就是东晋哲学家、桂阳郡耒阳县人罗含所著的《湘中记》，其中记录了他亲眼见到的"耒阳县北有蔡伦宅，宅西有一石臼，云是伦春纸臼也"。公元121年，蔡伦被牵扯进东汉朝廷内部的权利斗争，安帝命他投案，蔡伦不愿折辱，"沐浴整衣冠，饮药而死，国除"。30年后，在经历了四朝皇帝之后，汉恒帝鉴于蔡伦所受的冤屈和他发明造纸术的巨大贡献，允其在封地龙亭筑墓。学者们分析，当时平反书从京都洛阳送至桂阳郡，却在耒阳停了下来，大概一时无法找到其家人，于是耒阳率先为其建起了蔡伦宅、蔡子池，元代又建了蔡侯祠、衣冠冢……

蔡伦辞世距今1900多年了，学者们根据各种史料、典籍、文物、传说、习俗做出推断，可真正的事实到底如何呢？

从长沙到耒阳，坐高铁只需一个小时。耒阳当地做纸的梁成富师傅全程接待了我。梁师傅在耒阳城里的蔡伦纪念馆工作，负责现场向参观者做制纸演示以及纸张研究方面的工作。他老家黄市镇正是蔡伦竹海的所在地，恰好可以带我过去看看他们的旧作坊。我心中暗喜，说不定今天就有机会亲眼看到原汁原味的古法造纸术呢。不过在触摸现实之前，还是得先到蔡伦纪念馆去温习历史。

据《后汉书·蔡伦传》载："自古书契多编以竹简，其用缣帛者谓之为纸。缣贵而简重，并不便于人。伦乃造意，用树肤、麻头及敝布、鱼网以为纸。元兴元年，奏上之。帝善其能，自是莫不从用焉。故天下咸称'蔡侯纸'。"文字把蔡伦留在了汗青之中，耒阳人则用砖木、碑石把对他的感激之情筑入了古朴的蔡侯祠。蔡伦纪念馆内的蔡侯祠位于蔡伦墓前，初建于东汉，最初名"蔡伦庙"，后在洪水中损毁，蔡伦像被移至他处，只是地基尚存。元代至元四年（1338）左右，知州陈忠义有感于蔡伦功迹，捐出自己的俸禄，集结一帮有财有识的"好义者"，在原地重建蔡侯祠，移回原像。他又划拨田产，种桑一百余株，并将所有收入用于祠中的日常维护。此后，由于战争破坏，蔡侯祠损毁得非常严重，直到中华人民共和国成立后的1958年才由耒阳县人民政府在原址修建一新。关于蔡伦祠的历史沿革，祠内展示的石碑碑文和展览文字解释得非常清楚。

尤其是1958年耒阳县人民政府的《重修蔡侯祠记》，还附有祠内与蔡伦相关的古迹介绍："石臼：保存于蔡伦祠内，传为蔡伦舂纸臼；蔡伦墓：蔡伦祠后十余丈；蔡子池：蔡侯祠前，传为蔡伦洗纸处，水经注，蔡州之西即蔡伦故宅，旁有蔡子池，今池存宅废；纸桥：耒城河边周家码头，传为蔡伦造纸处；玉鼎：蔡子池旁，传为祭祀蔡伦用。"不过，可能是之前看了资料，先入为主，祠内的石臼虽年代久远，但又如何证明是蔡侯亲自捣过纸的呢？再说，各处都有传说是蔡侯亲自捣纸的石臼，蔡侯若是地下有知，也会忙得躺不住了。

博物馆内的文字、图片及影像资料，我也都认真看过，不过看到其中介绍灞桥纸的配图和文字，却大吃一惊：本该配灞桥纸的图片，上面却配了一张线装书的图，而且还是账册的形式。这不是有点误导观众、贻笑大方了？

也许不是周末的缘故，纪念馆内人迹稀疏。因为心里还惦记着千里竹海中的古纸坊，便匆匆结束了参观。在我看来，眼下的蔡伦纪念馆更像一个市民公园，人们在此或遛弯散步，或负暄唠嗑，或含饴弄孙，蔡伦似乎与他们并没什么关系，更何谈造纸的事业。

山路十八弯。竹海甚是壮观，古法造纸作坊内散放着陈旧的造纸器具，却没有日常造纸的痕迹。梁师傅告诉我，此处最盛时曾有八九十个槽房，而现在则只是一个增加游览趣味的体验点。辗转到了梁师傅家附近的造纸棚，也已是完全荒废。眼前沤料池内的枯叶，榨纸架上的陈年厚灰，地上丢弃的腐烂麻绳以及滑料锅内的巨大蛛网，无一不在告诉我：蔡伦竹海景区的开发，并未给竹海深处的造纸人家带来新的生机。

参观结束后，我和梁师傅站在高高的观景台上，望着绵延的竹林，感受着冷冽的山风。蔡伦故里之争，犹如蔡子池上轻风吹过泛起的涟漪，转瞬而逝。故里的名声，只是名声而已，而纸圣的事业，如不能真正传承，即使争得了这名声，又如何传承下去呢？

只愿"纸都"不再无纸。

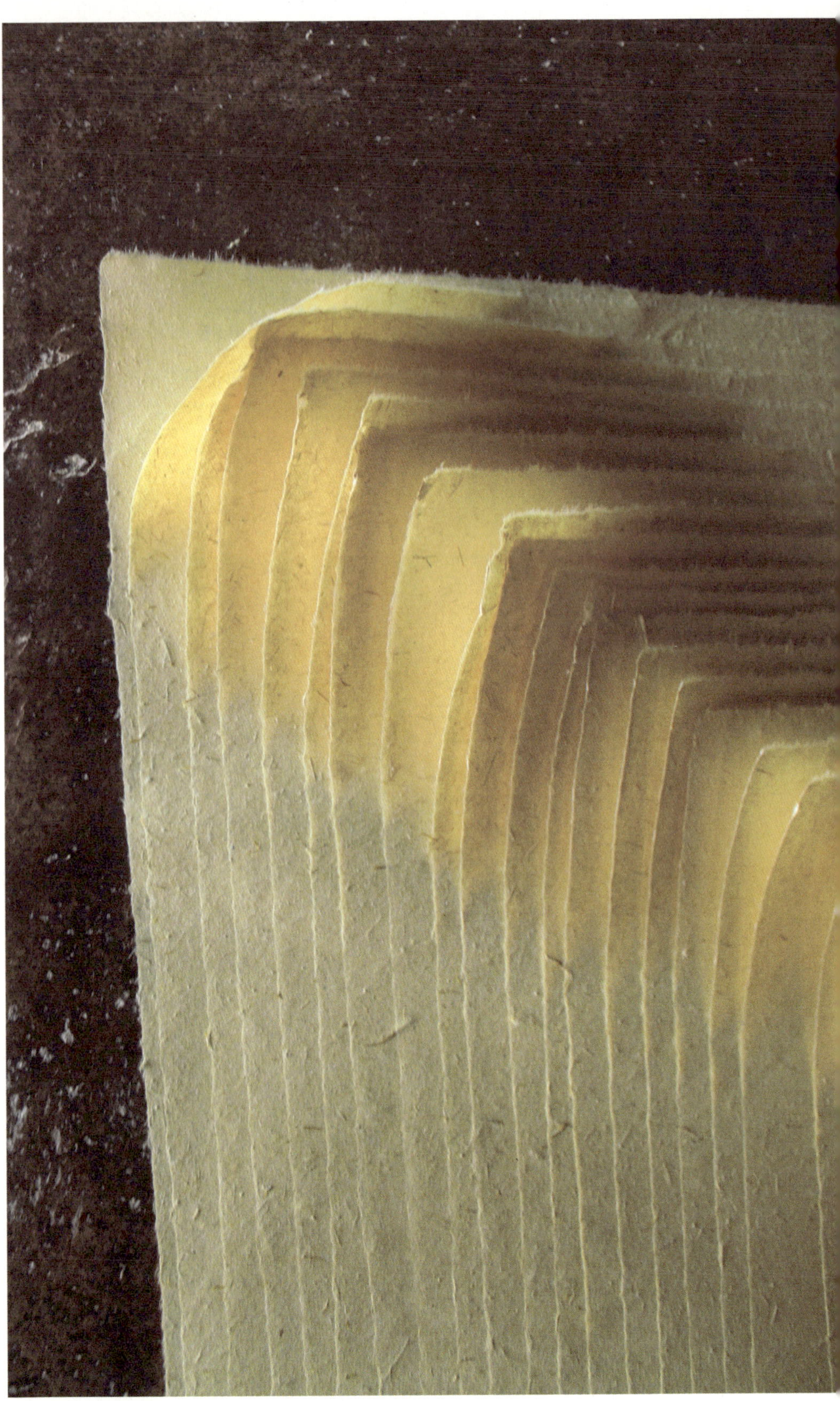

12 不虚此行访贡纸

上午 10 点 53 分,我站在浏阳的张坊高速口,望着绝尘而去的大巴车发呆。刚下车的时候,售票员扔给我一句话:"要想今天回长沙,2 点 50 分在这里等!"因为修路,大巴车只能把乘客甩在高速路口,也正因为修路,原本 4 点半返回长沙的末班车,提前了两小时。也就是说,我专程赶来参观古山贡纸的时间,只有不到四个小时。

售票员的话砸得我不知所措地在原地转了两个圈,一时头脑空白。等我回过神来,拨通了朋友的电话。这朋友倒是非常给力,立即安排了一位车技非凡的驾驶员来接我。他一路开得飞快,弯曲的山路都不带刹车。11 点 35 分,晃得头晕眼花的我已经落脚在梅岭村的"古山贡纸"非遗传习所了。

说是"传习所",其实也就一座两层的木结构土坯房。好在房前开阔疏朗,加之天气又好,阳光亮堂,为它平添了一番乡村民居的风味。传习所的主人、古山贡纸传承人黄隆根师傅，手上正做着寺庙用的佛表纸（画符用的祭祀纸）。看到他不时抬出水面的手指上沾染着黄色，我便心生各种疑问。他倒也不藏私："这是食用姜黄，好着呢，多少年都不变色。"

接着，黄师傅又给我说了一段古山贡纸的来历：康熙年间，福建邱氏父子迁到这里，做出手工纸并且挑到京城进贡，皇帝大喜，赐名贡纸，也叫贡川。咸丰年间引进竹料熟料造纸工艺后，所产文书用纸、漂白大贡、漂白二贡，质量更上一层楼，销路愈广。时至民国，金钟、湖洋、七星、双溪一带统称为"石古山"，当地纸就被称为古山贡纸。这兴盛了几百年的手工制纸达到鼎盛，1931年巴拿马万国博览会上，两家生产贡川纸的商号还分别获得了金、银奖。纸业辉煌时期，当地有300余槽户，"浏阳造纸技术之精，纸品之佳，省内无出其右者"。中华人民共和国成立后，手工纸的生产总值占到当地工业总产值的34.4%，整个浏阳的生产力以纸工为主，输出到外打工的劳动力也是以从事造纸技术为主。不过，这已是过去的辉煌了。现在整个上洪地区只有三家在做手工纸，其中两家做的还是花炮纸，仅有黄师傅家还在延续高端的古山贡纸生产。早几年，黄师傅并没有全身心投入造纸事业，山上一百来亩田地需要他打理，家里还有台拖拉机，时不时要出去跑点运输。直到2016年，一个偶然的机会让贡纸引起了空前的关注：长沙市文广新局、长沙市非遗保护中心联合当地画家、非遗工作者和媒体记者80余人齐聚浏阳，发起了一场"拯救古山贡纸"的公益活动。

众多艺术家以古山贡纸为载体创作的书画作品，就在黄师傅的作坊内展出。在展览现场，黄师傅复原了造纸作坊的局部场景，现场讲解和演示了抄纸工艺。这次活动无疑为古川贡纸的发展带来契机，促使长沙政府部门开始恢复古山贡纸的抢救性生产。那以后，黄师傅才将全部时间、精力投入到造纸事业之中。

年过五旬的黄师傅从十几岁开始做纸，带的四个徒弟也都快40岁了。对于做纸的艰辛，黄师傅说："我们小满以前就要上山砍料，用石灰沤上一周，蒸煮一次后漂洗干净，再用食用纯碱煮烂，每锅煮三四个小时，一天煮上三四锅。沤料用锄头敲烂后，再用U型槽打浆。原先都是放在麻石上踩烂，现在有了机器，能省一个人的人工。我们早上要五点多起来，每天工作12至14个小时。"

我望向土墙，看到正对着槽子的墙上贴着一张大红纸，上书"蔡伦先师神位"。午间的阳光透过贴着塑料纸的木头窗户，斜斜地打在红纸上，可以清楚地看到浮在红纸上的烟尘，以及香碗下积着的厚厚的香灰。黄师傅指着神位说："我们这里每月初一、十五都要祭祀，弄个仪式，点炷香，敬杯酒，放三牲。"

我最关心的还是古山贡纸与众不同的工艺特色。在观看抄纸时，我发现他们采用的是纵向持帘。后来查找资料时发现陈刚老师在其《中国手工竹纸制作技艺》一书中也谈到这个问题：这种形式的吊帘，是当时浏阳东门造纸社所创，虽然这种持帘方式在抄纸时活动自由度较小，但稳定性比较高，容易掌握。

对于我最感兴趣的抄纸帘子，黄师傅说他现在用的帘子都十几二十年了。原来浏阳纸业最红火时，本地就有很多做帘子的，可现在没人做了。"我还刚到安徽去订了一个，4000多元呢！"我又转到"滑水"的话题。"滑水？噢，纸药啊，我们这里全部用纯天然的，夏天用山苍子，煮烂制成胶，一天煮一锅，可以用上十来天。不过也要看天气，天冷时就用猕猴桃藤，三月间么还可以用椰叶。最好用的，当然是猕猴桃藤，不用煮嘛，捣烂就可以用了，方便。水就用山泉水，跟自来水没什么不一样，只是不要钱。"

我走近槽子，看到边上水桶里塞满了白色的浆料，特别白净，便问是什么料。"这是木浆料，我掺一点，降低成本嘛。我知道对纸不好，不过这种纸要求不高，好纸我肯定不用它的，放心吧。"可见他真是一个明白人。

转到焙房，黄师傅的妻子正从焙墙上往下揭纸。我留意到他们的焙纸方法也不同于其他地方。在别处，无论是一张张揭下还是数张同时揭下，贴焙墙时基本都是一张一贴，最多的地方也不过重叠十张左右，而他们这里竟然是40张错开叠起，一并上墙，而且是先叠上去再开火。至于墙温控制多少度，他们也说不清，只是凭经验，一般干燥到三分之二的程度就不再添柴，只靠余温慢慢干燥。相对来说，黄师傅的这种干燥方式比较温和，湿纸纤维在干燥过程中受到的损伤很小。至于焙墙，倒也是传统形式，内部以竹篾搭架，外刷三合土（由石灰、黏土、细砂夯实而成），表面定期刷桐油、豆浆、食盐、米汤的混料。在焙墙侧面，有墨字"王才伟师造，二〇〇五年十月"。挺有

意思，说明建焙墙的是个有担当、肯负责的人。

跑了这么多地方，看过许多种焙墙，可一直只听介绍，从未深入探究。眼下，我对焙墙的问题最多，而黄师傅也不厌其烦地一一解答，甚至连我厚颜提出想钻进焙墙内部看看构造的要求，他也欣然应允。黄师傅大方地打开焙墙风门，还拿来强光手电。我侧身艰难地挤进焙墙里仔细察看：墙内整体结构与外部相仿，上小下大；最里层是用木条搭成的人字结构，外面覆着竹篾，上面落着厚厚一层黑色烟灰。我最不明白的是焙墙内部如何加热，黄师傅便也挤到风门口，指着焙墙底部说："你看，底下那条长长的是通火墙，也是三合土做的，上面一个个小半圆是瓦片，挨着摆就有孔隙，热气就能冒出来，可以向上加热了。"

我越看越来劲，恨不得整个身子都钻到风门里，要不是黄师傅一把将我拽出，估计会变成一个"小黑人"。后来查看资料并请教老师，我才知道这种形式的烟道被称为闭焙，另一种是涌焙，以焙砖为中心，内建火道，直接烧砖。两种纸焙都是内部加热，焙纸工人伸手靠近焙面感知温度，而后才焙纸，这就完全需要凭经验了。

一直想亲眼看看人力榨纸的工序，可每次都完美错过，而这次终于在黄师傅的作坊里如愿以偿了。黄师傅抄完900张纸后，开始操作人工榨纸。他把压板、工具摆放妥当后，双手抱住杠杆，半蹲下身，利用身体的坠力下压。反复几次后，又一手拽住挂在房梁上的麻绳，飞身跳上杠杆，使劲往下踩。我能明显感觉到，他是凭借经验在使用巧力。

正当我投入地观察人力榨纸时，司机师傅忽然催促，一看时间，居然已是2点10分了！与黄师傅匆匆道别，又一阵风驰电掣，我准时站在那个高速路口，赶上了最后一班车。我一口气猛灌了两瓶水，好歹没让嗓门冒烟。

每次访纸，总是行色匆匆，似乎从未有过从容悠闲的行程。而我，却常常乐在其中。

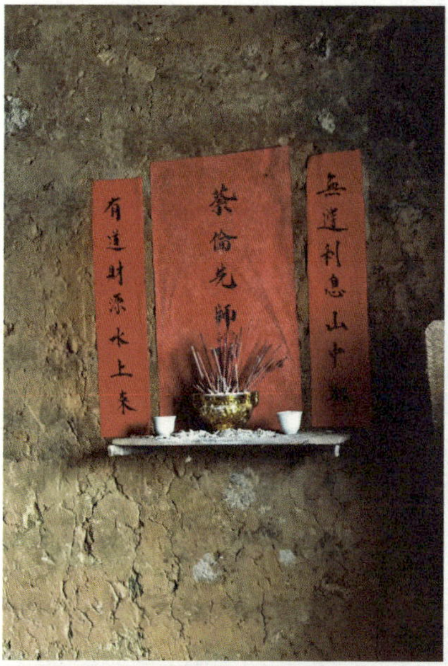
有道財源水上來
蔡倫先師
無道利息山中

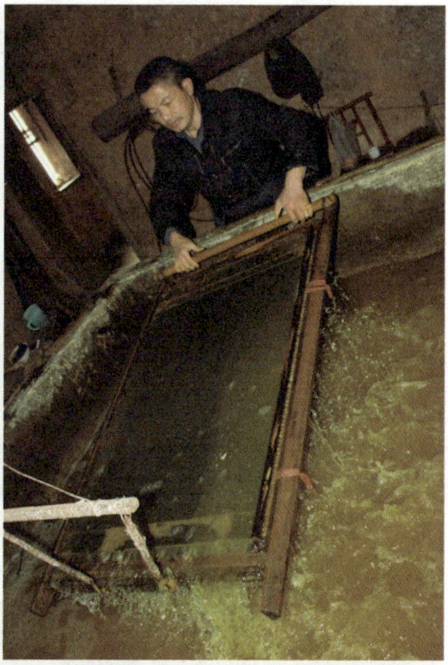

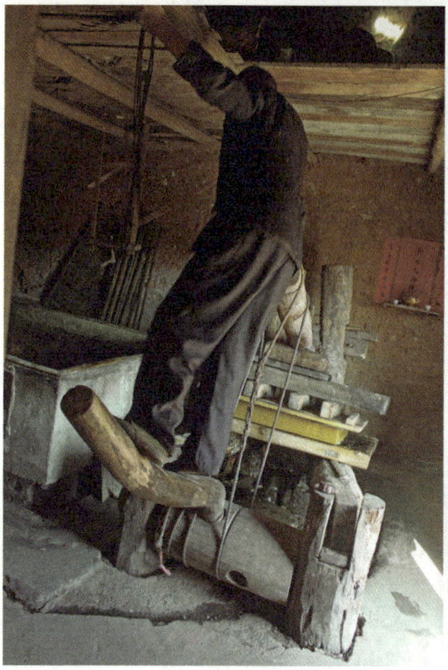

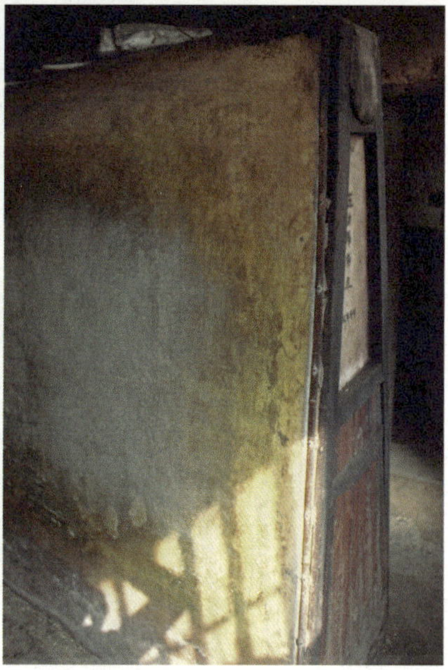

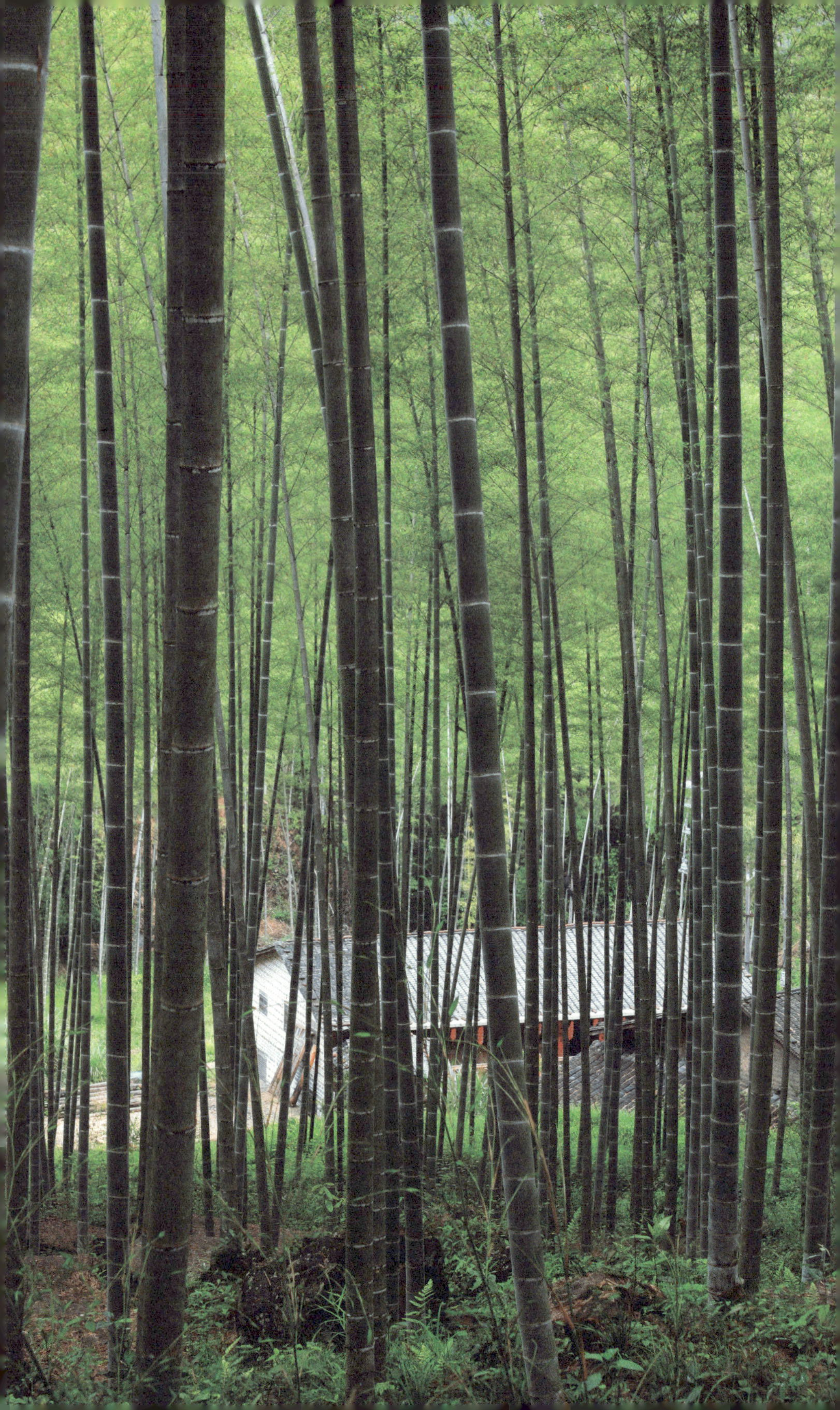

13 龙栖山：似曾相识故人来

2018年4月的一天，我伫立在福建省三明市将乐县滨河畔。时隔两年，我又一次来到福建，第二天就要进龙栖山，一探当地有名的西山手工纸。

此次赴闽，缘起于2017年底浙江图书馆举办的"书路修行·与古为役——古籍修复特展"。这个展览，可以说是国内第一次聚焦修复技术的专题展。当时我们并没有想到能在社会上引起如此大的反响：浙江的电视台、电台、报纸、新媒体网络等单位的各路人马纷纷前来，多角度报道了这场展览。尤其是展厅内那一面长达12米的"纸墙"，成为"网红拍照点"。纸墙上，各种修复用纸被背景灯光映射出五彩缤纷的纤维，格外美艳。观众们饶有兴趣地阅读展板上有关纸张的注释，再"按图索纸"，就像参与"连连看"的游戏，乐而忘返。杭州《都市快报》的潘卓盈老师以纸墙为切入点，深入挖掘，把镜头转向位于西子湖畔的浙江图书馆杨虎楼纸库，写了一整版的专题报道。这篇报道揭开了深藏闺阁的杨虎楼纸库的面纱，也引起了许多纸张业内人士的关注，福建将乐方面便是从报道中得知这么一个神奇的纸库，与我取得了联系。他们向我介绍了当地的龙栖山手工纸，并希望我有机会能去那里看看。这篇报道也就成了我此行龙栖山探访手工纸的牵线红娘。

下了一整天的雨，老天终于赏赐了一个阴天，便于我们进山。龙栖山国家自然保护区位于将乐县西南部，距县城56千米。该区属森林生态系统类型自然保护区，海拔在700～1000米之间。雨后的山区，雾气氤氲，打开车窗，空气里夹杂着植物的清香，丝丝缕缕，萦绕不绝，浅浅一个呼吸便可吐尽胸中浊气。沿途的竹林葱翠欲滴，竹端被雨水浸润，垂头折腰，挤在一起，织出一道延绵不尽的竹廊。

苏易简在《文房四谱·纸谱》中评价竹纸时说道："今江浙间有以嫩竹为纸，如作密书，无人敢拆发之，盖随手而裂，不复粘也。"一句话，当时的竹纸脆而易碎。虽然根据文献资料记载，竹纸最早应该出现于唐代，但按照太简先生的说法，在北宋初期，其制作技术仍不够成熟。不过竹纸的加工技术发展很快，苏易简之后不到100年，米芾在其《书史》中就有写："滑，一也。发墨色，二也。宜笔锋，三也。卷舒虽久，墨终不渝，四也。性不蠹，五也。"或许这就是当时书法家独爱竹纸的原因吧。

若说竹纸在江浙地区是以书画用纸而兴盛，那么在福建则是因为刻书、印书业的发达而兴旺。宋代是雕版印刷的黄金时代，社会对书籍的需求量持续上升，之前通行的麻纸和皮纸，面对蓬勃发展的印刷业，显得力不从心。此时，被古谚称作"三日掀石，十日齐墙，百日凌云"的竹子，以其产量大、繁殖力强而使得福建竹纸成为造纸业的后起之秀。此外，福建书商刻书重利，竹纸价格低廉，可大大降低印书成本，再加之文人推崇，种种因素推动了福建竹纸的快速发展。西山竹纸据说也有600多年历史，完整保留着蔡伦的造纸工艺。2005年10月，西山纸制作工艺被福建省政府定为首批非物质性文化遗产；2008年6月，西山纸入选中国第一批国家级非物质文化遗产扩展项目名录。不过，与大多数手工纸传承相仿，时至今日，将乐县600余家造纸工坊只剩下"西山造纸作坊"了。

我们驱车到达龙栖山入口处，简陋的收费站墙上挂着一块电子的环境实时监测屏，其上显示"国家自然保护区龙栖山。负离子：每立方厘米2781个；温度：20.0摄氏度；湿度：94.0%RH"。显然，龙栖山有先天优势，是一个水量充沛、水质条件好、竹林资源丰富的造纸佳地。

纸坊藏在竹林深处。透过密密的竹隙，能隐约看到黑瓦、木栏、红灯笼和袅袅升起的炊烟。只是后来才知道那不是炊烟，而是烧焙墙产生的烟火。手工纸坊主人是一对夫妻，男主人刘仰根是西山纸第四代传人，17岁就接替父亲成为纸厂管理员了。妻子吴招荣，名字挺阳刚，人也爽快利落，在厂里从事质检工作。

福建人爱喝茶，吴师傅索性在水槽边摆上了茶摊招呼我。即便吃茶点，三句话也不离本行。"做纸很辛苦的！你看那几位抄纸师傅，从纸槽里起帘，再走到闸床，来回两趟，一天要走五千趟。"吴师傅边说边往我手里塞点心，都是自己种的芋头，自己晒的野柿子干。"没办法啦，总要做点其他的，光靠做纸怎么行呢？"以我所见所闻，似乎传统造纸人都是如此，农闲时造纸，农忙时还得干农活。

据吴师傅介绍，他们这里的做纸方法与福建其他地区大同小异。果然不出所料，焙墙用的也是铁焙。"焙墙是三年前去富阳学来的，我们跟那边交流多，上次还互相学习了如何削竹子更快更省力。不过这个焙墙也不太好控制，里面烧水温度高了，做厚纸还稍微好点，做薄的纸就会起皱。"我望着触不上手的铁墙，也是无语：交流学习固然是好，但信息还是要及时更新的。我当即告诉吴师傅：现在富阳又开始恢复土焙了。

125

即便是"龙栖"了，雨也不肯消停：中午时分，外面又淅淅沥沥下起雨来。本想跟刘师傅去湖塘边看看沤料池，也被这雨拖住了脚。我捧着热茶，靠坐在小屋门前，透过廊檐看着不断下滴的水珠。此刻，岁月静好，如果能在此做一辈子纸，也是一件美事。可后续的事呢？材料、技术、传承、销售、用户的要求等一系列烦心事，恐怕也不会消停的……

看不了沤料池，正好可以翻翻他们做的老纸。我一一触摸，能感觉岁月在指间缓缓流淌……突然，一张老纸让我感到特别熟悉，仿佛是一群路过的陌生人中猛然闪过一个老熟人的面孔。我连连翻了几张，又有似曾相识的感觉。原来，我馆纸库里存放的一批20世纪80年代采购的连史纸、机粉连史纸、玉扣纸，由于当时条件所限，并未对纸张的采购地点等信息进行详细登记，因此，纸张信息缺失，以致我们后来编写《中国古籍修复纸谱》时，把这些纸的相关信息著录为"不详"。不知道产地，就无法追根溯源，也就没法对这些纸张作补充采购。一旦纸库储备量低于200张的警戒线，每使用一张可就要反复斟酌了。

那么，眼前这些熟悉的纸张与我们的库存是否有关联呢？我居然又在刘师傅纸坊的角落里发现了包装纸张的老竹篾桶。之所以对其记忆犹新，是因它与我馆所藏纸张的外包装完全相同。2013年，我们对库存纸张进行清点整理时，发现当年外购纸张有的是用木条打包，有的是大棕叶包裹，也有的是用竹篾桶装，林林总总，各具产地特色。可惜的是，当时只顾梳理家底，却没有把纸张外包装的原生状态拍照存档，实在是令人后悔。

不过，我还是对某些包装特殊的纸张形态印象深刻，纸库里老竹篾桶装的纸，产地可能就是龙栖山，真有他乡遇故人的感觉！（后来，刘仰根夫妇还专程到我们馆里参观纸库，并在现场确认，那些纸确实是他们纸厂所产，因为纸上所钤品名印、检验印的印戳，现在依然保存在他们纸坊里。）

不愧是造纸世家，吴师傅还留有不少老纸样，令我眼馋不已。尽管如此，她还再三抱怨家里人存不住东西，扔了好多纸样，其中有些都有上百年的历史了。我也不禁跟她一起心痛起来。吴师傅倒是很大方，把一本20世纪五六十年代生产的陇西山毛边纸样品送给了我。按照样品里记载的检测要求，每刀纸必须足数200张，分为九个等级：特、超、优、甲、乙、丙、光、赤、阡。以特级为例，规格62厘米×134厘米，重量4.5千克以上，要求纸料韧嫩，做工精细，颜色洁白带青，纸面平滑有光，厚薄均匀等。超等纸则要求同等规格下，重量在4.25千克左右，

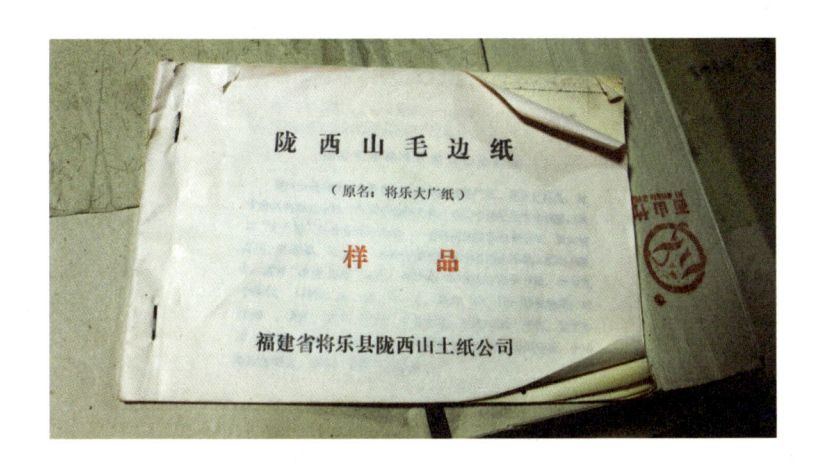

纸色比特等稍差一点。其他等级以此类推，记载得非常详尽。吴师傅又告诉我，当时的做纸师傅非常厉害，抄纸和焙纸师傅配合得好，做出来的纸说4.5千克就4.5千克，而且可以一直保持恒量。对于旧时做纸师傅的本事，我俩又不禁感叹了一番。

当年，乾隆皇帝编《四库全书》时，曾命钦差大臣到将乐调纸印刷。民国时，西山纸走向辉煌，百余家作坊年产纸2500多吨，为福建之最。抗战期间，西山纸被定为《中央日报》（国民党机关报）的用纸。20世纪70年代，国家出版局编印《毛泽东诗词》线装本及重要历史资料，用的也是西山纸。可西山手工纸后来还是没能逃脱大时代背景下逐渐走向没落的命运。不过，吴师傅还是告诉我，市面上少见的毛太纸，他们曾在20世纪80年代制作过，现在依旧可以进行恢复性生产。他们两口子，真是维系着这门技艺的最后的守护人。

说话间，雨停了。刘师傅便带我去看沤料池。关于砍竹子，他们一般立夏一过就会上山，此时的竹子刚长出三个芽。选料要求非常高，特别是做特等纸，要求更高，虫子吃过一点的就不能用，有一点点黑斑的也不能选。当天就要断了筒削了皮剖了料，立马入塘，一点都耽搁不起。他顺手指着路边的竹子，问我是否知道竹子有公母。我茫然地摇头。他笑着告诉我，最底下分叉一支的是公竹，分叉两支的就是母竹。在公竹周围挖地三尺也挖不出笋子的。

刘师傅就那么继续指点着他的山、他的竹林、他的湖塘、他的这方天地。我想，这是个一辈子都能在深山里守着纸业的纯粹的匠人，有他这样的人在，龙栖山就永远会有手工纸。

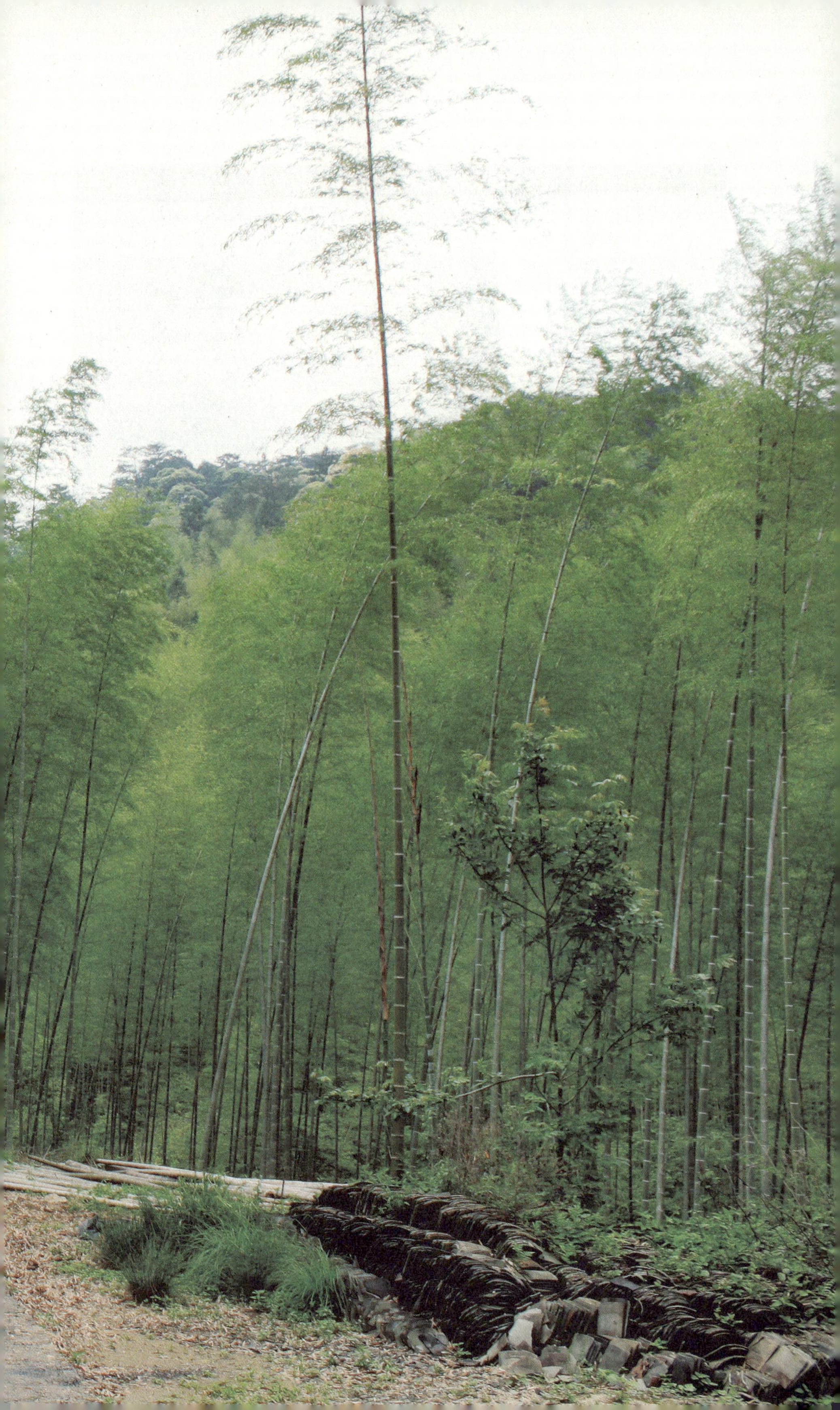

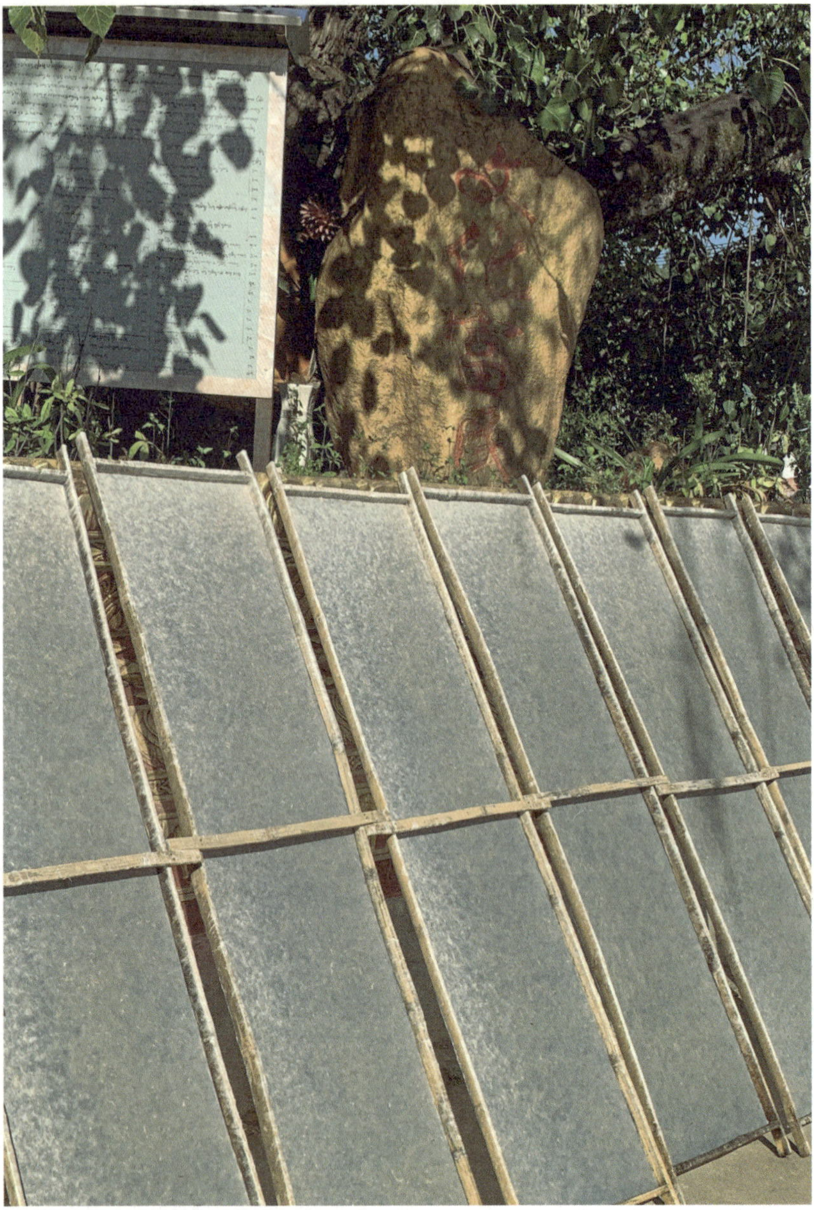

14 曼召，傣纸的香格里拉

2019年1月1日，我重重地在地图上画了两个醒目的红圈：云南、贵州！不过直到年底才好不容易挤出假期，让自己的云贵访纸计划得以实现。甩掉杭州的阴冷，站在阳光明媚的西双版纳嘎洒机场，憧憬着此行的目标——两颗嵌在彩云之巅的明珠：被称为"活化石"的傣族手工纸与纳西族东巴纸。

最先到访的勐海县勐混镇曼召村，是一个与缅甸接壤，被热带雨林包裹着的小村庄。曼召是傣语，时至今日我也不知道它的真正含义。有人说，曼召村的"曼"代表皇族，"召"即"召唤"，是一座守护着皇室的村落，随时等待着被召唤；也有介绍说，"曼"是寨子的意思，而"召"意指萌芽，所以可以译为"萌芽寨"。相传，释迦牟尼路过此地，丢下一根牙签，随后牙签发芽生长，故有此名；还有村里年轻人将"曼召"直接理解为"慢生活"，希望能在这里实现一种理想的人生状态。

我比较喜欢最后一种说法，就如曼召村内延续了800多年的傣纸技艺，匠人们从容淡定地劳作，享受着简单而悠闲的生活。

进入曼召，迎面涌来的是一派与内地截然不同的热带风情：蓝天衬映下房屋的飞檐流角，释放着浓郁热烈的金色，在蓝色围墙下更是耀眼夺目。刚进村口，便望见广场上的菩提树，负责接待的傣族后生岩叫，顺着我的目光望去，笑着说："菩提树是我们这里的神树，每个村落和寺庙都会种上。"其实他不知道，我盯着看的，是倚靠在菩提树下的那一长溜晒纸架。我惊奇地看到，无论是路边，还是住宅墙角、菜地的篱笆间，甚至村委会门口的广场上、旗杆下，目之所及，无不是一排排晒纸架，蔚为壮观。纸工们或是推着小车，拉着滴水的晒纸框找空位晒纸，或是挨个儿收着晒纸框。待纸张半干不干之际，纸工们便会拿着一个"标配"的不锈钢锅盖，在纸面上来回砑磨，纸张表面的不平整随即消失。倘若放在阳光下从侧面察看，定然是平整而有光泽的，待纸工揭下来，俨然成为一张真正的傣纸了。我好奇地问岩叫：你们这里做纸的场面那么宏大，得有多少纸工呀？岩叫一脸诧异，回说："我们全都是纸工呀，全村196户村民，有180多户做手工纸的。"

跑过这么多地方，所到之处，听得最多的是"做纸维持不下去了""只剩一家两家在做"之类的话，而此地居然是全村做纸，全民同业，难怪撑得起如此了得的晒纸场面。之前看过一些资料，据说云南傣纸工艺的传承向来是传女不传男，因为在当地人的传统观念里，与农活等"重活"相比，造纸属于轻

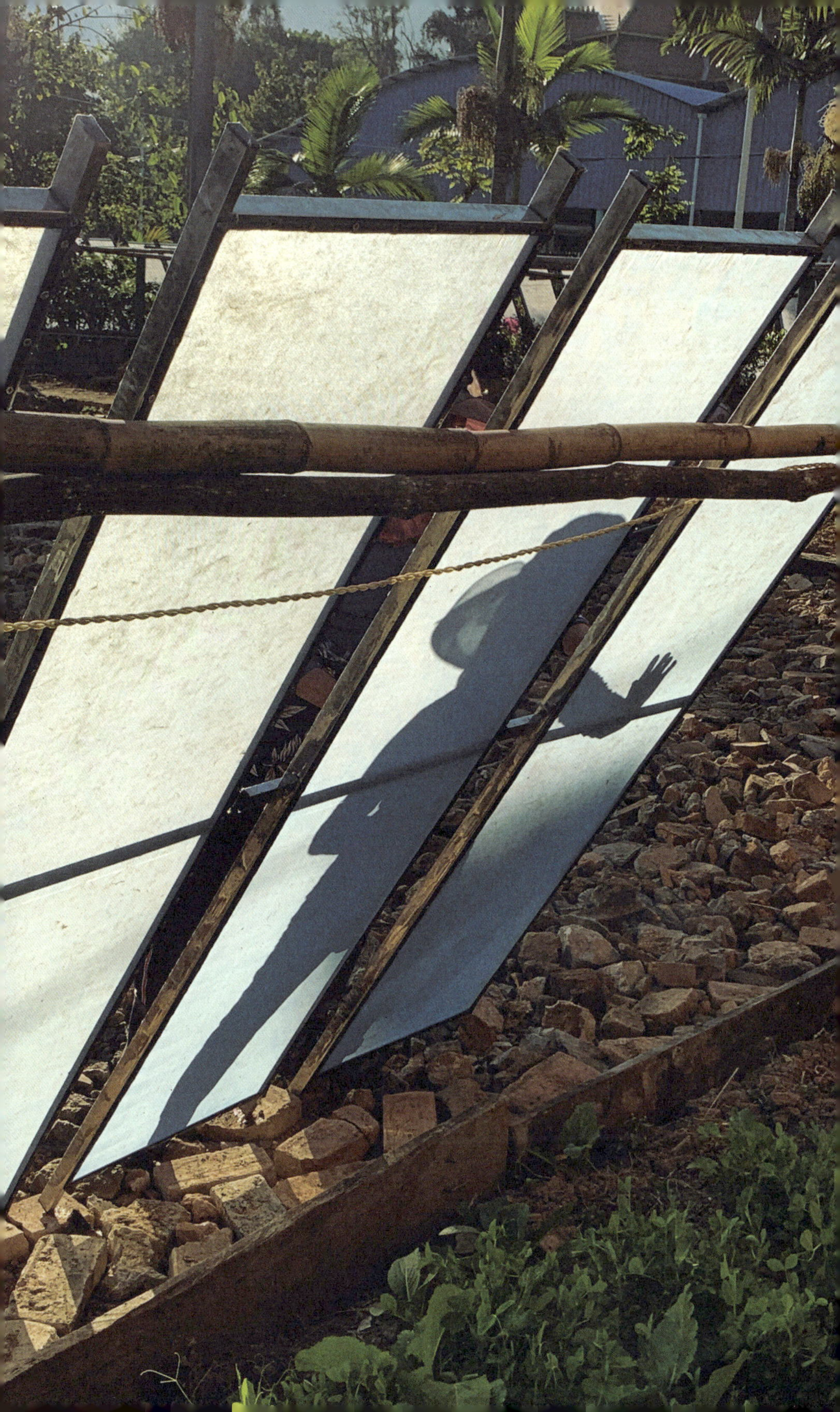

活，男主外、女主内，理应是女人该做的活。我放眼望去，无论晒纸的、砑纸的、浇纸的，倒真是一水儿的傣家妇人，只有一家正在制作尺寸较大的纸，男主人在旁边搭把手。

据岩叫介绍，这里原先造纸一直采用原始的成形方法——浇纸法，一个人日产量才20张，而且纸面特别厚，也比较粗糙。薄一点的一般替代贝叶，用作寺庙抄佛经、剪小纸人。特别厚实的，则做成寺庙用的地垫。大约十几年前，村里派人出去交流学习，根据市场需求，引进了捞纸法。我细细观看了纸工们捞纸的手法，其实就是通过木棍搅动池底的浆料后，将绷着滤网的不锈钢造纸框沉到水面下，再缓慢、匀速、平稳地提起，形成一张纸膜。捞纸速度确实挺快，在我看来应该属于浇纸法

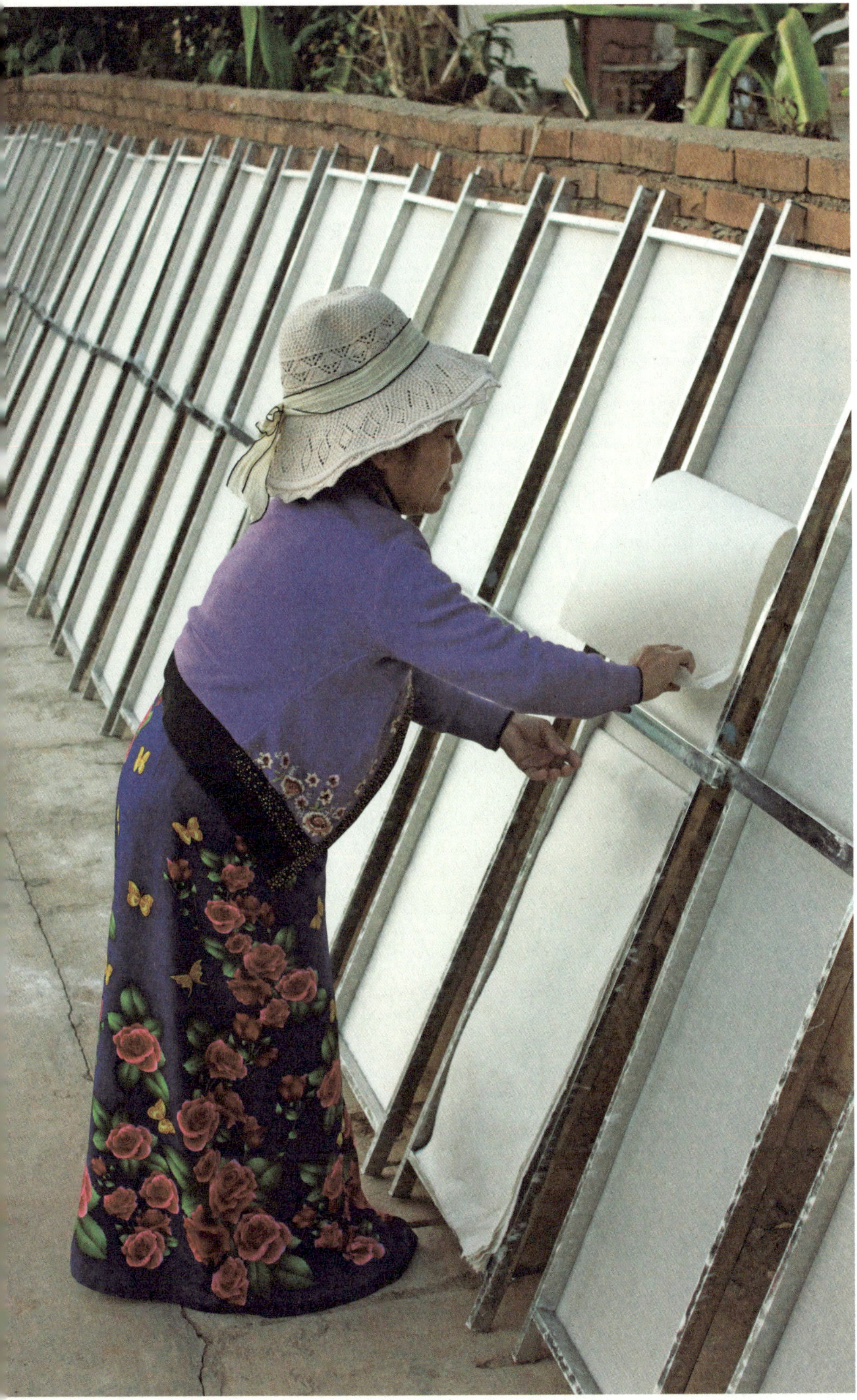

和捞纸法的结合，只是没有荡帘的动作。所幸用的是构皮，纤维长，交织力强，捞纸速度快点也经受得起。按照岩叫的说法，天气好的话，一个人每天能做200多张，产量比原来多了10倍。我保守估算，假如一户人家出一个纸工，每人一天产出200张，那么整个村子每天能生产出36000张纸。如此庞大的日产量，需要多大的市场来消化呢？相对于我的担忧，岩叫显得从容多了："我们这个县海拔800多米，再往上走，海拔1300多米就是闻名中外的普洱茶的故乡。村里生产出来的纸可用来包普洱茶呀！我们这产的90厘米长、45厘米宽的纸，一张才卖一块钱，却可以包装两个普洱茶饼，需求量很大。再说，我们这几年也一直在研发新产品，比如厚的纸可以做成茶叶礼盒和包装袋。这段时间我们也在尝试做一些旅游产品，纸灯笼啊、花草纸啊、笔记本和扇子等，销路也很大。"他一边说一边拿出试做的样品给我看。确实，东西做得精美可爱。岩叫不无自豪地说："从我外婆这一代开始到我父亲，都是傣纸项目的传承人，我当然要把村里的人都带上一起干。我可以教他们怎么做花草纸，他们没有艺术感，就请人来设计，让他们按照设计在纸面放上花花草草，这样的纸很受欢迎的！为了调动积极性，我们还把不同的加工工序包给村民，让他们各司其职，协调合作。当然，如果有傣纸能用到书法或文物修复上，那就更上一层楼了。"

我忽然发现，岩叫淡定从容的神态，在当地很多村民脸上都能看到。这里的生活平静、和谐而有规律，他们有充分的自信：

生产的纸销路有保障，未来甚至能走得更好、更远，让传统技艺的传承变得更有意义。支撑着他们信心的，是这块土地上他们始终守护着的，能带给他们富足生活的傣纸。

曼召，真可谓傣纸的香格里拉。

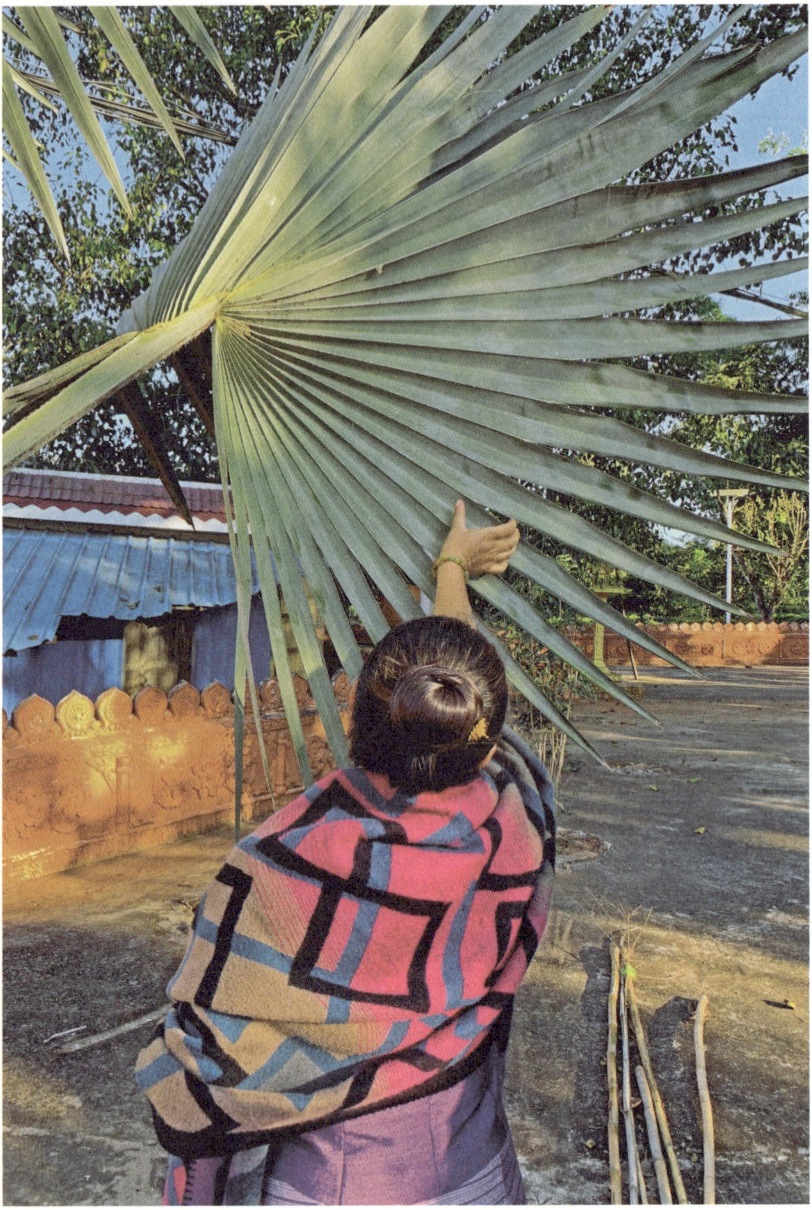

15 贝叶非纸亦成友

《西游记》中唐僧师徒四人西天取经,返程横渡通天河,背负师徒渡河的白龟行至河中,提及当初所托之事,发现竟被四人全然忘记,一怒之下连人带经书全部甩入河中。在岸上晾晒佛经时,八戒大意,把《佛本行经》经尾粘破在了石头上。这其实是作者吴承恩的臆想,因为玄奘所取经书应该是写在贝叶上的。唐人所撰《大唐西域记》里就明确写道:"游践之处,毕究方言,镌求幽赜,妙穷津会。于是词发雌黄,飞英天竺;文传贝叶,聿归振旦。"古印度使用棕榈科树叶作为书写载体,就是贝多罗(Pattra)树叶,简称"贝叶"。唐段成式在《酉阳杂俎·木篇》中写道:贝多,出摩伽陀国,长六七丈,经冬不凋,四季常青。我时常想,得要多大的树才能长出书写佛教经典的贝叶呢?2013年我曾在拉萨一个古玩店主那里看到9张贝叶,其实是小小的一片,上书黑色藏族经文,配以彩色描金画，精美无比。店主称这些贝叶有几百年历史，索价3000元一张。无奈囊中羞涩，且无法判断是否数百年的老物件，只能作罢。可从此对贝叶上了心，总想要深入了解一番：从树上采摘下来以后怎样能保存如此之久？抄经人又是如何在上面写字描金？2018年，我曾应邀去一位上海藏家的书房，看到不少西藏地区的贝叶经。那位藏家认定我是古籍保护专家，便向我请教贝叶经四周出现了风化脆裂现象时该如何处理。说起纸张，我还能扯上一两句，可对于这种特殊的书写载体，我就所知甚少了。也许正因如此，我对贝叶的兴趣反倒更加浓厚了。

巧合的是，这次去西双版纳访纸，听人介绍说当地产的傣纸取代贝叶，成了抄经的新载体。既然如此，当地是否还有人在制作原汁原味的贝叶经呢？一打听，居然还真有人在做，而且近在勐海县内的景真村，于是改变行程，赶过去看一看。

佛教经由东南亚传入中国云南地区后，形成了以云南傣族为代表的南传上座部佛教，习称小乘佛教，属于佛教南传的巴利语系统。公元14世纪傣文创制后，便出现了具有中国少数民族特色的刻写贝叶经文学。此行前去拜访的玉留老师，是一位优雅的女士，她的身份，按照其自谦的说法，是一个"民间口传贝叶经女传人"。既不知如何申请，也不在乎官方"传承人"称号，只是"默默做一件别人不关心自己却喜欢的事"，平时就猫在自家小院里制作贝叶经。玉留老师取出一小卷贝叶给我看，它们竟是那样窄小单薄，与想象中宽大肥厚的形象截然相反。

"这么大已经很不错了，现在都找不到合适的贝叶呢。等空闲一点，我再去缅甸收点大张的。就手头的这些了，我得省着用。"说着，玉留老师又取出一支木制粗笔，指着笔尖给我看并说道："笔尖是铁制的，别人称它铁笔，我们就是用它往贝叶上刻写文字的。"说着，她左手按住贝叶，大拇指顶着笔尖，便开始刻写。一阵沙沙声后，她停了下来。我凑上前，只能隐隐在贝叶上看到一点划痕，根本看不清写的是什么。接着，玉留老师从小凳下拖出一只小盆，从里面取出墨筒，在贝叶上来回滚动，随后又从盆里抓起一把刨花，裹着黑黑的贝叶面来回擦拭，最后把擦干净的贝叶递给我，笑着说："送给你的！"我喜出望外，捧着贝叶仔细打量。贝叶上那些看不清的划痕，因为嵌入了黑色油墨，清晰地显现出两行小字。上面一行是曲曲弯弯的老傣文，下面则是汉字"出入平安"。

演示完贝叶写经，玉留老师带我参观了她的书房。书房虽小，却干净整洁。我留意到墙上挂着的几本线装书，其中有四本年代特别久远，用傣纸抄写，纸张泛黄，边角都卷曲甚至絮化了。见此，我未免手痒，恨不能把卷曲的书角一一展平，把絮化的部分用皮纸加固，可真是又犯起职业病。

玉留老师告诉我，这些书都是她父亲花了多年时间抄写的傣文传说、故事、诗歌和历史，其中许多内容早已失传，所以特别有价值。玉留老师编写的贝叶经内容，多来源于她父亲手抄的这些材料。由于父母一直从事佛教工作，一辈子都在写经文，玉留老师从小耳濡目染，深深热爱着傣族文化。

对于贝多罗树，文献里给我留下的印象是"其树形似棕榈，直而高耸""其叶长广，其色光润"，但我并不满足于书上的描述，一直很想看看实物。玉留老师听说后，便带我去她家门口的寺庙，看那边上的一棵贝多罗树。

我仔细打量着那棵树，高四五米，外观确实长得有点像棕榈树，只是树干和树叶的颜色偏灰白。贝多罗树相传只有佛心虔诚之人才能栽种成活，所以在西双版纳，只有寺庙附近才有此树。玉留老师告诉我，贝叶从树上砍下来，直到可以用来写字，得经过十多道工序。前期要选材、削剪、整理。然后把数十片贝叶系在一起放入锅内，倒入淘米水，覆上酸藤和布，煮十多个小时出锅，经刷洗、晾晒，再反卷成团以压平（贝叶只能在早上太阳出来前卷团压平，出太阳后卷，则容易开裂）。再之后，根据贝叶大小，整理装模。装模，就是用上下两块木板捆绑住贝叶两面使其保持平整，以防再次卷起。木板中间有两根小木棍，每张贝叶都要穿过这根小木棍进行固定。难怪我们看到的贝叶中间都有孔洞。以前，我总以为那些小孔洞是为装订成册时用作穿线固定的，原来它们在制作的过程中就有了。装模完成，最后再将两头多余的部分削去，弹上墨线。至此，贝叶就可供人书写经文了。有时候，文字全部书写完成后，人们会在贝叶经四周边缘涂上一层金粉或红、黑漆，既有保护和装饰作用，又给人一种精湛、古朴的美感。这就是贝叶经的典型装帧形式，在我国纸质书籍装帧发展史中出现的梵夹装，就是由此发展而来的。

143

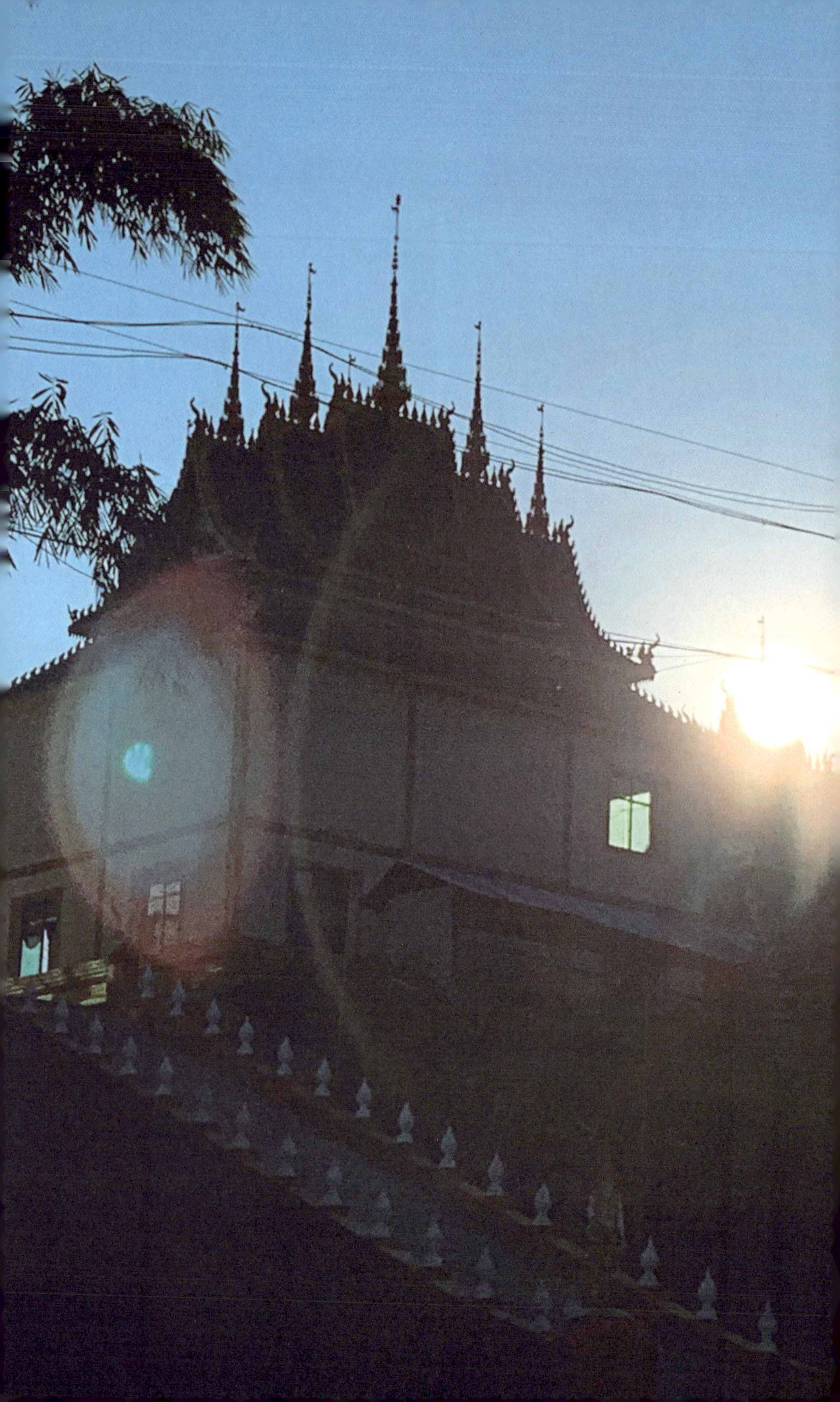

想到玉留老师曾提到要去缅甸找贝叶的事，我就顺口问她，是否经常去缅甸。没想到她竟自愿去缅甸支教过八年，还从各方募集爱心捐款，筹建了缅甸第四特区小勐拉勐本希望小学，并亲自为那边的孩子教授汉语、傣文和贝叶经文化。眼下，玉留老师年纪大了，父母也需要照顾，她不得不返回故乡，在贝叶书院担任教师。贝叶书院是一个佛学院，学生都是僧侣，有时也会向普通百姓开放傣文课。玉留老师上课不取任何酬劳，全凭一腔对贝叶文化的热爱之情。

夕阳西下，我恋恋不舍地在贝多罗树下与玉留老师道别。走出几十米后转身回望，她依然站在那树下，西双版纳的落日余晖泼在树上，洒落在她周身，那映衬在晚霞中的剪影，如此静好，如此圣洁。

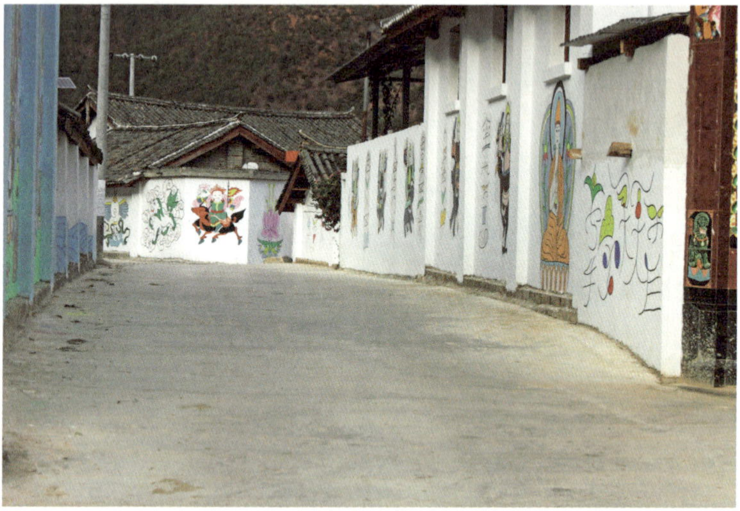

16 心中的日月：
纳西文化、东巴纸

告别西双版纳后，飞行一小时，在大理荒草坝机场搭上提前包好的汽车，去往香格里拉。这里并不是飞机上翻阅的《消失的地平线》中那个虚构的地方，而是迪庆藏族自治州青藏高原横断山区腹地一个真实的天堂。

车子一下高速，就开始在山路盘旋。中午穿越被玉龙、哈巴两座雪山挟峙的虎跳峡，海拔一路攀升。虽然同属云南，此处的地貌、气候却与西双版纳截然不同，而更接近于西藏风土。崇山连绵，太阳穿透云层，将云影打落在山坡上。景色虽怡人，可经历了整整五个小时崎岖山路的颠簸，闲情逸致也差不多消磨殆尽。忽然想起，香格里拉在藏语中意为"心中的日月"，而我此时心中的日月，只有纳西东巴文化和东巴纸。

1000多年前，纳西族有一种多神的原始宗教，"东巴教"，它是一种受藏族钵教影响的原始巫教。东巴文化源于东巴教，已成为中华民族珍贵的文化遗产。作为东巴文化载体的"东巴古籍文献"，2003年8月被联合国教科文组织批准列入"世界记忆名录"。记写东巴古籍的文字是图画象形文字，有两千多个字符，发源古老，字形结构比甲骨文更原始，是目前世界上唯一人类还在使用的图画象形文字。清乾隆年间，湖北安陆人余庆远随兄余庆长入云南住维西官廨，"居有时，知土官之老者能识往事，谙华语，进而访之，颇得其详"。可贵的是，他撰写时极力避免捕风捉影、牵强附会，目击博访，不袭不饰，不略不漏，一一记录，留下了极具史料价值的《维西见闻纪》。维西，是今天的维西傈僳族自治县，隶属迪庆藏族自治州。余庆远的书中也谈到了纳西族的象形文字："有字迹专象形，人则图人，物则图物，以为书契约。"

这种文字在历史上由纳西族"东巴教"的东巴们传承掌握，被称为东巴文；传抄东巴文字的纸被称作"东巴纸"；以东巴文书写在东巴纸上的东巴教典籍被称为"东巴经"。而东巴文在纳西族的语言中叫"森究鲁究"，意指刻在木头或石头上的文字。可见，纸张未出现时，东巴文字是以木、石为书写载体的。东巴，既是指东巴文化，也意译为"智者"。智者是东巴文化的主要传承者，也是纳西族最高级的知识分子，他们大多集歌、舞、经、书、史、画、医于一身。我此次要前去拜访的和树昆，是东巴文化及纳西东巴文化造纸的传承人，其祖父久嘎吉为当代著名的大东巴，父亲属于阿卡巴拉传承人，而和树昆则是其祖父的传承人。

来到白地村，见到和树昆时我愣了一下。想象中，顶着如此重要头衔的，必是个睿智老人，或者至少是个深沉的中年纳西族汉子，不料站在眼前的竟是一个身高超过两米的"80后"大男孩！我费力地抬头跟他说话，他也弯腰俯视着我。交流中得知，他自幼受环境熏染，对东巴文化有着深厚的感情，念完小学就开始专注研究东巴文化，精通当地东巴教的各种祭祀仪式，还精于绘画、面偶、东巴纸制作及东巴舞等传统技艺。

树昆的造纸作坊就在自家院内，前院四处斜倚着木板，每块木板上都贴着一张纸，大小依木板规格不一，想必是晒纸工序吧。后院则设有他抄纸（或者说浇纸）的水槽和石臼。据树昆介绍，他一般会从山上采来荛花树枝，浸入溪水数天，软化后剥皮，再取中间层蒸煮成皮料。如果不加草木灰，要蒸煮三天；加上草木灰，则只需24小时。采用碱性较弱的草木灰蒸煮，虽然制作工艺粗糙了点，纸张白度也会偏低，但好在对纤维素的损伤小，会比较耐久。皮料经漂洗后，直接用木槌打浆，使其呈纤维状。做纸前，先把纸浆倒入一个直径如水杯大小的木制深桶中，再用长木棍捣散使其均匀，然后就可开始浇纸了。

树昆给我做了演示。他先把一个安装着纸帘的木框子放入水槽内，将木桶内的纸浆倒入溢着清水的纸帘上，再用手轻轻抖散纸浆，使其平铺于纸帘上，轻轻拍打，使纸浆分布得更加均匀，最后拣去杂质，随即提出水面。

我伸手探了探水槽里的水深，一下就触到了底。用食指测量，水面到第二个指关节处，大概也就五厘米吧。这个深度，可以借助水的漂浮力让纸浆更匀称一些。树昆将取出的纸帘稍稍沥干水，把有浆料的一面安放在备好的木板上。纸张被覆到木板上后，他又横过纸帘，在纸张上方按压固定。于是，纸面上形成了纵横交错的纹路，从侧面看十分粗糙，颗粒感很强。

本以为这样就可算成形了，但树昆告诉我，在纸张晒到半干时，还需要砑纸。在西双版纳是借用锅盖，这里又会用什么呢？我很是期待。只见树昆操起一根一米多长的不锈钢管，半蹲在地上，来回用力往纸面上碾压，直到将纸面砑得平整，帘纹不显，微微泛出光泽。待纸干透取下，一张纸才算完成。我留意到他用的纸帘与我在其他地方看到的完全不同，既不是竹丝编就，也不是布纹或滤网制作，而是用麻绳将一根根 0.5 厘米粗的竹篾编起来，看上去比较粗陋，也更具原生态。据介绍，这些帘子都是他们自己制作，每张大概需要半天时间。

随后，树昆还带我参观了存纸的库房。我发现一种与东巴纸外观很接近的纸张，但色泽却白上好几度。树昆告诉我，这是云南其他地方做的所谓"东巴纸"。同样大小的纸，别处卖 7 元一张，他做的则要 30 元一张，而且还仅仅只是保本价。他很不开心地告诉我，云南有不少卖"东巴纸"的纸坊，让游客们以为卖的就是东巴纸，带回去的就是东巴文化。这是误导。那些纸都是机器做的，掺了其他的东西。（后来，我在别处果然见到此类制作精美、颜色艳丽、打着"东巴纸"名号的机制纸。）

树昆是个热情的纳西族小伙，总觉得我大老远跑来一趟不容易，因此总想让我看看更多的东西。他腰间别着大砍刀，带

151

我去村里看他如何砍伐做纸原料的荛树枝。我也想起进作坊之前曾看到村里几乎所有的白墙上都画有艳丽的图画，写着东巴文字，于是便与树昆谈起。他带我到那些墙画前，说所有的墙画都是他和家人所画，只为推广纳西东巴文化。墙上既有反映古代纳西族社会世俗生活和生产活动的装饰画，也有神佛画像。他一一给我讲解画里的典故来源。而他自家院门前画的，是制作东巴纸的过程全图。其中一幅是关于砑纸的，里面的小人儿手中显然是握着一块圆形石头按在纸上。可见当时原始的砑纸工具，如今也早已被现代工具替换了。所有的墙画，笔调粗犷，色彩浓艳，形象朴实生动，不过完成它们，可不是个小工程！

接着，树昆还带我观赏了被溪水贯穿的整个村落景观。令我惊讶的是，这里的溪水不但清澈见底，溪底还呈现出淡淡的乳白色。我赶紧询问水源在何处，他说："就是从山上嘛，白水台啊，我们一直用山上流下来的水造纸。明早我带你去看看，那边的风景可美呢！"纸的质量跟水质有很大的关系，乳白色的溪水，到底有什么奥秘呢？

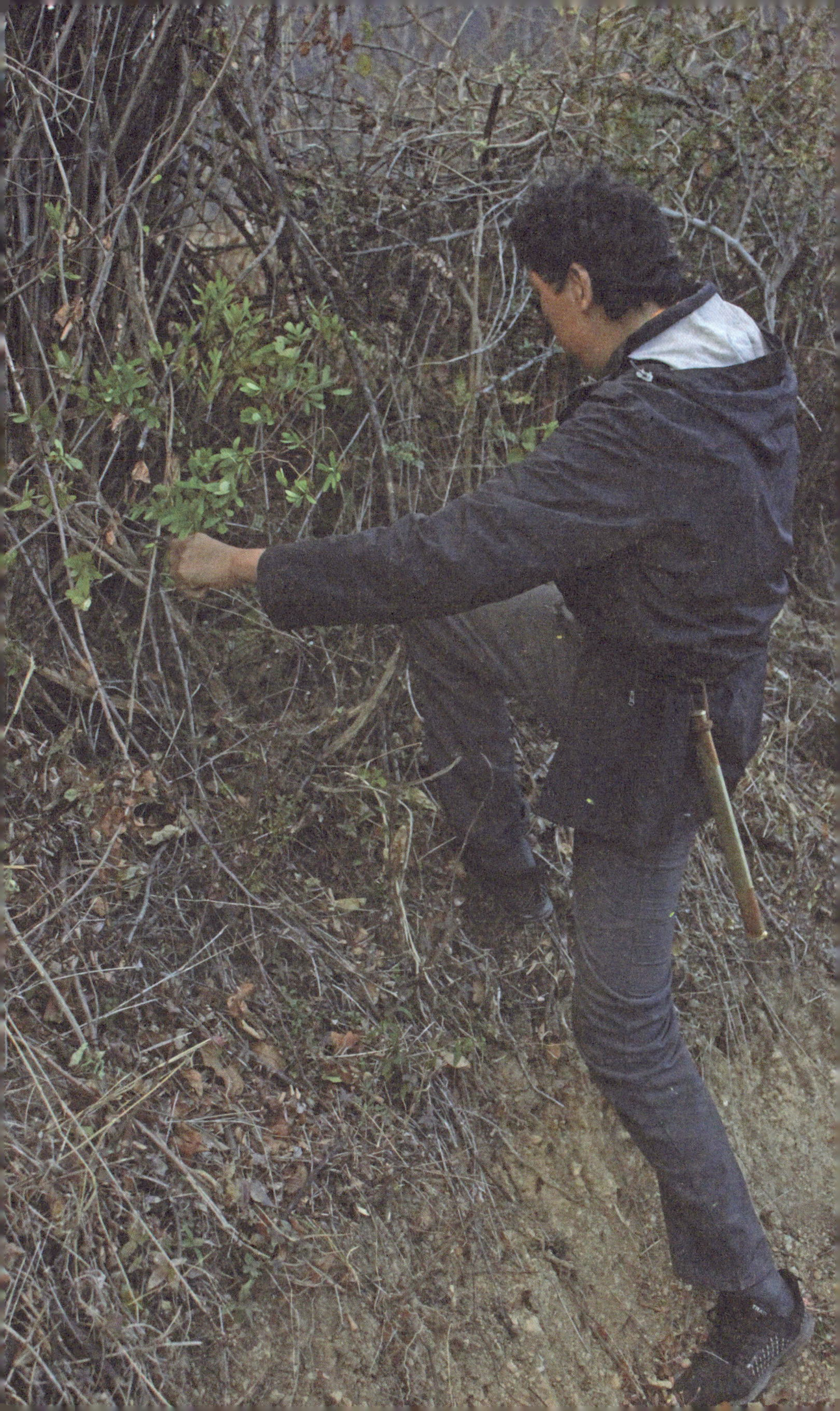

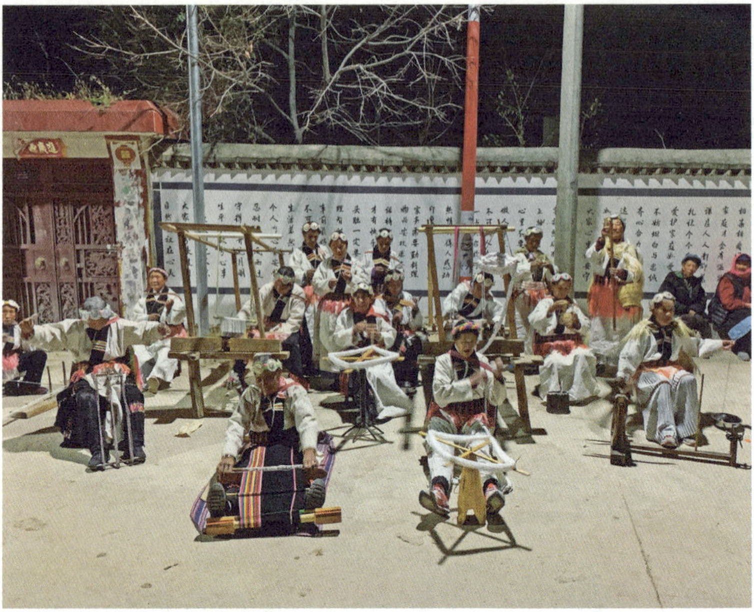

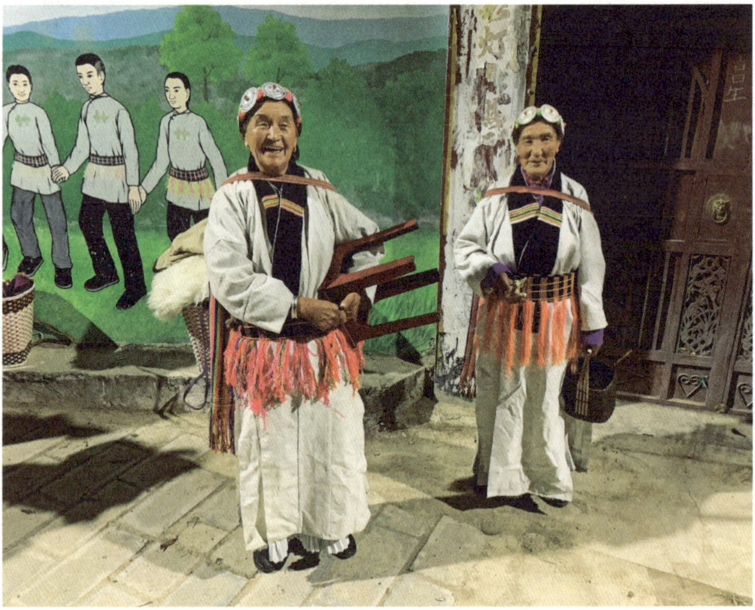

为了欢迎远道而来的我，村里还组织了篝火晚会，估计这也是树昆谋划的吧。当晚，纳西族年轻人穿着自织白麻布做的民族服装，肩披羊皮，围着圈载歌载舞。我眼前顿时再现了唐、元志书里记载的景象："男女皆披羊皮""男女动数百，各执其手，团旋歌舞以为乐"。大家边唱边舞，以唱促舞，以舞助唱，歌声愈急，舞步越快，歌毕舞止。有点年岁的纳西族老太太则搬出了各式各样的老纺织机，边织边放声歌唱，未经修饰的原生态曲调，划破长夜，凌空而去……也许终我一生，都不会忘记这月光下纳西族人透亮的歌声和奔放的舞步吧！

翌日一早，树昆陪我上白水台。这个位于哈巴雪山麓的白地白水台不只是个著名景点，相传还是纳西族东巴教主丁巴什罗修行传教的圣地，更是纳西族东巴文化的发祥地，对于纳西族人具有无比神圣的意义。纳西族先民将白水台视为神示，于每年阴历二月初八到此烧香求福。我随树昆拾阶而上。自然水流冲击而成的梯田，无风时，蓝天白云倒映水面；风起时，波光粼粼。我留意到，水底覆盖着厚厚的沉积物，水中落叶也被沉积物包裹着，折射出晶莹的光华。从地质学角度来看，白水台属于裸露型喀斯特地貌，是碳酸钙溶解于泉水而形成的自然奇观。富含碳酸氢钙的泉水慢慢下流，碳酸盐逐渐沉淀，长年累月就形成了台幔，好似层层梯田，被当地人称为"玉埂银丘""仙人遗田"。阳光照射下的白水台，美得让人无法直视。我眯起眼睛，远眺树昆的家乡，清晨的炊烟袅袅升起。眼前的流水，就是村溪的源头，是造纸的水源。是白水台，护佑着纳西族文化千年延续；是白水台，让东巴纸得以传承下去。

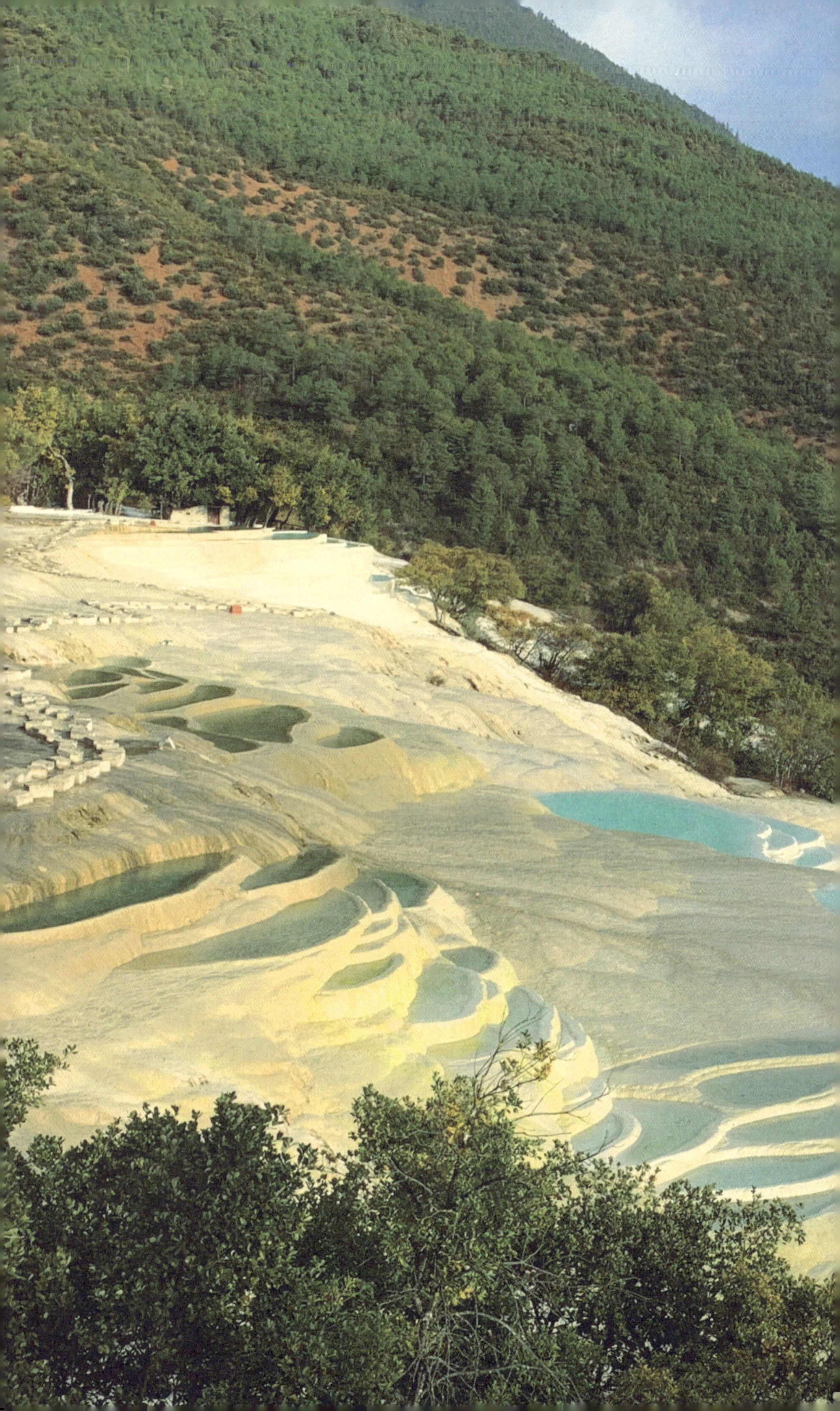

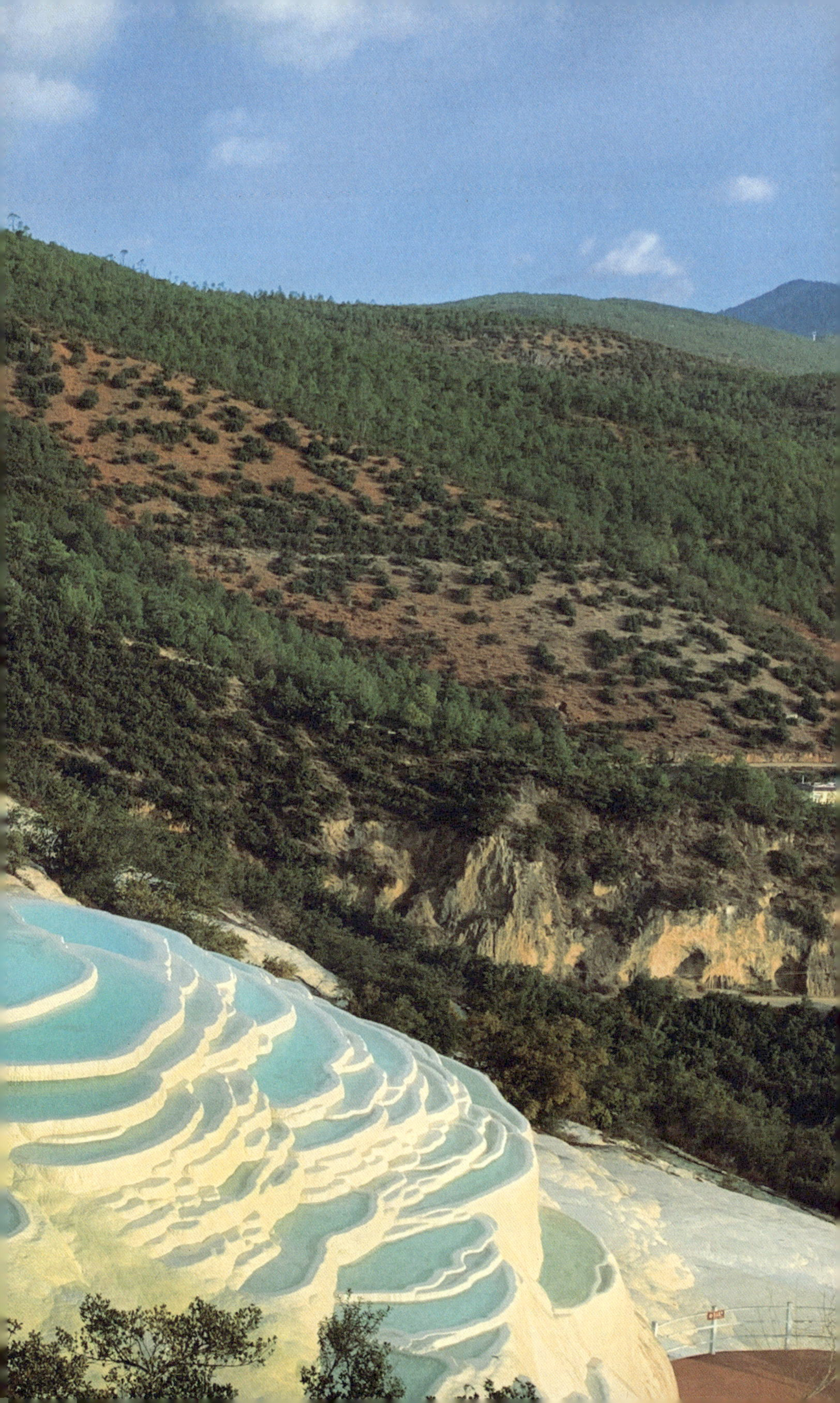

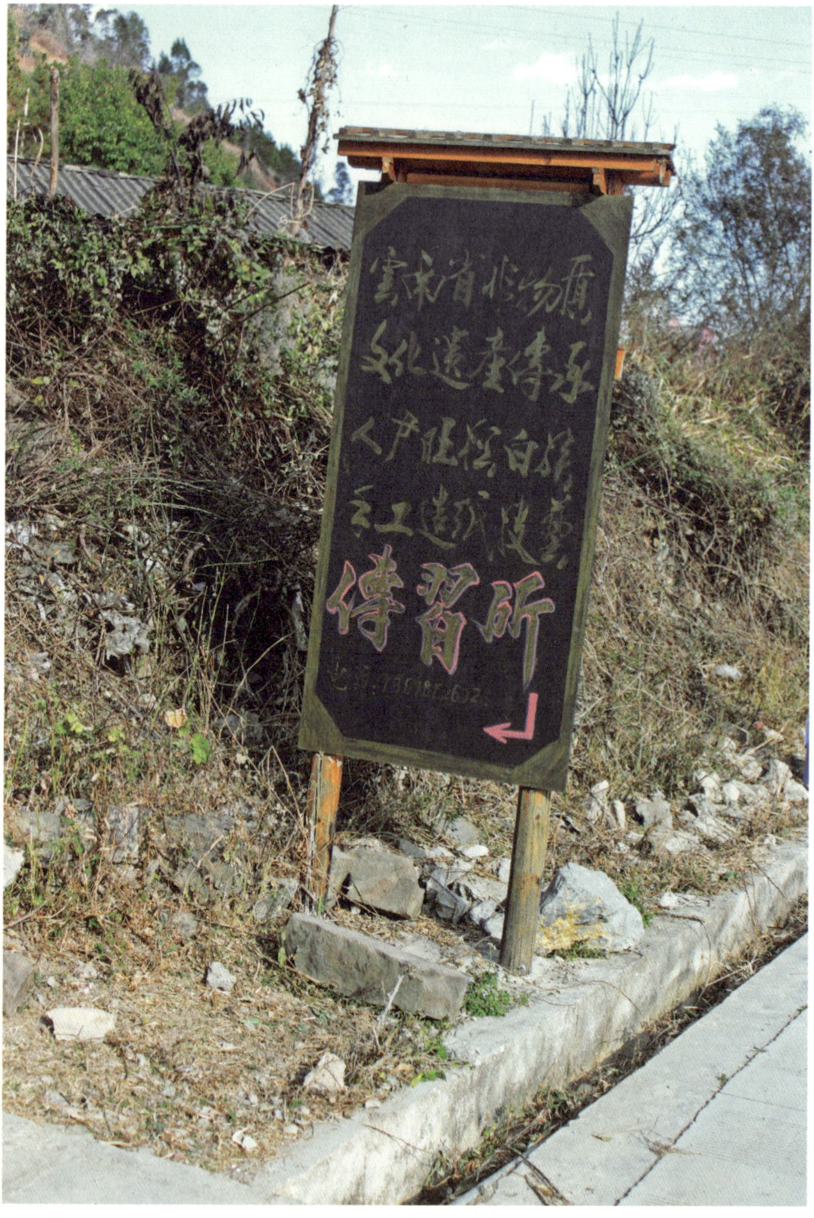
云南省非物质
文化遗产传承
手工造纸技艺
传习所

17 鹤庆：绵纸何故望如雪

云南省内有多个造纸点，彼此却相隔甚远。此次云南之行的最后一个访纸点是鹤庆县。之所以选择那里，一是因为距上次去丽江古城已隔七年之久，总想再回到那个慢生活的灵秀古城住上一晚，而鹤庆离丽江最近，仅有两小时车程。至于另一个原因，还要追溯到2013年，我们曾向鹤庆的尹旺松师傅采购过纸样。所以这次去他那里，心中倒是多出几分亲切之感，以鹤庆结束行程，也变得颇具意义。

见到尹师傅，内心有点小激动。跟他攀谈起七年前的交情，他却一脸茫然，倒是跟我提到了迪庆州图书馆和云南图书馆的几位老师，看来他对修复界还是有点了解的。他的小院门前竖了一块黑板，写着"云南省非物质文化遗产传承人尹旺松白族手工纸造纸技艺传习所"。2014年，他被云南省文化厅评为第五批省级非物质文化遗产项目代表性传承人。尹师傅家的造纸技术也算祖传了,他的祖父从祖辈手中接过制造白绵纸的技术,还曾在抗日战争时期为《云南日报》供应过印刷纸。当年,印有尹家商标的"正和记"白绵纸在云南也算响当当的招牌。

现在尹师傅除了造纸之外,平时也承接一些亲子活动。"小朋友们来参观参观,我再教他们做个花草纸,走的时候把自己做的纸带上,也就40块钱。他们了解了手工纸,我们也多了收入,这样才是传承嘛!"

我曾看到不少资料上将鹤庆构皮纸称为白棉(绵)纸。眼观手摸,真是望之如雪,触之若绵。尹师傅介绍说,他们这里是白族聚居地,因此生产的绵纸叫白绵纸;还有一说,他们这里造纸追求色白,所以生产出来的纸张以白著称。

明代《嘉靖大理府志·物产》有载,当时大理就用构皮原料造纸,而谢肇淛《滇略·产略》中的"纸出大理,蒸竹及榖皮为之"则是白绵纸最早最明确的记载。民国《新纂云南通志》亦提到,鹤庆、腾越以构皮为原料产出的白绵纸,用以印书,坚韧耐久。可究竟为何叫白绵纸,却始终未找到相关资料。中国传统纸张,名称林林总总,未解的又何止白绵纸一种呢?

交谈中,我发现尹师傅是一位善于突破传统,愿意尝试改良技艺的匠人。他的抄纸、晒纸方法,可以说糅合了多种技艺。只见尹师傅单人持帘,在水中荡帘七八次之多,以纵向为主,间以横向。他告诉我,像这样一层层上浆料,且纵横交织,能确保浆料在帘上分布匀称,同时也增强了拉力。覆帘时,尹师傅采用的又是东巴纸的做法:把竹帘覆到一个绷着滤网的木框上，按压竹帘背面除去多余水分后，揭去帘子，再把木框摆放在太阳底下曝晒，两小时后即能成纸。尹师傅笑说："这种90目的滤网很细腻，又透水，覆在这个滤网上做出的纸光泽平整，多漂亮，才7元一张，不贵吧？"

可是当我问及纸药和漂白剂，他似乎有点无奈，不愿多提，但也很是坦诚："原先我们用杉松树根、仙人掌当滑水，造纸的人多，都砍完了嘛，我们只能用配好的药水当纸药，效果一

样的。"说完，他又赶紧加了一句："不过，现在就我们一家在做纸，还是可以用原先的纸药的。"至于漂白，传统工艺是用石灰和草木灰二级蒸煮。"草木灰难找啊，所以现在也是用厂里配好的东西。以前家里人要挨家挨户去挖人家的锅道铲灰，煮一锅料，要十几筐的灰。现在都电气化了，去哪里找嘛。"尹师傅言语之间还带着点小委屈。

小院内，还有一间透风的小屋子，里面是密集的水泥墙，普通白绵纸就是错层贴在那面水泥墙上晾干或阴干的。晴天时需要三五天，下雨时，因为通风，也不会发霉，只是时间更久些。我去的时候，正好有位女工在揭纸，每张纸先揭开一个角，然后按次揭下。落日余晖中，揭纸的铮铮之声宛如乐章，扬起的细小纤维在最后一丝阳光下翩然飞舞。

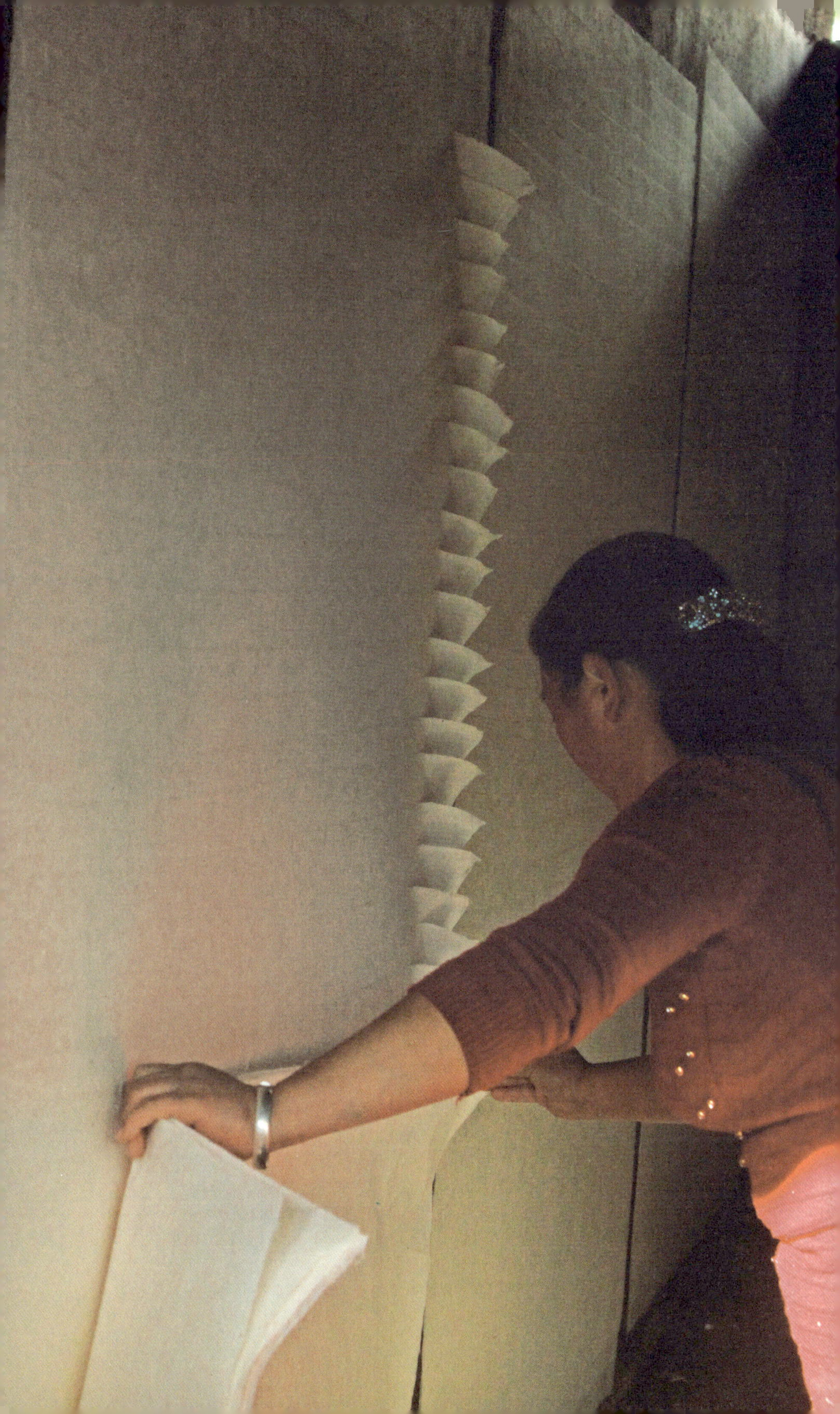

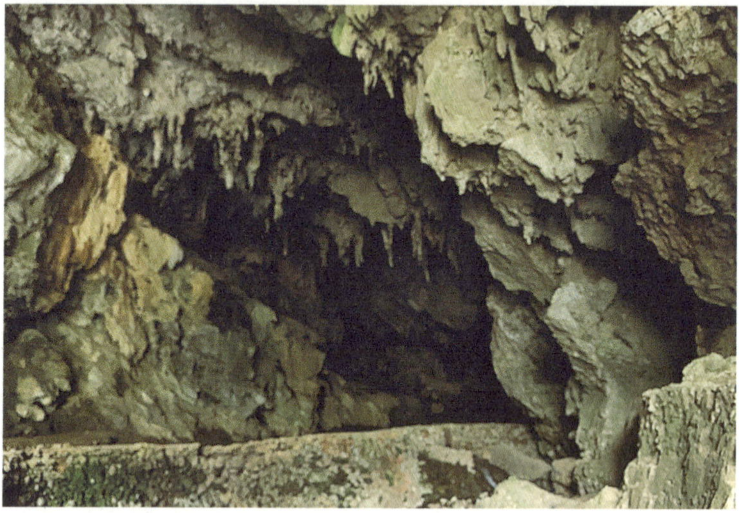

18　丹寨构皮纸：洞里乾坤大

初次邂逅贵州省丹寨县的构皮纸，是在 2010 年，我们在国家古籍保护中心配发的各类修复纸中发现了一批略泛一点古朴红色的白纸。这批纸被分为 1 至 13 个号子，号码越大，纸张越厚。小号码的纸张，可以用来溜口、加固或托裱，遇到特殊书叶时，也可以直接用作补纸。至于大号码的纸，我们当时还嬉笑着说可以用来糊墙，现在想想真是孤陋寡闻，在修复一些少数民族文献时，没有比它更好的选择了。

2013 年，丹寨县为配合我们调研，寄来数种样纸，而其中又有那款似曾相识的构皮纸。询问之下得知两者果然出自同一厂家，这无意中为我们纸库内的样纸寻到了根。随后，我们又从丹寨订了两种超薄的构皮纸，名字倒也好听，"迎春一号""迎春二号"。也正是从那时开始，我与丹寨构皮纸的"掌门人"王兴武有了联系。

三年后，我与友人一行去往黔东南，在西江千户苗寨闲逛时发现一家纸坊，经营着各种创意纸产品。我顿时感觉眼前一亮，询问过店主后得知他正是王兴武的同乡，而店里大部分纸品也都产自丹寨。于是便乘兴给王师傅联系，40公里外的他当即表示要来接我。无奈是与友人同行且行程已定，当时也只好婉拒。2017年秋天，我去浙江开化参加国际纸张研讨会，又与王师傅在会场碰面。他给我的印象很是腼腆，却再三邀我去他那里看看。

2019年，在上海"第二届传统写印材料国际学术研讨会"上，我又一次与王师傅碰面了。他当时在会上和大家畅谈传统手工纸与现代生产的问题。恰好，会议的这一环节由我主持，便与他多交流了一番。当他介绍起丹寨模式，说到丹寨在2019年为贵州茅台酒厂提供80万张手工纸作为窖藏酒密封纸时，意气风发，神采飞扬，与平时判若两人。令我印象最深的一句话就是："有这样的订单给我们打底，我们就有条件也有能力去研发修复用纸！"此话一落，场下掌声雷动。

有了上面的种种铺垫，将丹寨构皮纸作为2019年访纸的最后一站，便很是让人期待了。

以往访纸时，总会在资料里看到某地古法造纸是传承蔡伦造纸法，似乎年份越长，越有说服力，造的纸就越好。一些介绍丹寨的资料也别无二致。事实上，贵州的手工造纸是明代初期由闽浙赣一带的手工匠人带入的。一开始，大部分手工纸作坊都集中分布于滇黔古驿站沿途，其中并没有丹寨。直至清代、民国，贵州手工纸业持续发展，贵州造纸地图中才出现了丹寨的名字。丹寨县南皋乡石桥村辖有石桥、大簸箕、荒寨三个自然寨，而其中仅石桥寨有手工造纸的传统，苗族人家占绝大多数。到抗战前夕，石桥寨几乎家家户户开槽造纸，手工造纸进入鼎盛时期。虽然后来一直衰退，但无论如何，历经数百年时光，丹寨石桥古法造纸仍然保留了下来，并在2006年被列入国家非物质文化遗产名录。

12月19日，我从丽江飞抵贵州龙洞堡机场，辗转贵阳火车站，再搭乘40多分钟火车到达凯里。当我赶到石桥村时已是午后，王师傅就站在那"纸街"的门楼牌坊下等着我。

纸是这个村庄的重要产业。门楼一侧，贴着一块牌子："贵州省利用世界银行贷款实施文化自然遗产保护和发展项目"。这一项目涵盖两项很重要的内容："造纸作坊遗址保护"和"家庭造纸作坊保护（26处）"。

纸街的第一幢小木楼就是王师傅的家。门前挂着两块牌子，一块是营业招牌"石桥古纸客栈"，另一块则是"丹寨县石桥黔山古法造纸专业合作社"。进门看去就像个店铺，摆放着品种、花色繁多的纸张，以及各类与纸相关的文创产品。据王师傅介绍，目前他们已经开发出不同厚薄的皮纸、云龙纸、凹凸纸、花草纸、褶皱纸、麻丝纸等6个系列、160余种不同类型的纸张。

这时，王师傅顺手拈起一只千纸鹤，说："汪老师，这是美国公司向我定制的50万只千纸鹤，因为每只售价很低，我们就从外面采购了纸张来做。50万只，我召集了60多个妇女，

168

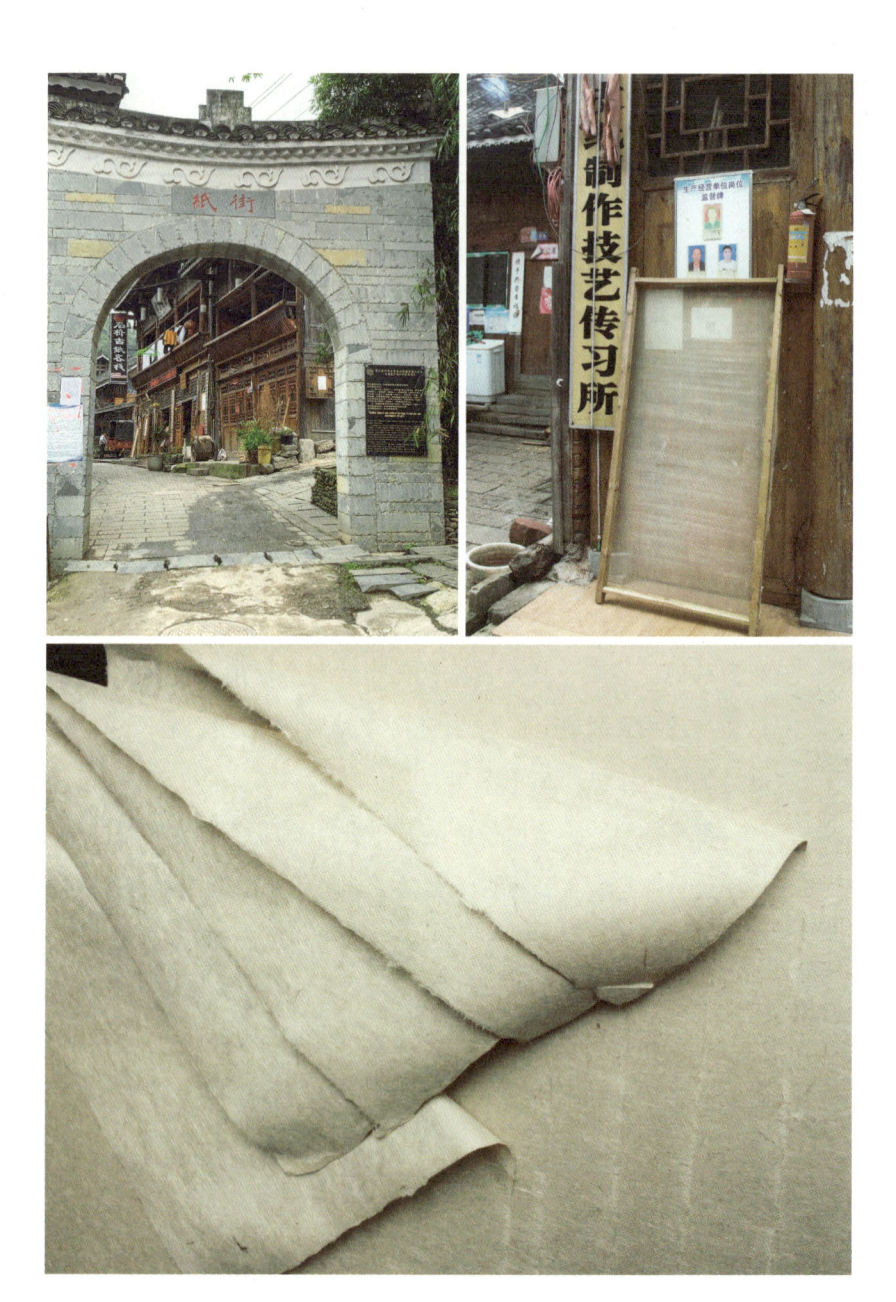

折了两个月呢。做得不满意的，就放在店里当装饰。"

"我把这里的工人分成几类，水平好的，就做好的纸张，比如修复纸。水平一般的，就安排做些普通的纸。虽然现在也经常有档案馆、图书馆或博物馆派人来订购修复纸，可量很少，一般也就几刀、几十刀的需求，一个月就做完了。量大的，还是那些普通的、便宜的纸。比如茅台酒厂的订单，今年80万张，明年160万张。我们这里虽然是旅游景点，但国内游客过来还是看热闹的居多。来个上百人的旅游团，一张纸都不买也很正常。而那些外国游客，有时两三个人就可以消费几千上万块。所以说，我们这里主要靠的还是体验和互动，纯粹靠零散卖纸，很难的。"

从店铺出来，王师傅开车带我去生产现场参观。据介绍，当地共有三处造纸的地方，一处是他家，一处是个叫"穿洞"的地方，另一处则在离穿洞不远的"大岩石"石壁下。

车子前行中，远远便望见那块巍巍壮观的千年石壁。目测之下，那石壁宽约100米，高约800米，整体往外斜倾，仿佛是个遮风挡雨的天然石檐。石崖上层层累累的岩层，望去好似一沓沓手工纸，直铺崖顶。据了解，这里的地质属于石桥页岩，是砂岩、泥岩的互层在地质作用下，经过千百万年的沉积和逐层压缩才形成的。在石壁的一处，还见到一处天然石龛，里面供奉的是蔡伦，当地民众每年春节都要在此举行纪念仪式。

到了穿洞，也就到了丹寨手工纸的特别制造点。有什么特别之处呢？原来，丹寨手工纸是在当地著名的景点——穿洞里

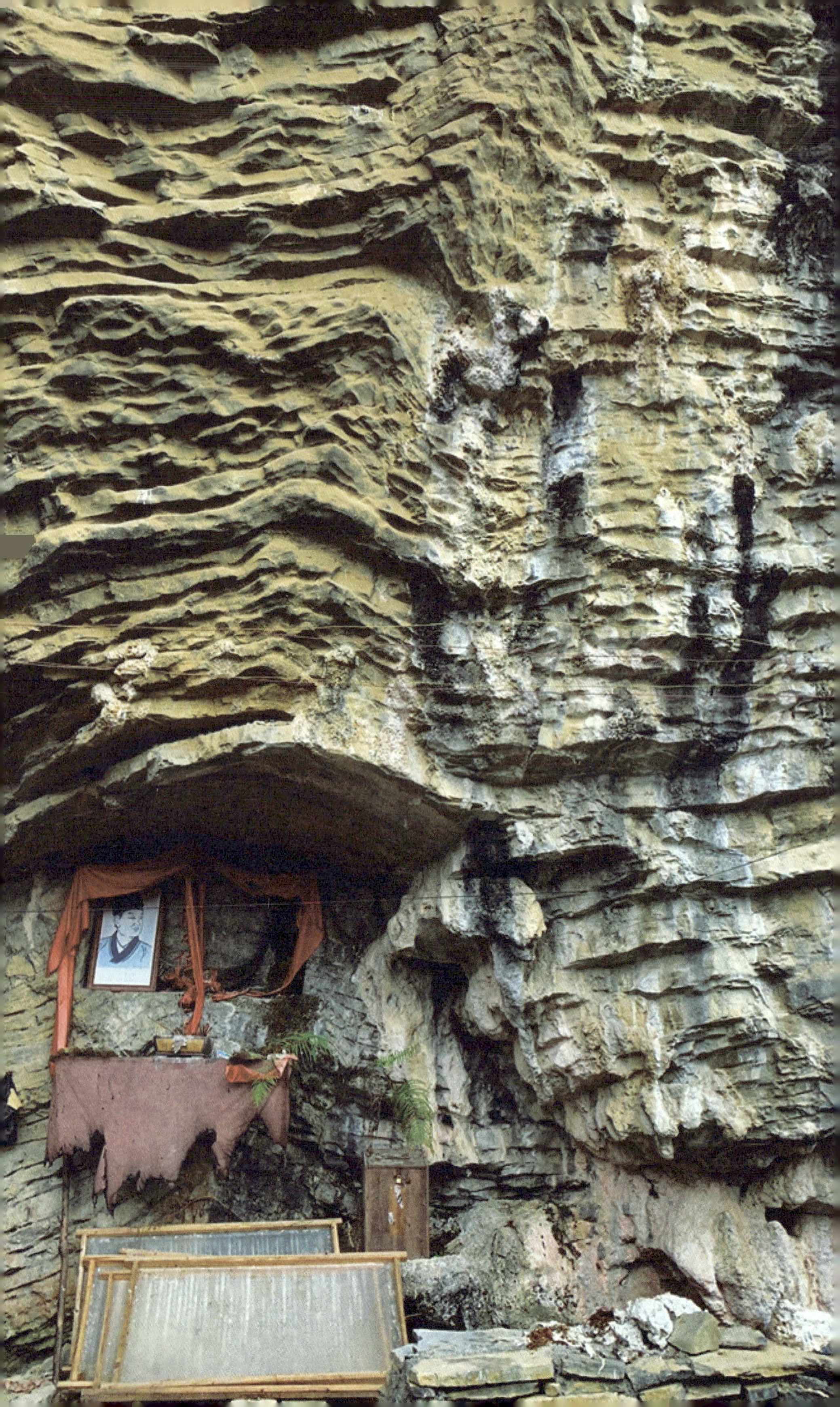

制作完成的。穿洞是典型的喀斯特地貌，上面有一座天然石桥，洞深 1500 米以上，内有暗河，遍布石柱、石笋、石花等钟乳石景观。此处自古就有匠人在洞口建坊造纸，民国后期尚有十余家。由于水资源优越，造出来的纸成浆率高，柔韧性好，吸水性强。穿洞口有一架巨型水碓，大约三米多高。我问王师傅这个水碓现在是否还能转动，他说之前这里有个老水碓，一直都能转动使用，后来有人嫌它太破，就拆掉建了这个新的。不过新的倒不能转，只好当成一个摆设。他说完就露出一脸无可奈何的苦笑。穿洞内现有四个抄纸槽，每个纸槽配一台榨纸机，还建有两组火焙。抄纸、榨纸、焙纸都可在洞内流水操作，一气呵成。洞内冬暖夏凉，天然避风避雨，对做纸来说，倒真像一处神仙府邸。

王师傅犹豫了片刻，说："汪老师，2008年国家古籍保护中心向我订购纸张时，我送去的纸被退回来两次。说实话，那两批纸都不是在穿洞里做的。"随后，他娓娓道出心里话："我们自己感觉吧，在穿洞里造纸，最舒服，纸的品质也好，大石壁那里差了点。感觉最不好的，就是在家里做纸。我们也想不明白为什么。反正后来，我是不敢在其他地方做修复用纸，一定都要在穿洞里做。您认识保护中心的老师，所以还请帮我问问，那两次不合格的原因到底是什么。"我满口答应下来，因为我自己也很好奇，一心想知道穿洞的秘密所在。是温度湿度均衡，还是另有原因呢？回去之后我便打电话请教了国家图书馆古籍保护实验室的易晓辉老师，他很快便回复我说，是pH值不稳定。果然，问题还是出在水质上。看来穿洞内的弱碱性水质确实能保证纸张品质。此外，洞内水温偏低，是否也是更容易造出好纸的原因？

浙江剡溪有古纸，名曰敲冰纸。明代杨慎《蜀笺川笔川墨·敲冰纸》云："敲冰纸，剡所出也。"宋代张伯玉《蓬莱阁闲望写怀》诗赞其"敲冰呈巧手，织素竞交鸳"。根据古书记载，"剡水洁净，山又多藤楮，以敲冰时制之佳，盖冬水也"。那么，是否穿洞之水也有此功效呢？

在观看造纸工序时，我顺便问起丹寨构纸的染色技术问题。王师傅告诉我，他们这里既可以用植物染料染色，比如苗族蒸花米饭用的植物黄饭花、栀子、枫香叶等，也可以用化工染料，关键看客户需求和成本预算。因为植物染料很贵，像水沙根（纸

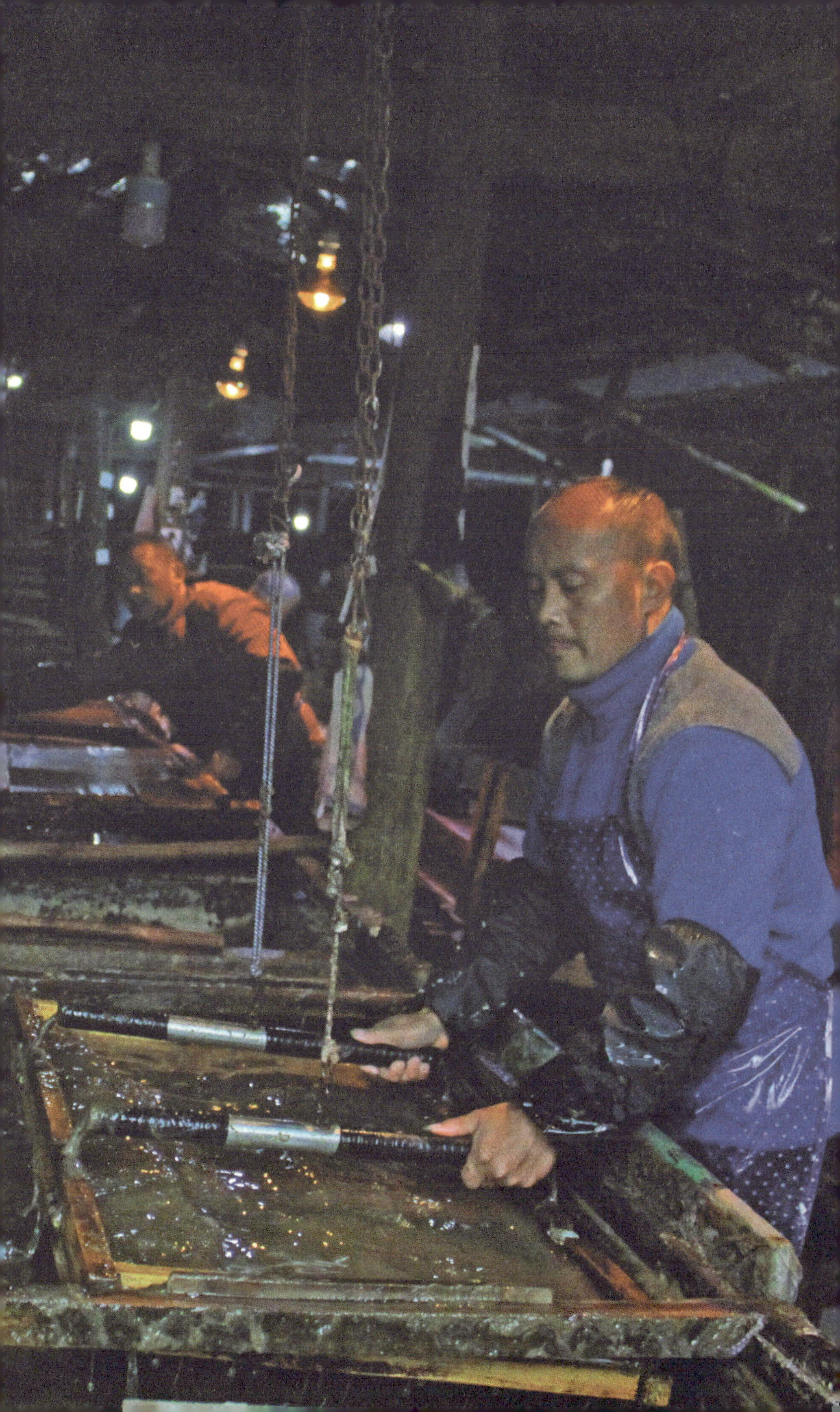

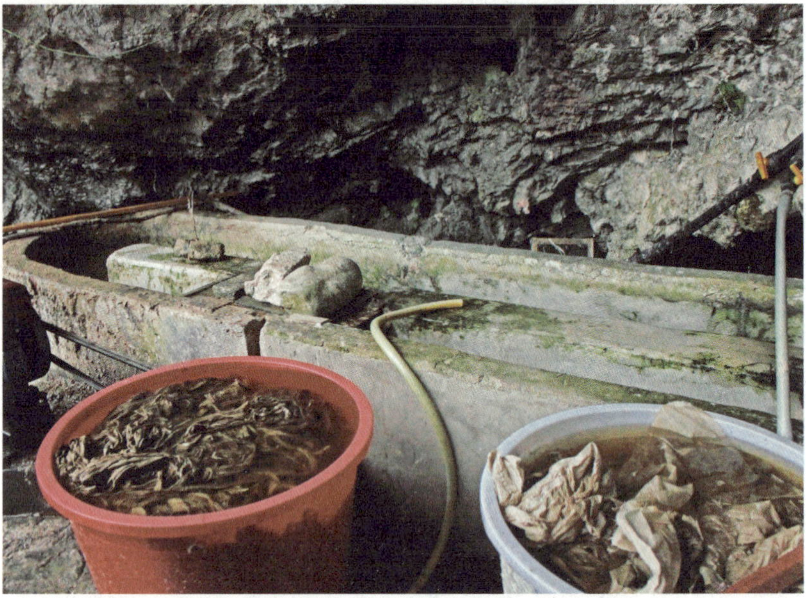

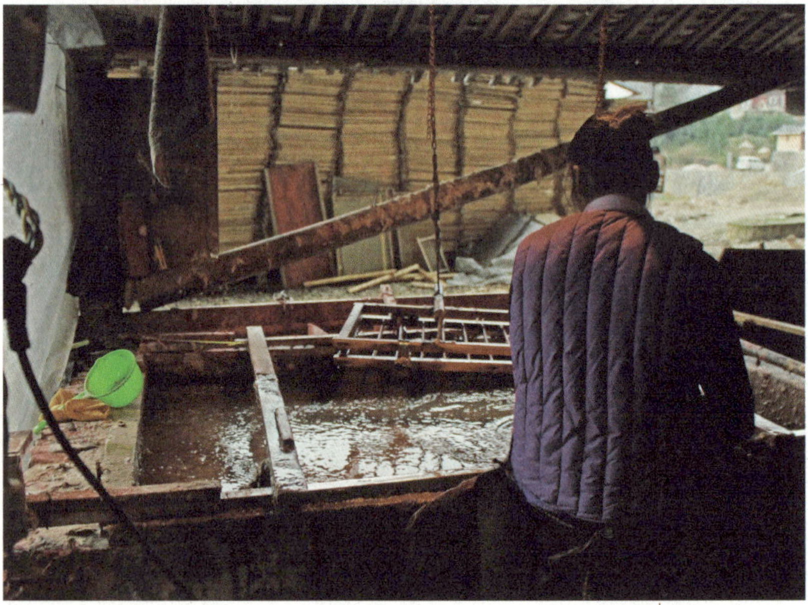

药）每500克1.3元，即便50千克也用不了多久，有时就只好用化工染料替代。

返回村口时，我在南皋河边看到三个妇女，身穿防水裤，费力地把大捆的构皮料拖到齐膝深的河中央，再把完成浸沤工序的构皮拖回岸边清理。12月的贵州，气温虽然没到零下，但在山里也够冻人了。然而她们却要不畏那河水冰冷，为生计而辛苦劳作。一群鸭子悠闲地游弋在河中的构皮堆间，一派美好的乡村景色。只不过，那些浸沤构皮的妇女不会留意，也没有闲情逸致去欣赏。

作为她们的领头人，王师傅心里挂牵的是：村里还有800多个妇女劳动力，要想办法帮她们解决就业，要带动更多的人脱贫致富。"今天刚开了扶贫会议，说的就是要巩固脱贫攻坚的成果。"产，这里有人；学，一众专家学者在研究他们生产的纸；那么销呢？这是一个问题，一个至关重要的问题！非物质文化遗产向非物质文化产业转变，丹寨是一个很好的模式。王兴武是一个称职的领头人，但他仍然面临着销路的困扰。当我们轻松地拈着他们生产的纸张品头论足时，王师傅却正在为自己的生计努力摸索、拼搏。

从丹寨出来，我再一次确信：造纸匠人们只有在首先解决了温饱，并且开始走上小康之路时，才会挺直腰，不纠结于些微利益，才会有底气谈襟怀，才有可能不无奢侈地腾出手来，为古籍修复界，手工纸的金字塔顶尖，呈上不负先人荣耀、量少却质优的好纸！

19 "玩"出来的加工纸

我在全国各地走访纸张，一直以来都是以原纸为主，并未特意去找寻加工纸，毕竟古籍素雅清淡，少有特别的花色，加之原纸数量品种繁多，也足够我寻访一阵了。若真碰到极个别修复需要的加工纸，也是自己染制一些颜色相近的补纸。若是颜色配得好，看着也过得去，但终究经不起细细品鉴，仿佛绫罗细绢上补了块粗麻布。

几年前，一位写书法的朋友在市场上买了几张瓷青纸，用泥金在上面抄《心经》，但他总觉着不对劲，便请我帮忙分析原因。我一看那纸，分明是用化工染料染成的机器纸，颜色轻浮，没有真正的手工瓷青纸特具的厚重大气、纸质坚韧之感。

说到瓷青纸的制作，那可大有讲究，它在明代宣德年间才被正式命名并兴盛起来，因为颜色与青花瓷相仿而被赋予瓷青之名（又名磁青），明清时期的文人墨客甚至把它与宣德瓷并称为宣德年间产出的"双珍品"。瓷青纸的底纸，最初采用的是桑皮纸。用天然植物染料"靛青"或"靛蓝"对底纸进行染色，再经施蜡、砑光，方可成"瓷青纸"。明朝屠隆《考槃余事》和项元汴《蕉窗九叶录》均称它："如段（缎）如素，坚韧可宝。"我曾见过一回瓷青老纸，据说是乾隆时期的旧物，流光幽深，宝气内敛，持纸张两端拉扯，发出"铮铮"金石之声。哪里是拿些纸染成蓝色就可自诩瓷青的？

在朋友的请求下，我用国画颜料作为染色剂，反复刷制、干燥，来来回回八九次之多。层层晕染，整整三天，总算帮他做出了颜色比较满意的所谓"瓷青"色纸。他一试，大为赞叹，想让我帮他再做一张四尺整张的纸，我只好委婉拒绝。一张四尺三开的就费了老大劲，做整张的真怕自己力不从心。但这事倒是放在了我心底，时不时就会记挂。

两年前，安徽泾县一位专门用植物染色做封面纸的杨师傅曾寄来纸样，并要我们看过之后再寄回去。我有点诧异：一般情况下，纸坊给我们寄纸样，少则几张，多则几十张，是留作样品的，哪还有还回去的说法。这杨师傅倒坦诚，直言：这纸样可真送不起，人家用化工染料染色，几滴色水过一两遍就搞定，我们要染制同样颜色的纸，得过十几遍，一张四尺整张的纸至少卖三四百块。大家听了直呼太贵，我倒觉得价格合理。

正因遇到几回这样的事，我对加工纸算是真正上了心。什么是加工纸？就是将普通手工纸进行加工，从而得到另一种纸，也叫"手抄加工纸"。加工纸的鼻祖应该算左伯吧。这位汉灵帝时代的人，既是书法家又是造纸家，宋朝苏易简在《文房四谱》里说："子邑（左伯，字子邑）之纸，研妙辉光。"有学者从这"研妙辉光"四字解读，认为左伯所造的纸表面有光泽，说明纸面经过研光。研，就是砑的意思，是用工具在纸上砑磨，使其表面光滑平整而有光泽。这不就是最基础的加工吗？

既然上了心，也就自然会关注市面上的加工纸。令人遗憾的是，市场上那些所谓加工纸，大部分是用化工染料染就，颜色抢眼，花纹艳俗，谁敢上手用在古籍修复上？

碰到真正心仪的加工纸，是2019年在安徽泾县参加纸史会议时。那天，不少手工纸坊和纸厂在会场展示自家产品，其中有一家"风和堂"，用加工纸制作的团扇、笺纸、小书签让人印象深刻。只可惜当时匆忙，未能和堂主进一步交流。不过事后才发现，我微信里早已加过风和堂主人郑智源老师为好友，只是从未交谈过。令人欣慰的是，我最近刚好有泾县访纸的行程，可以顺道拜访郑老师，了解一下他那里的加工纸。

据郑老师介绍，风和堂名字取自《兰亭序》"天朗气清，惠风和畅"，加之位置靠近修建于明弘治十三年（1500）的明堂池，因此就更贴切了。外表看起来憨厚的郑老师，居然如此风雅，倒是出乎我的意料。风和堂是一幢二层小楼，算是郑老师对外展示、销售、会友的场所。至于他真正的工作室，由于雨水冲垮路基，此次便无法前去了。这么多年跑下来，我已能面对各种意料之外的突发情况，所以心里倒也坦然。

其实在我到来之前，郑老师就把几种得意之作摆放出来了。

"之前有人到我这里参观，我把羊脑笺摆出来，结果他们让我把这乌漆墨黑的东西放回去。"一听此话，我忍不住大笑起来，其实，羊脑笺是在瓷青纸的基础上派生出来的，表面看黑黑的，不讨人喜，仔细看就会知道它如重磅黑色绸缎一般，所以真是要内行人才能识得。

清代沈初在其《西清笔记》中曾对羊脑笺有如是说法："以宣德瓷青纸为之，以羊脑（调）和顶烟（松烟）窨藏久之，取以涂纸，砑光及压成缎纹而成，黑如漆，明如镜，始自明宣德年间，以泥金写经，虫不能蛀。"之前我对于羊脑笺的名称总是心存疑虑，觉得把羊脑涂抹于纸上是不可思议的事。不过郑老师很肯定地告诉我，他制作这羊脑笺确实使用了羊脑，此外猪脑也可以使用，只要动物脂肪含量足够丰富就行。"不过，猪脑颗粒比较大，不如羊脑细腻，没有羊脑好用。"没有实践就没有发言权，看来郑老师确实都尝试过。

"这个味道很重吧？制作的时候，家里的猫就一直在旁边转悠。"我凑近一闻，并没有想象中的腥膻味道，相反有一股淡淡的墨香。纸面颜色如墨如漆，侧看平滑而富有光泽，幽幽亚光，显得更有质感。郑老师告诉我，根据典籍资料所示，他会选购老墨块，并把新鲜羊脑存放一年备用。底纸或用楮皮或用雁皮，而我手上的那张则是他从德格地区采购的狼毒纸。

"我喜欢尝试各种方法，说不定就试出来不同的效果呢！不过，在加工过程中，怎样保证手工纸的寿命，如何防虫，我还得研究。我们用的染色原料都是纯天然的，大部分来自中药市场。别人说我的加工纸贵，因为我用的染色剂都是按克算的。总会有懂的人，有需要的人。"

郑老师继续为我介绍如何用胭脂虫加冷血藤、鸡血藤等天然染料制作笺纸。我能感觉到他更倾向于使用天然植物染料。他觉得相比矿物染料，植物染料与纸张纤维能更好地相融，而矿物染料的颗粒感会始终浮于纸面。"矿物染料和纸不是一类东西，所以怎能很好地融合在一起呢？"而我更好奇的是，如何保持每次染色的一致性。"每次染色时，我都会对配料做些简单记录，久而久之便形成了固定染色的配方，基本都能保持颜色一致。当然，如果底纸发生改变，厚薄有变化，吸水性也会有差异，颜色当然也随之改变，这时就需要重新进行调整。"

也许是觉得我好不容易来一次，不让我真刀真枪演练一番似乎说不过去，郑老师便搬出平时给学生们体验制作流沙笺的全套工具，让我自己尝试一回。他这里的流沙笺，颜色比在其他地方看到的艳丽许多，据说是完全取决于水与悬浮剂的配比，利用油水比重差异，以及油水相斥相分的原理，使颜料漂浮于水面。我用毛笔蘸上颜料甩于水面，用竹签、针棒甚至梳子拖划颜色，使它们相互交错，形成不同的花纹，再用皮纸覆于水面拖拉，使颜色整体转印到纸上。这种流沙笺的制作带有很大的偶然性，每一张都是独一无二的。整张流沙笺制作完，从中任意截取一片都会出现意想不到的效果差异。本以为这体验非常简单，未曾想每甩一点颜料都需要控制力度和角度，才能使各种颜色都层层叠叠悬浮于水面之上，形成多层次的肌理感。

初次尝试的我，每每把握不了分寸：甩轻了，颜色不够重；甩重了，颜料破水而入，沉入水底。不过也偶有所得，各种色水如分花拂柳，曲径通幽，变成一幅妙图。我好歹算是"见多识广"的，对此竟也玩得不亦乐乎，郑老师时不时在旁边指点，我也总算懂得了他做纸时强调的"玩"字的含义。

郑老师这种"玩"的尝试，表现在每一张纸上：他会购买民国时的老纸进行再加工，仿制成金粟山藏经纸，却保留纸张边缘的旧时磨损痕迹；他会用植物染料在底纸上层层堆积，形成不同肌理，细看如隐隐连绵山峦。他这里时常高朋满座，讨论如何"玩"出仿唐代名纸硬黄纸。制出新纸也不急于销售，而是拿来抄经写字，先行试纸。他玩的洒金宣，有时并不采用金箔，"不是想偷工省料，节约成本。我用铜箔，让它自然氧化，甚至制作过程中故意让箔片脱落，看起来是不是有点旧气？"确实，若他不说，我还真以为那些纸张是存放许久的老纸，甚至有些像民国时期的老纸，沉着不飘浮，一如风和堂内收藏的老家具老物件，气息相近，含蓄温润。我不知道郑老师是如何做到的，大概是不断地尝试、学习、研究、"玩"出来的吧！

离开时，郑老师夫妇邀我下回再去他们工作室，亲手制作加工纸。我满口答应，并夸下海口：下次我要"玩"出一张属于自己风格的加工纸！

但愿，我不是吹牛。

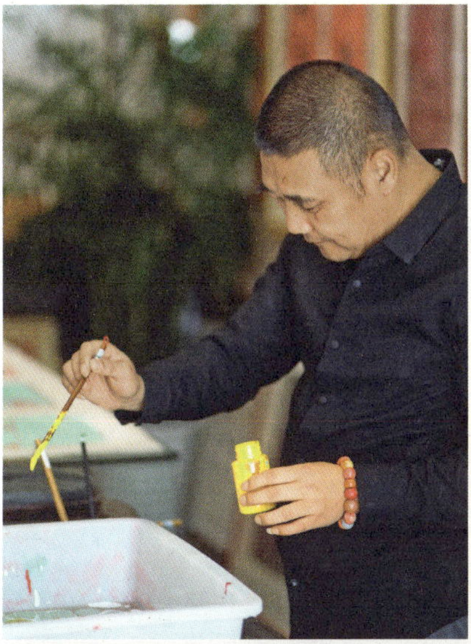
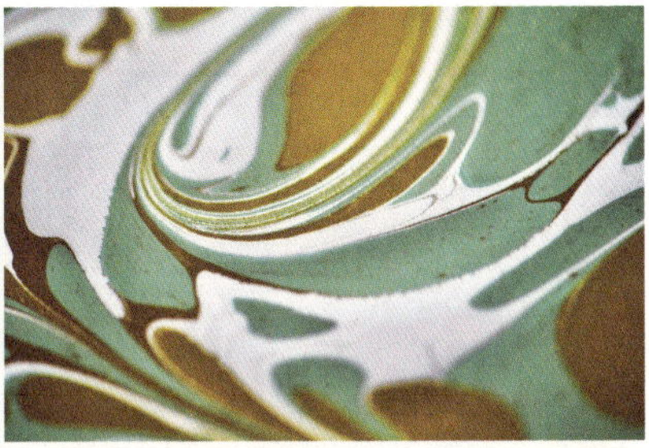

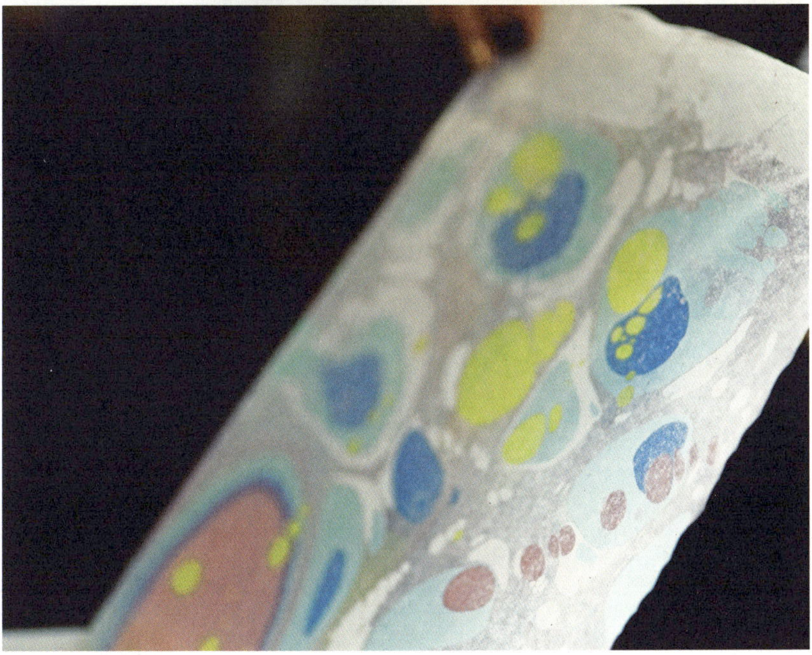

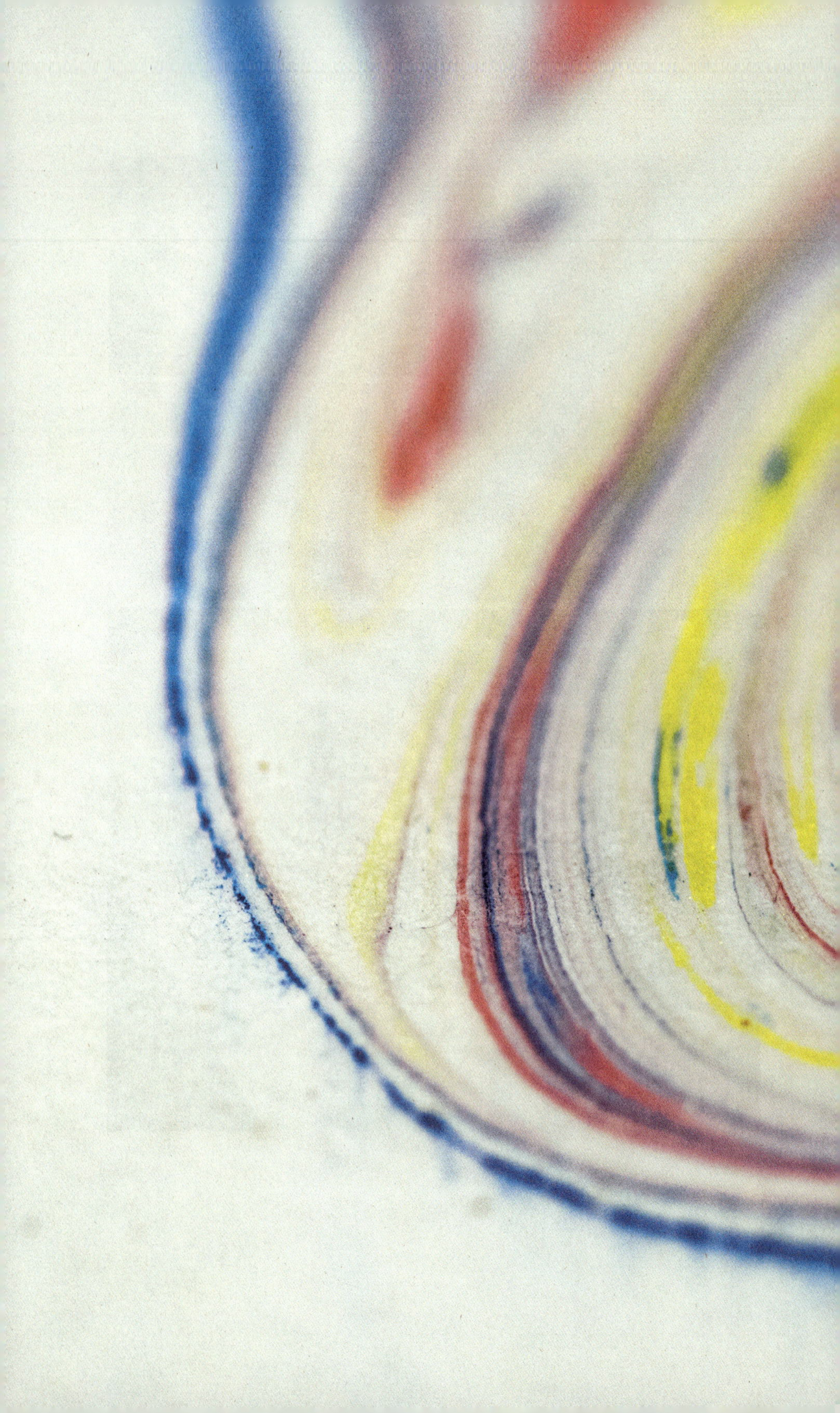

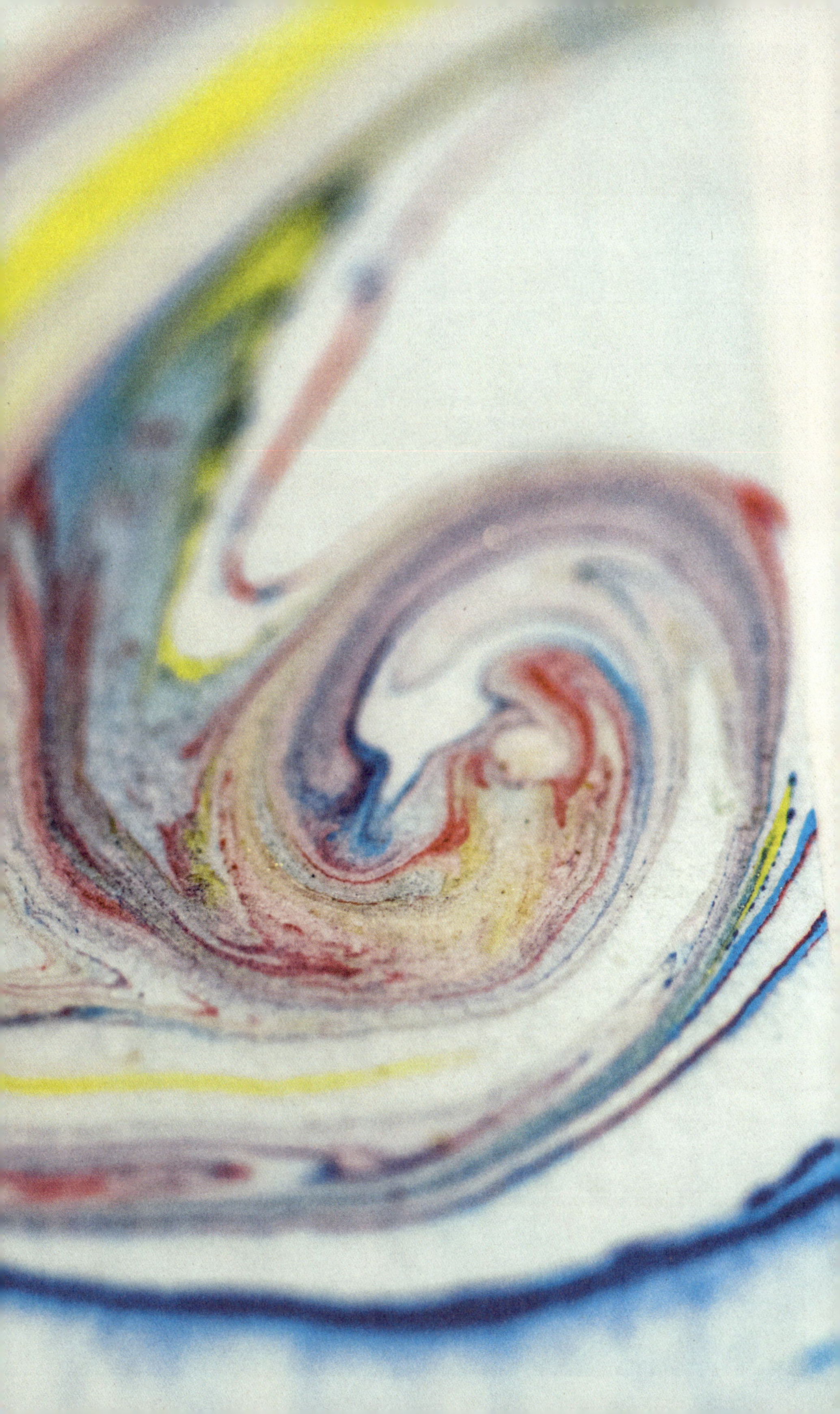

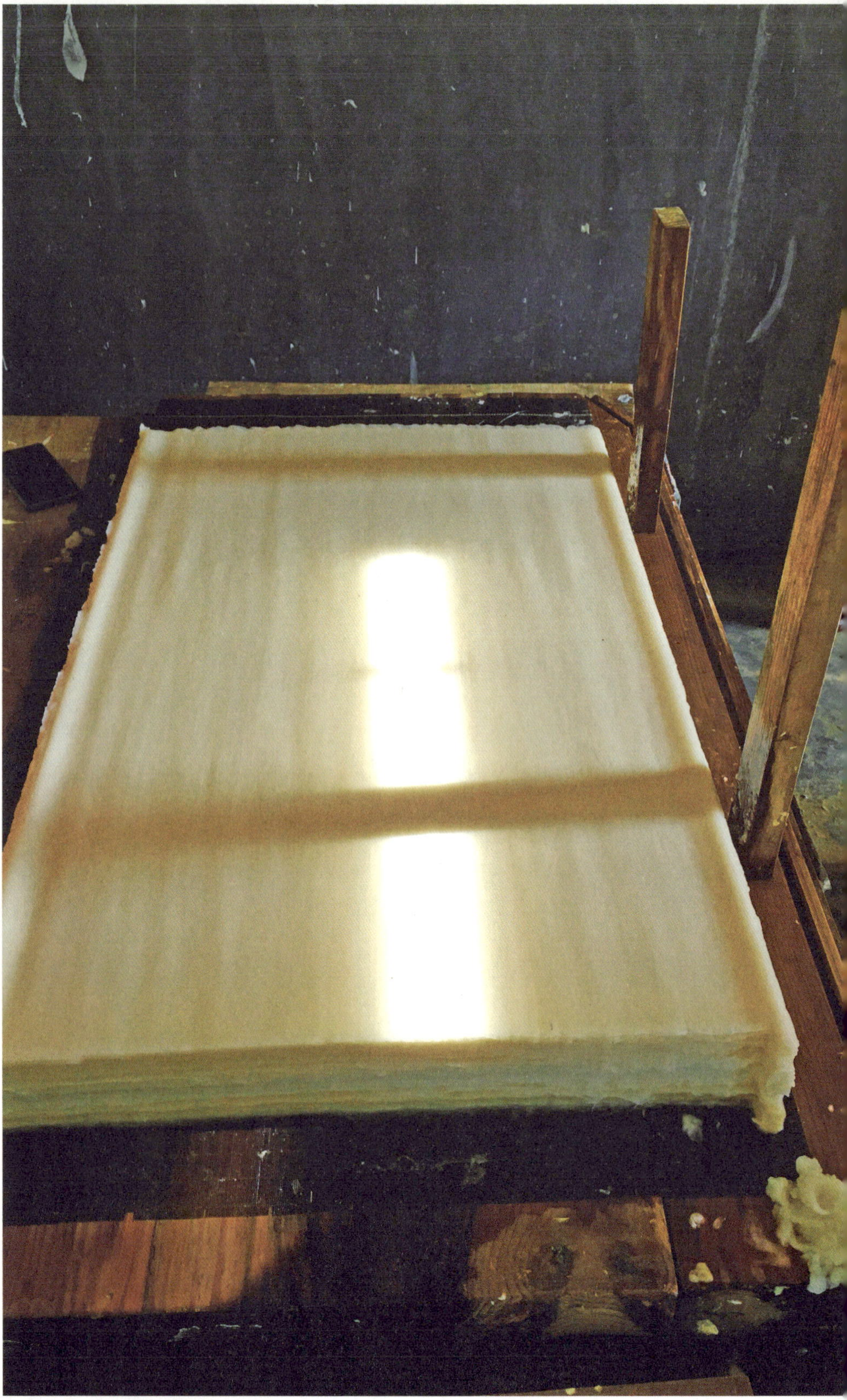

20 开化纸：
道阻且长，行则将至

这几年，论起全国手工纸的热度，若是"开化纸"排第二，大概也没谁敢认这第一了。

2017年3月，"开化纸研究实验室·杨玉良院士工作站"正式成立。同年11月，第一届古籍写印材料国际研讨会又在开化县召开，与会的世界各地代表就开化纸的历史源流、制作工艺、分析检测等进行了深入探讨。其间，35部开化纸本古籍在现场展示，首次集中展现了开化纸本文献，规模之大，品种之多，令人赞叹。与此同时，对于开化纸的原材料、历史上的产地到底是不是开化县等问题的探讨，大家也是各抒己见。2018年，国家图书馆易晓辉先生在《文献》上发表论文《清代内府刻书用"开化纸"来源探究》，援引王传龙博士《开化纸"考辨"》以及翁连溪老师《清代内府刻书研究》的结论，进一步从史料、档案以及科学检测手段等方面，提出清代"开化纸"

实为"泾县连四",其原料为青檀皮等观点。针对开化纸古籍文献在社会与业界引起的高度关注,2019年11月,中国古籍保护协会古籍鉴定专业委员会再次邀请专家,举办了"开化纸古籍专题研讨会"。

关涉开化纸的每一次会议和争论,总有一个人会被推到风口浪尖,那人便是开化纸工作坊的负责人黄宏健。第一次见到黄老师,是在2017年开化那次会议上,他驱车带我们参观了工坊。也是那一次,我才知道他最初是开饭店,只因喜欢舞文弄墨,才对"开化纸"上了心。说真的,刚知道这一点,心里确实有点不以为然:半路出家,能做出好纸?随后,"开化纸"一次次被证实极有可能并非为开化县所产,黄宏健提出的在开化县复原"开化纸",也就显得有点勉强。在2019年第二届传统写印材料国际学术研讨会上,黄宏健做了关于传统手工纸与现代生产的发言,还曾被与会的一位藏书家当面质疑"到底有没有把'开化纸'复原出来"。不过,黄宏健倒是常有消息在业内爆出:经过300多天连续测试,最新研发出的开化纸寿命可达2825年;与复旦古籍保护研究院合作,开展纸浆生物漂白技术;世界级印钞邮票雕刻大师马丁·莫克使用黄宏健制作的"开化纸",印制了作品《一带一路——"帆船"》,并在斯德哥尔摩举办的英国伦敦皇家集邮协会150周年国际庆典上展出。我想,不管做出来的是不是"开化纸",只要他能坚持开发研究手工纸,对我们修复师来说总归是件莫大的好事。

2020年10月,我在开化见到了黄老师。因为我俩都是性格直爽之人，见面时并无过多寒暄，直接切入正题。他告诉我，他们目前使用的皮料在没有人工种植的前提下，暂时由国外进口：楮皮是泰国产的；雁皮，菲律宾的。他认为，相比菲律宾统一人工培育的皮料，国内的皮料生产周期不统一，在制浆过程中会产生很多问题，进而影响纸张质量。

"原材料很重要，设备也很重要，所以我研发了一套半自动的制浆设备。手工纸定量生产，全靠人工不行，产能低不说，工人技术不稳定，品控如何把关？目前我们一方面与上海复旦大学合作，一方面联合上海和浙江的技术部门，由他们帮忙做检测，在检测中不断调整。"

我不禁问道："这样岂不是变成半机器纸了吗？"

"在日本，这叫机制手工纸，"黄老师很认真地纠正我，"机器制作，但有着手工纸的品质。您想，未来做手工纸的人越来越少，而且每个人做出的纸都不一样，手工纸的发展如何顺应时代的需求，这是个问题。比如我们做的手工纸，在上印刷机时稍微有点厚薄不均匀就卡住了。所以要打造科技的平台再融合传统的工艺。创新的理念很重要。没有创新的理念就没办法持续发展。我们有信心能研制出半自动的抄纸设备，造出高品质的手工纸。"

黄老师口中不断有新名词跳出，让我恍然觉得自己是在与前沿科技的技术人员交流。他对日本纸张分外关注，但又不仅仅停留在纸张本身，他甚至会从日本人的书写、刻印特点来分析中日纸张的特点，那些非常深入的研究让我感到意外。

在工坊的小院里,我看到花坛里不少植物上都挂着木质小标牌:"杨桃藤""构树""青檀",还有"荛花"。原来它们都是造纸的原料或辅料。黄老师托着荛花枝条叹惜道:"我们之前还准备自己培植荛花,弄了几十亩地,就是想从源头确保品质,可种下去的 2000 多株现在只剩下 300 株。"

院子的小平房后,新盖起一排二层小楼,楼前回廊的空地上堆放着荛花皮料的半成品,应该是从国外进口的吧。一楼是个大通间的车间式工作场地,大部分是机械化的制纸设备,不知是不是黄老师自己研发的半自动机器。但我的注意力早被坐在屋内的两位师傅吸引过去了。只见他们手里各拿一把镊子,在一盆清水样的稀浆料里挑拣杂质。这可是费眼又费时的活,黄老师却说:"上回打浆机没清洗干净,浆料混进一点杂质,所以必须要拣掉,否则会影响纸面清洁度。"

工厂深处有一个小房间,里面是黄老师从江西鹅湖纸坊请来的何姓抄纸老师傅,可他抄纸的方式却并非江西的,而是黄老师自己研究出来的。水槽边上也放着一把精细的小镊子,何师傅偶尔会拿它拣出纸面的杂质。看来,他们这里做纸的要求真是很高。可按照这样的方式,如何能出量呢?

黄老师告诉我:"数量先不去管,关键是做出好纸。何师傅光纸(纸张上焙墙)做得比我好,他做一辈子了,但抄纸不如我。我其实抄纸很不错的,但太忙了,每天只能抄个百余张,有时甚至只有几十张。不过,我不是研发了设备吗?将来抄纸也可以用机器替代,这样,品质才能有保障。"

他边说边往外走,而我却被堆放着干浆料的四个箩筐吸引住了。有意思的是,这四筐浆料颜色由深至白,深浅不一。经黄老师一指点才明白,他们是采用生物酶技术进行漂白工艺的。他的说法很形象:"用生物酶把木质素吃掉。"其实生物酶技术在纸浆漂白中的应用时间并不短,其作用原理就是通过酶与浆料中化学成分的反应,提高浆料的可漂性,并直接降解木质素,以提高浆料白度。生物酶漂白纸浆是一种绿色环保技术,可有效降低纸张生产所带来的环境污染,但在传统手工纸制作中很少见,至少我是第一次亲眼看到。

"生物酶漂白纸浆,有利有弊,实际上就是通过对活性细菌加温加压等方式,使它发展成一个群体,把木质素,也就是那些黑色的物质吃掉。但细菌繁殖太快,如果不及时提供新的原材料,它们就吃浆料,这是一个弊端。我们现在正研究如何控制活性细菌的繁殖速度,以及降解木质素的程度,通过人工控制达到标准。"黄老师的介绍,让我突然回想起第二届传统写印材料国际学术研讨会上,复旦大学谢守斌博士曾经做过题为《开化纸纸浆生物漂白的初步研究》的报告,看来,眼前这

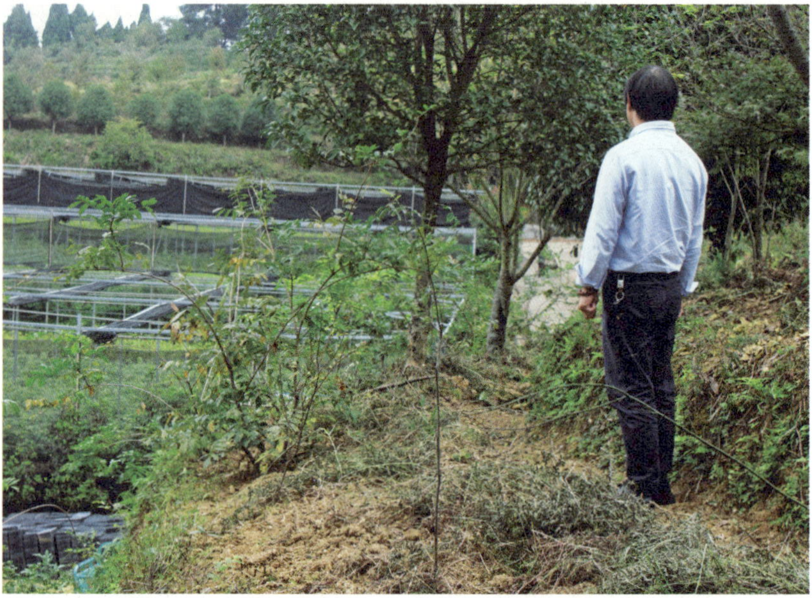

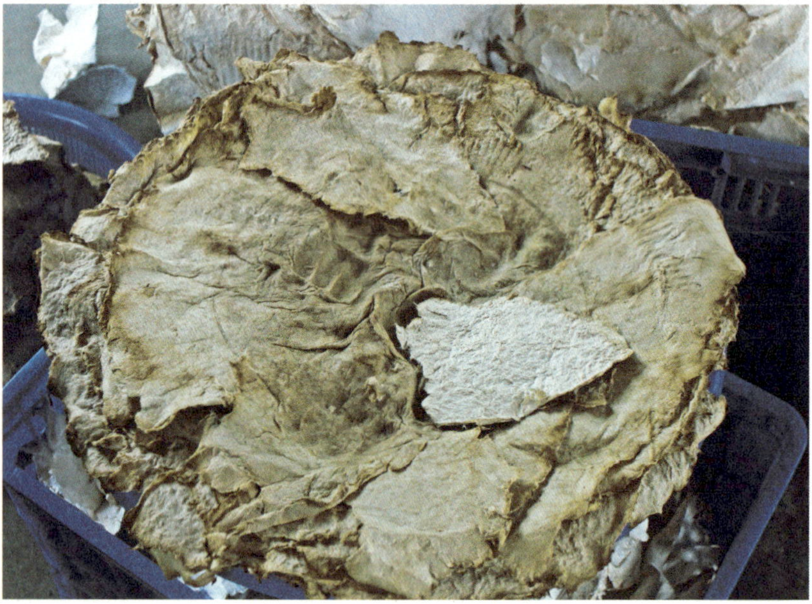

些浆料正是他们研究、实验并投诸生产的成果。

按我以往访纸的惯例，总会问问做纸人对纸帘的看法。没想到黄老师对纸帘倒是有自己独特的见解。他认为现在的纸帘密度不够，不光是竹丝的问题，还与绑竹丝的那根线有极大关系。从帘子侧面看，现在的绑线都是圆柱形，每个打结部位都突出于帘子平面上，绑结明显，帘纹就越明显。过去的制帘师傅会抽生丝绑帘子，那样的丝绑出的帘子，打出的结都是扁的。

"不是说'开化纸'帘纹细密，目测不明显吗？我认为跟这个丝线有很大关系。中国科学院宁波材料技术与工程研究所就可以利用纳米技术制作丝线，不过他们要求的制作量很大，我们这点需求量太微不足道了。"事后，我查看资料，从一些数据得知，各种规格的生丝，横截面近似于椭圆形的大体占了80%至90%，不知这个椭圆状的形态是否对制作纸帘有利？如果黄老师能够与相关研究部门研制开发出合适的丝线用来编织纸帘，也是一件有利于手工造纸业的事。

我们回到他的工作室，观看作坊内的各色纸样。看得出，黄老师对自己的作品很得意，每拿出一张纸，就非要我猜是什么原材料。我的眼睛毕竟不是显微镜，何况，他的制作工艺使得有些纤维特征并不明显。我根据自己以往的经验去猜测，屡猜屡错，狼狈不堪，他就笑得格外开心。确实，这些皮纸纸面洁净细腻，甚至有点晶莹的光泽，经过搓揉后不破不烂，甚至如丝绸般柔软，倒也令我心生欢喜。此外，他还让我看了一些用机械设备制作出的每平方米三克重的超薄皮纸，问我可以派什么用场。我试了试纸张强度，觉得倒是可以用作古籍修复中的溜口。他挺高兴，因为他目前对自己手工纸的定位，就是纸质文物修复和高端印刷材料。

最后，我们还是无可避免地又谈到"开化纸"的祖籍问题。黄老师一脸坦然："开化纸的原籍地是不是开化，现在造的纸是否达到明代或清代的水平，就交由专家去考证评论，关键是要拿得出好纸，只有做出好纸才能说明问题。我们不急，不会现在就产业化。我一定要做最好的手工纸，要把它们送去 SGS 检测，我希望未来在国外修复中国古籍的人不再使用日本手工纸，而是用上我们自己做的纸。我也希望我们做的纸能在国内手工纸领域引起震动，推动大家一起制作好纸！"

下午，黄老师带我去参观他的荛花培育基地。基地内，荛花树苗与其他植物混种，相比旁边或茁壮成长或郁郁葱葱的植物，夹杂其间的荛花苗显得有点纤细而孱弱。他连续从地上拔出数根枯死的荛花，又一次对我说："汪老师，我们之前种下去 2000 多株，上次来看只剩下 200 多株了，今天剩下的就更少了，再继续努力吧！"

做出一张好纸，很难，做出一张让业内认可的好纸，更难，做出一张让国际认可的好纸，难上加难！

道阻且长，行则将至。

---

1 SGS 是瑞士通用公证行的法语简称，是全球领先的检验、鉴定、测试和认证机构，是公认的质量和诚信的基准，也是目前世界上最大、资格最老的民间第三方从事产品质量控制和技术鉴定的跨国公司。

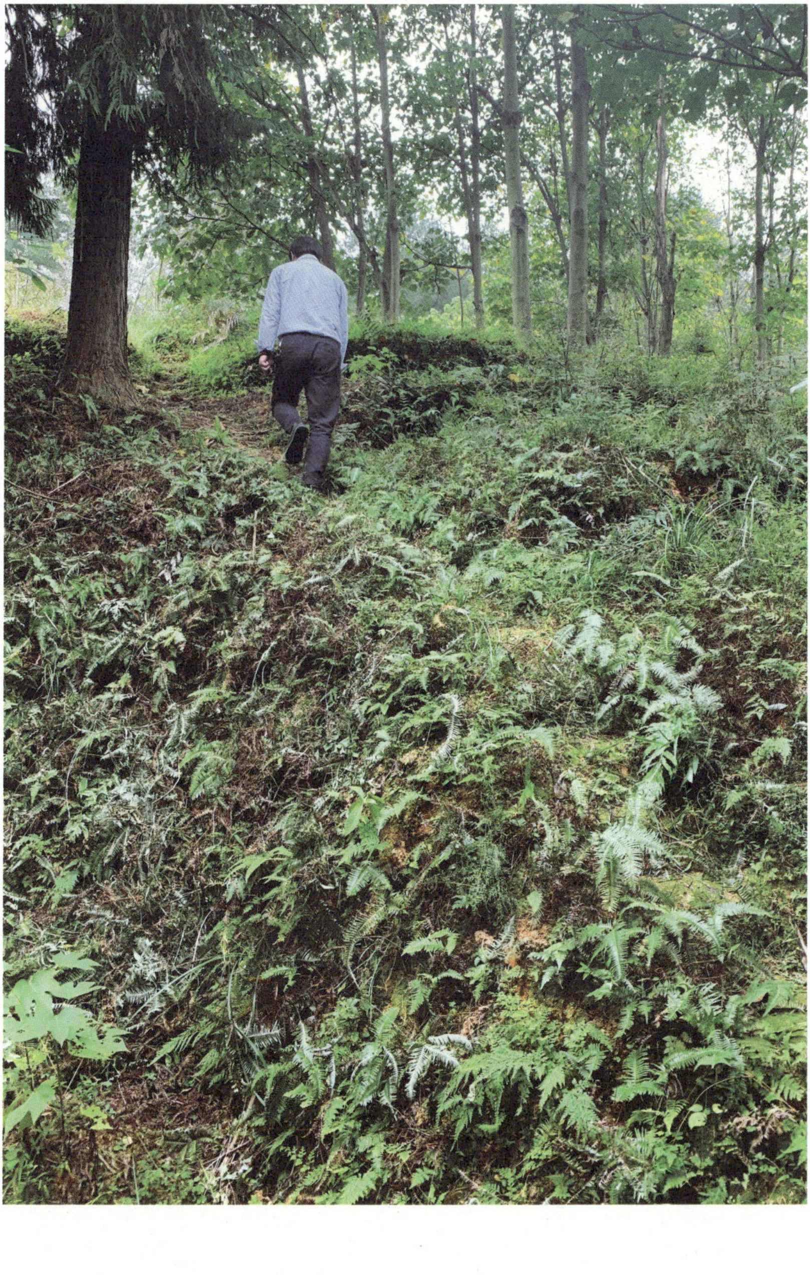

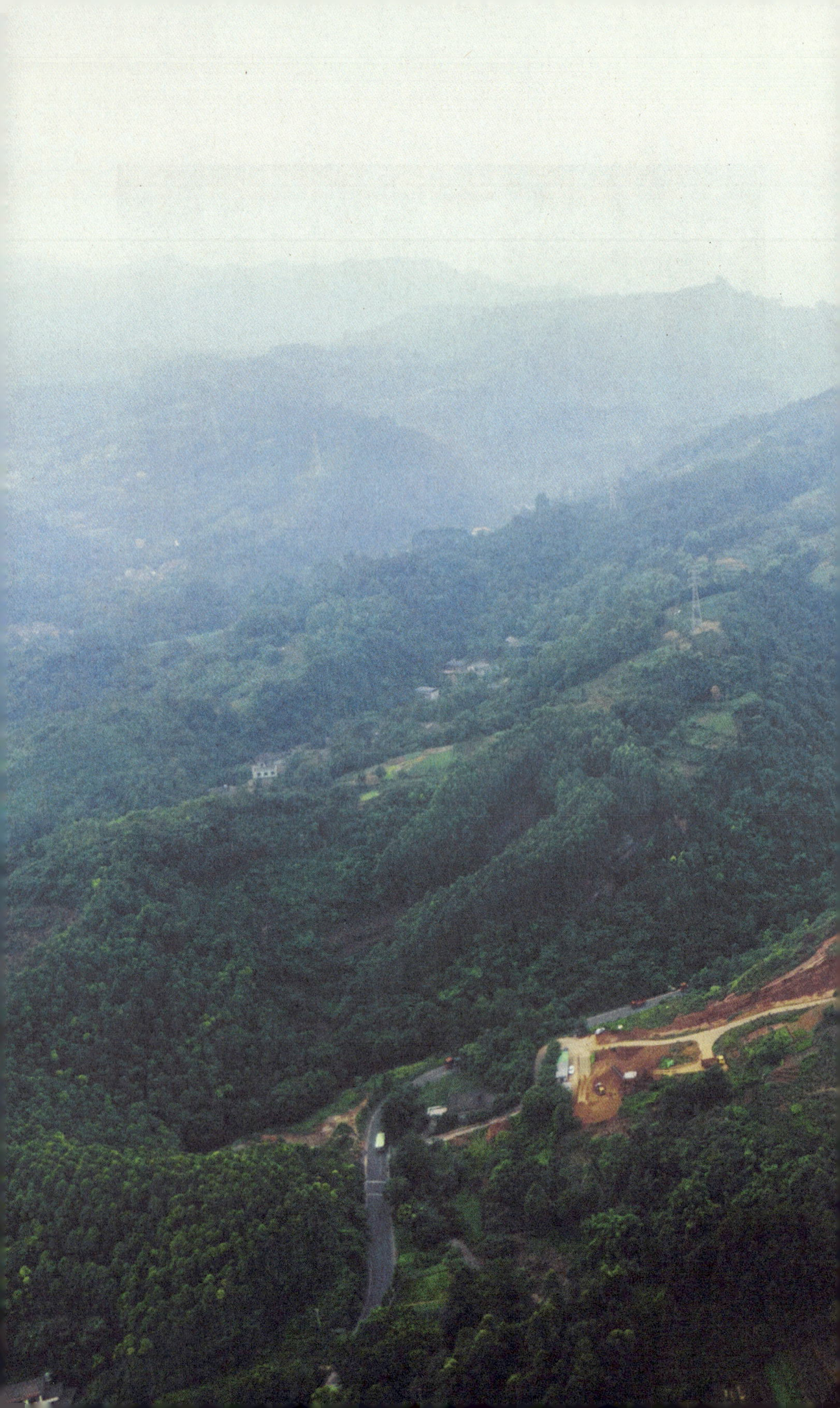

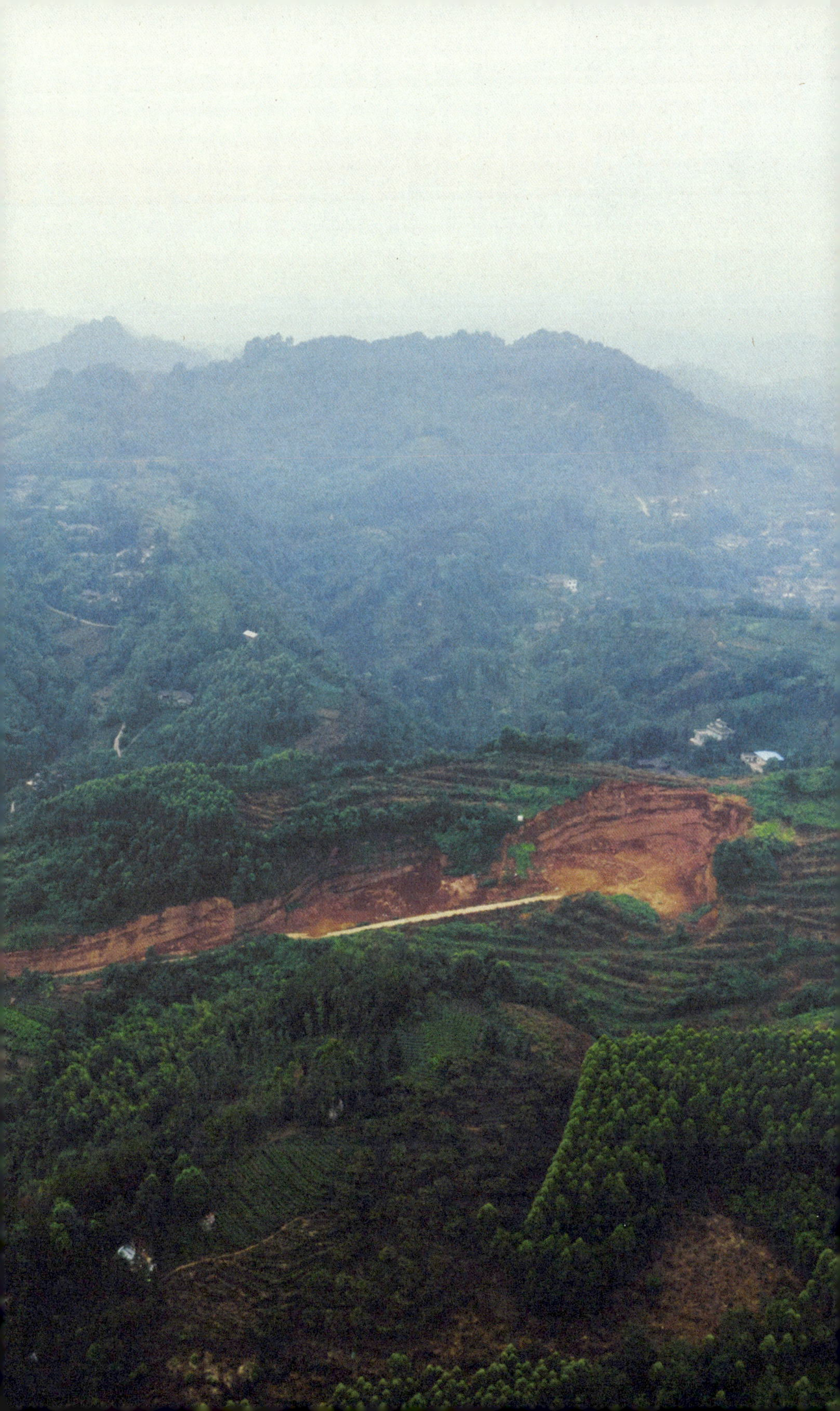

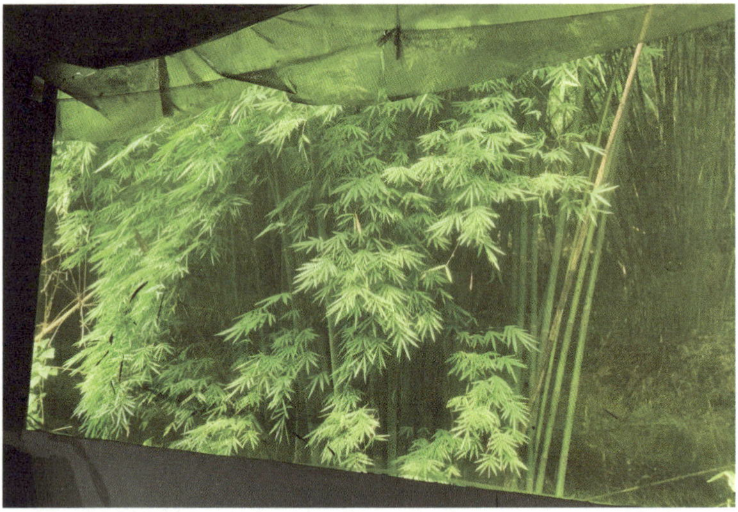

21 川地访纸五程纪
第一程：浮华终将剥离尽

访纸这么多年，犄角旮旯的地方都走到了，但四川夹江却迟迟未去。原因很简单，它曾经让我很受伤……

2013年，浙江图书馆对手工造纸进行全国调研时，我曾电话联系到四川一家手工纸厂，请对方寄送纸样。联系人爽快地寄来好几张样品，其中一张还注明："本纸为故宫博物院专门定制修复纸张。"我与几位同事翻看纸张，十分兴奋。就目测而言，其中几张纸颜色、质感都不错，被略微加工后很适合用来修复封面。再经仪器检测，各方面数据也合乎标准。还说啥呢？直接下单订货呗。两种纸，各两刀。只是没想到，付了钱，到了货，老母鸡变成了鸭：原本色调雅致的古色纸，变成了类云龙纸，再经仪器检测，纯竹浆纸变成了杂料纸，用的是龙须草浆、木浆以及不知何物的浆料，单单就缺了竹浆。再联系纸商，竟然不耐烦地应付几句后，就再也不接电话。

2014年到天津培训时，我跟徐建华老师聊起此事，他连连提醒我，总有不少人打着故宫博物院的旗号向各个单位推销修复纸，要好好鉴别。看来，市场险恶，我在修复室里待太久了。后来，每每看到那四叠让我交了学费的纸，未免心生恨意，连带着对夹江这个地方也不待见了。此后，又耳闻夹江手工纸大量使用漂白粉，以致我对当地手工纸更是添了一层恶感。2019年，我特地赶去北京参加一个"文房四宝会"，看着纸张场馆里众多夹江展商，红红火火，但稍稍翻拈一下，都是机器纸，便不由心中冷笑：果真夹江无好纸。

不过，拥有丰富竹资源的四川，是我国竹纸生产的中心之一。据《四川通志》记载：明嘉靖四十一年（1562）夹江已开始生产"棉纸"（楮皮纸）、竹纸。清代初期，夹江被誉为"蜀纸之乡"，康熙二十年（1681），夹江纸中的上等书写纸还被定为清廷科举考试用的"文闱卷纸"。乾隆四十一年（1776）又被定为"贡纸"。抗日战争时期，"大千纸"把夹江手工纸推上了一个新高度。现在，虽然头顶的光环一个个离它而去，虽然负面传闻很多，我也应该亲自探访、如实记录，不是吗？况且，夹江县的古寺中曾有一块清道光十九年（1839）所立的《蔡翁碑》碑叙，碑文中有"吾乡中砍其麻，去其青，渍以灰，煮以火，洗以水，舂以臼，抄以帘，刷以壁，纸之法备，纸之张成"，在我的著作《书路修行——纸质文献修复》中也有引用，所以总想着要去实地看一眼，若是能把那碑上几句话亲手拓下来，就更完美了。

但是，夹江访纸的计划偏偏遇上了2020这个特殊的年份。年初遭遇疫情，让全世界踩了一个急刹车，我的访纸计划也不得不搁浅。好不容易等到疫情缓和，生活重启，可六七月各地又突发暴雨，地质灾害连连。总算等到七月底，情况稍稍好转，我便下定决心，与愿意同行的伙伴开启了旅程。此行路途遥远，交通不便，我们计划飞抵四川后，租车自驾，完成访纸全程。

夹江县位于四川省西南部，因泾口有"两山对峙，一水中流"的自然地理风貌而得名。我计划访问的四川自信文化发展有限公司是一家成立于2018年的新公司，其掌门人王祥兵却是洪雅县雅纸的发明人之一，也是雅纸的非遗传承人。1984年发明的雅纸，名字取自地名，也蕴含"高雅的书画纸"之意，主要原料是龙须草、桑树皮、麻和构树皮。本来，洪雅县也是我计划中的访纸点，不过王总说那边已经基本不产雅纸了，因此洪雅之行也就作罢。

在夹江，传统竹纸采用的原料一般都是白夹竹。然而不知为何，白夹竹如今在当地几乎绝迹，而做纸采用的多是慈竹。眼下，大部分纸厂除了生产仿手工的机器纸外，就是做些卫生纸、餐巾纸一类的生活用纸。

"现在夹江还在生产手工纸的已经很少了，很少了。"这句话，王总重复了两遍。"当年环保要求没这么严格，几户人家凑起来买一个篁锅，蒸煮浆料，仅我们这里就有二十几口锅，全部用来烧碱。其实传统的还是应该用石灰。后来环保管得严了，政府就在县里统一规定一个地方做蒸料，各家把各自切好、浸好、洗好的料拿过去蒸煮，污水也统一处理，把污水排在泥土里烧成砖，还可以再利用。"

这个情况，我也早有耳闻，不过当时比较担心的是这统一蒸料如何确保各家的浆料不会互相混杂。我直接提出了这个疑问。"不会不会，"王总赶忙解释道，"每次蒸煮前，锅都会洗得很干净，用的还是传统的锅，只是原先烧的是柴，现在用天然气。比如一锅煮多少，各家就准备多少的料，根据各自的配方，加上烧碱和化工原料蒸煮。"

作为一个古法手工纸的拥趸，我对烧碱、化工等字眼格外敏感，难免会有些情绪上的排斥。王总可能是察觉到我的神情变化，急忙解释说："我们现在的料，先自己用石灰蒸煮一遍，待第二、第三遍才拿去统一蒸煮，那时才加一点点烧碱，量用得很少。我们现在想要做的，就是要完全复原大千手工纸。其实，我们已经做了很多工作，寻了好多地方，终于找到了白夹竹的原材料，也找到了当地老一辈的造纸师傅。都是60多岁的老师傅，年龄最大的都70多岁了。去年年底，我们还在北京召开了'四川夹江复原大千古法书画纸专家研讨会'，王菊华老师、李玉华老师都来参加了。我们就想好好做，恢复夹江竹纸的八大工序，72道工艺！"王总充满豪情地一挥手，"四川有400多种竹子，我们厂后的山上，要把全世界所有种类的竹子都种上！"

大千纸故里，是王总修建的国家非遗竹纸制作技艺研学基地。据他介绍，一期工程两万平方米，目前已经投资数千万，全部个人集资。在他的古法造纸体验中心内，除了常见

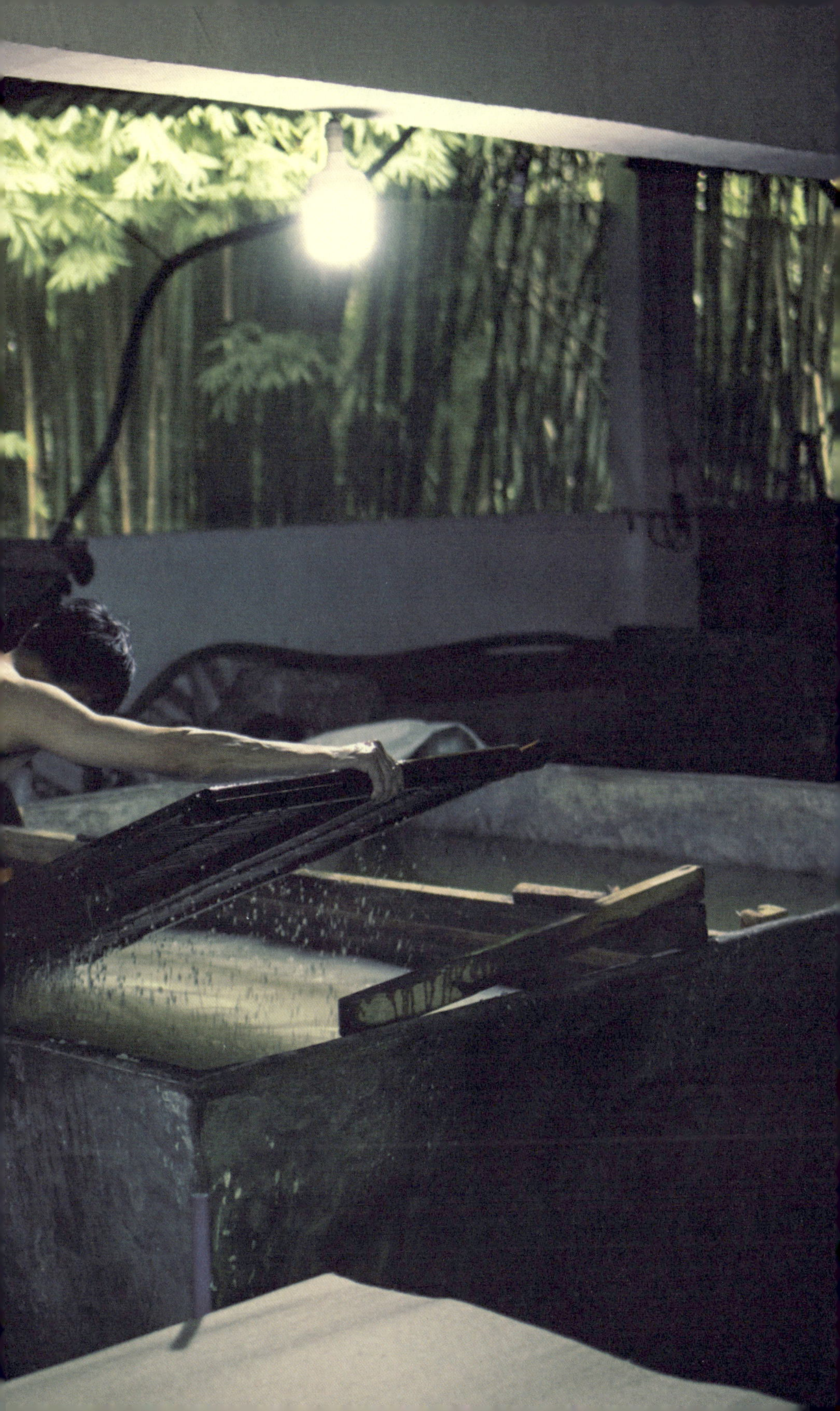

的纸槽、铁焙墙，还有一小组喷浆抄纸系统。尚未建成的厂房内，还堆放着一台大型机械烘干机。毕竟，他们这里是机械手工纸与传统古法手工纸双管齐下嘛。

不过体验中心里有两样东西引起了我的注意。一个是墙上挂着的一组小纸帘，比较特别的是，这组纸帘共有12个，分别有不同的生肖水印。王总说这是给学生和参观者体验的，做点水印增加点趣味性。这真是个好点子，如果是我看到，肯定也会选择自己属相的纸帘抄张纸，可能还会给家人、朋友抄几张，作为手信带给他们，那可真是一张有温度的纸啊。另一个引起我注意的，是几口大缸里分别泡着不少植物滤液，缸口上搁着几个大口玻璃瓶，应该是对应的展示品。细看，分别是黄柏、花椒，还有一个是黄连。前两个我都知道，应该是加到纸浆里染色或用于驱虫，可黄连呢？我不记得它也可以用来染色。王总说，用黄连可以去除纸张内的火气。我从未听过这种做法，而王总却说了一句让人回味的话："让我们用历史的眼光来检验这个做法吧。"此话讲得真好，真正的传统手工纸，确实需要放在历史的长河中，让时间去检验和评价它的价值。

夹江手工纸之所以出名，不得不提起一位名人——张大千。抗日战争爆发后，夹江成为川渝大后方纸张的重要供给地。战时书画纸输入困难，张大千便与当地纸户共同研制，在竹浆内加入麻料等韧皮纤维，生产出独一无二的书画纸，被称为"夹江宣纸"。1983年，夹江县政府为了纪念张大千对夹江纸业做出的贡献，把"夹江宣纸"命名为"大千书画纸"。既然到夹江访纸，就必须要到大千先生曾经做纸的马村乡石堰村走一走，访一访。

石堰村里，张大千曾借居并做纸的地方是一个小四合院，现在仍有人居住，但不知为何总是大门紧闭。也许是瞻仰名人故居、寻访纸踪的人太多，打扰到现主人的正常生活了吧！原先在山上的纸坊，现在已搬到山脚下，一块木牌上写有醒目的绿色漆字："夹江县马村石子清纸坊——大千纸坊"。14个字，清清楚楚地交代了这个纸坊与名人的关系，而这位石子清便是当年与大千先生一起研制新纸的槽户之一。

天气闷热，知了叫声不绝于耳，纸坊内潮湿的环境让人感到不舒服，但王总还是坚持带我去山上看看。山路陡峭，石阶湿滑，猛一抬头看见的不是四合小院，而是一幢建在高出地面近两米的红色石料上的二层小楼。第一个平台并非屋子，而是三面围墙，一面无墙的结构，纵向耸立着五面白墙。我立刻明白了，这是夹江地区从民国时期就开始采用的焙墙，它用传统冷焙法，不加热，让纸在墙上自然阴干。这种方法虽然省燃料，但干燥时间却很长，所以纸张采用错缝相叠，七八张一叠。为了增强纸张与焙墙的粘合力，防止纸从墙上掉下，还要刷上米浆水。逢干燥有日光的天气，一周左右能干纸下墙；若是天气不好，时间就比较长了。我从未见过保留如此完好的焙墙，按捺不住激动的心情，踩着狭窄的石阶爬上平台。焙墙与焙墙之间的距离特别狭小，若是纸工在里面上纸，会感觉非常局促，想来都是为节省空间，多上点纸吧。眼前，纸墙过道间已经杂

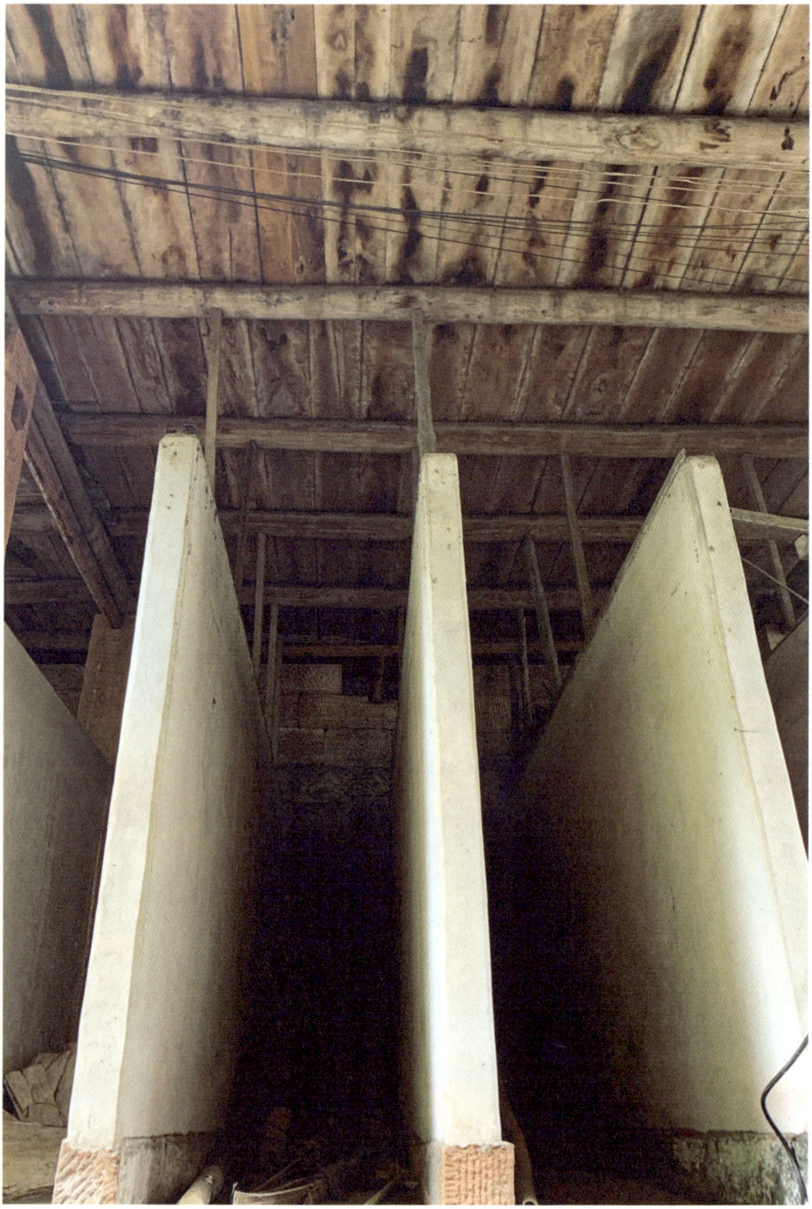

草丛生，表明这是一处被废弃很久的地方。然而，当我小心翼翼抚摸焙墙时，惊异地发现墙面竟如此光洁瓷实，纵使裂纹交织，但经过修整后依然平整细腻。可以想象，用这样的焙墙做出的纸，该有多光滑润泽啊！

"这个墙总有上百年了吧，里面是用竹篾搭建的框架，用泥巴和稻草填实了，外面糊上石灰、纸筋、麻筋，再用石头细细研磨好多遍，才做到这个样子。"在王总的指点下，我站在平台上向四周望去，透过民居窗户，看到屋内多是此种结构。遥想当年，这里纸业兴旺，家家户户以纸为生，而兴盛的历史一叶翻过，纸业的命运就如同这废弃的焙墙，无人问津。

感慨之余，我留意到外墙脚上一大块虚浮的白灰已经剥落，露出里层与纸焙一样材质的墙面，洁白、瓷实、紧密。以当年纸业发展的盛况，纸户们应该是连住家的外墙也利用起来晒纸了吧？我赶紧劝自己跳出伤感的心境。眼下夹江纸表面的浮华与虚幻，终归是暂时的蒙尘，就像村里墙上的白灰，最后被历史长河的流水剥离，淘汰，洗去浮华，还其富有底蕴、瓷实厚重的原有面目！

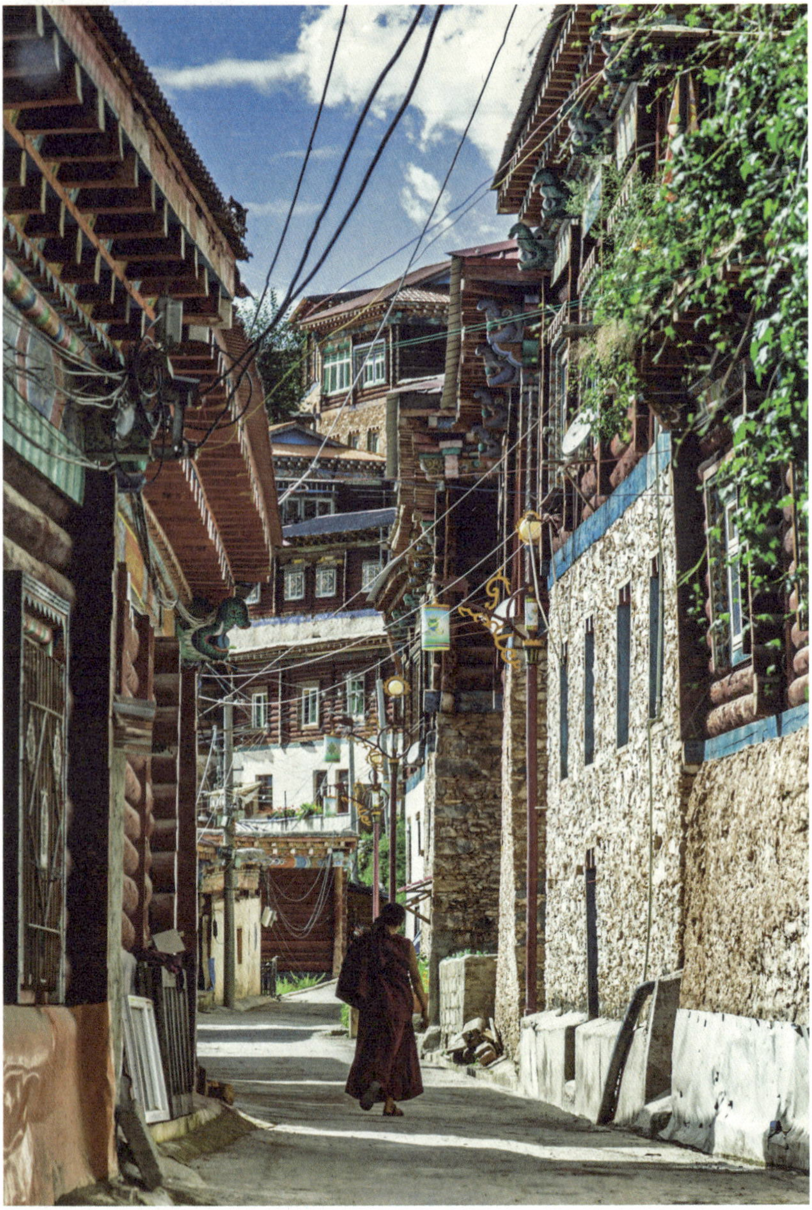

第二程：朝圣途中拾萃

此行夹江，不远千里背着全套拓碑工具，计划着能去拜访《蔡翁碑叙》碑。没想到主道维修，辅道难行，天公又不作美，下起瓢泼大雨，只好日后再等机缘。不过此时的我并没有意识到，这还只是此行艰难险阻的开端。

车子继续前行，沿路碰到数次维修改道的情况。在康定县城稍作休整后，我们决定翻过海拔4298米的折多山，夜宿新都桥。新都桥海拔不到3500米，位于317、318国道的过境之线。虽说这是我第六次进藏区，但高反却不依不饶，如影随形。在享受过一餐牦牛肉火锅后，一种熟悉的寒冷慢慢从脊背处爬升上来，心口的压抑逐渐加强。不出意料，指甲上健康的粉色褪去，变成冷紫色，缺氧十分明显。多次进藏，让我能够淡定应对这一切：服下一支葡萄糖，在路边简易棚旅店的床边靠坐着，整夜听外面大货车呼啸而过，等待着必然伴随的头痛欲裂以及不能停止的呕吐……一夜无眠。

这次川西行的终极目标，是德格印经院，我对它的向往已经快10年了。上一次离它最近的时候，是在近400千米外的甘孜藏族自治州色达县的喇荣五明佛学院。心中藏之，无日忘之，如今那神圣之地终于近在眼前了。素有"藏文化大百科全书""藏族地区璀璨的文化明珠""雪山下的宝库"盛名的德格印经院，全名叫西藏文化宝库德格扎西果芒大法宝库印经院，也称德格吉祥聚慧印经院。在这一长串光环下，最吸引我的是那据说环绕在印经院旁的无数家狼毒纸作坊，小小的高反已然无法阻止我奔赴圣地的步伐。

第二天的路程依然不妙。三座大山，除了高尔寺山已经通了隧道外，另外两座，剪子弯山海拔4659米，卡子拉山4718米，天路十八弯，反反复复的回形针路，不断攀升的海拔，车似在云中飞驰，可我的心就像被拉着一根细丝，拎到了半空中。额头上仿佛绷上了金箍儿，一阵一阵紧似地抽痛。翻江倒海之中我居然还想，唐僧四人西天取经，是否孙悟空也如我一样高反严重，所以才演绎出了"紧箍咒"？

三座高山之后，是理塘，就是仓央嘉措笔下"洁白的仙鹤，请把双翅借给我，不飞遥远的地方，到理塘转一转就飞回"的地方。

按照约定，我们去拜访一位当地的书法家：昂旺曲批。昂旺老师的工作室位于一幢传统藏式小楼，屋内装饰似乎融合着藏汉两种文化。墙面上悬挂着的书画作品，既有铿锵有力、铁画银钩的藏文，也有笔酣墨饱、婉转流畅的汉字。当昂旺老师拿出两种书写工具向我们介绍时，我已不再惊讶。藏文的书法工具为硬笔，据说是把竹子用牦牛骨髓或酥油浸润后，再经烘烤、削制而成。笔尖为鸭嘴形，中间划有一道细缝，细缝顶端钻有一个小孔，有点像钢笔，是为积蓄更多的墨水。至于汉字的书写工具，就是我们常见的毛笔了。有时为了达到更粗犷有力的表现效果，他也使用三四支装的小排笔，字体更为多样。昂旺老师告诉我，他从小喜欢藏族传统文化，书写的字体也是德格印经院的藏文字体。同时，他也特别喜欢仓央嘉措，总在思考如何使他的诗句能被更多的人看见。

　　书写工具的改变，也使昂旺老师尝试着新的书写载体。他日常使用的纸张，大部分是夹江产的机器纸。可是当他打开一卷藏纸时，上面那个熟悉的印戳让我应声喊出它的产地：尼木雪拉藏纸？昂旺老师点头称是。离开昂旺老师的工作室，手里捏着他赠送留念的竹笔，我心里寻思着：理塘也是进藏的必经之地，德格似乎离理塘更近，但是当我问他为何选用尼木藏纸而不是德格的纸时，昂旺老师的回答有点耐人寻味：尼木的纸表面更光滑一点，德格的纸也好，但书写和画画就不如尼木的。

　　开了整整一天车，我的高反似乎消退了。同行的伙伴们开玩笑说，只有纸才是治疗我高反的良药，我也觉得他们说得很有道理。人不难受了，心境自然好了，由德格的纸，我想起之前做功课时查到的关于德格印经院的一些小故事，大可用作消磨旅途时光的谈资，便在车内与大家聊起来。

214

故事之一。土司时代的刻工们是如何获取报酬的呢？据说，雕版刻完后，土司会在板上撒一层金粉，抚平后落入罅隙间的金粉便是刻工们的酬劳。按劳取酬可以如是操作，刻工们便有了对策：努力将线条雕琢得更深。刻得深了，所得的金粉也多，而且雕版使用流传的年限也更加久远了，公私两利。除了物质奖励之外，刻工们还可以获得精神奖励。在德格印经院30多万块经版中，仅有数百块经版的把手上刻有蝎子图案。这可是极大的殊荣，因为只有土司认可的、最为满意的经版，才能被刻上德格家族的印信。德格家族为何会用蝎子作为图腾呢？一说，是因为莲花生大士愤怒金刚像的法器，是一只十八足螯铁蝎子，所以当时就有高僧建议土司家用蝎子章；又一说，是第六代土司的长子到拉萨学习佛法，他的经师在讲经时用糌粑捏了一只蝎子（表示降魔），让他仿刻一枚，并将自己的一枚印章送给他。但无论哪种说法，都隐喻了只要德格家族使用了这枚蝎子印章，就可势力永固，佛法长传。

故事之二。德格印经院自建立以来，几乎没有遭到过重大损失，但在清末一个夜晚，第十八代德格土司的一名小妾偷走了一部法典《宝库》，以两万元的价格，卖给了八邦寺。由于德格印经院正是第十二代德格土司在他的上师，也就是八邦寺的大喇嘛鼓励下兴建的，由于这样一个渊源，使土司只好打落牙齿往肚里咽，况且那时又正值土司兄弟阋墙争权夺利之际，他自顾不暇，哪还有时间管经版。这次不了了之的失窃案，算是德格印经院有史以来唯一一次大损失。

金粉酬劳、蝎子印章、家贼难防，这些让人浮想联翩的字眼，使德格印经院在同伴们心里变得鲜活生动起来，山路似乎也没那么难行了。

在甘孜县城里停留一宿后，我们沿甘白线一路前行，中午就到了白玉县。原先只是把白玉县作为一个中途停歇点，并未做深入了解，更何况一进县城，呈现的就是一条极具现代化气息的商业小街。加之内心牵挂着距离越来越近的德格，所以稍作补给便要驶离县城。没想到，还未出城就遇到交通管制。值班民警是个藏族小伙，热情爽快，就是汉语不怎么样，我们连比画带猜，大概知道前面的路正在维修（事实上是塌方），要五点半后才能通行。不过他建议我们可以去白玉寺转转，我们便只好按导航指示，去往白玉寺消磨等候的时间。

山路越开越窄，时不时会遇见僧侣或居士。看见我们的车，他们往往侧身避让，微笑示意，颇为宁和，与白玉县城的商业气息相比，恍若隔世。一个急转弯，前方豁然开朗，对面山崖间，经幡在绝壁上翩翩飞舞。与别处常见的五色经幡不同，这里的经幡是纯粹的红色，与绿色植被形成强烈的视觉冲击，让人觉得很不真实。另一边路旁，绛红色的僧舍鳞次栉比，恰巧碰到佛学院的学生下课，只见他们嬉笑着飞奔出学校，冲进小店，或买上一两罐饮料，或三五成群，讨论吃点什么烤串。虽说都穿着僧袍，却与内地高中生别无二致。这一道意外的风景，倒是为这严肃庄重的地方带来一份别样的灵动和青春气息。

白玉寺，原本是德格土司供养的五大家庙之一，也是康藏

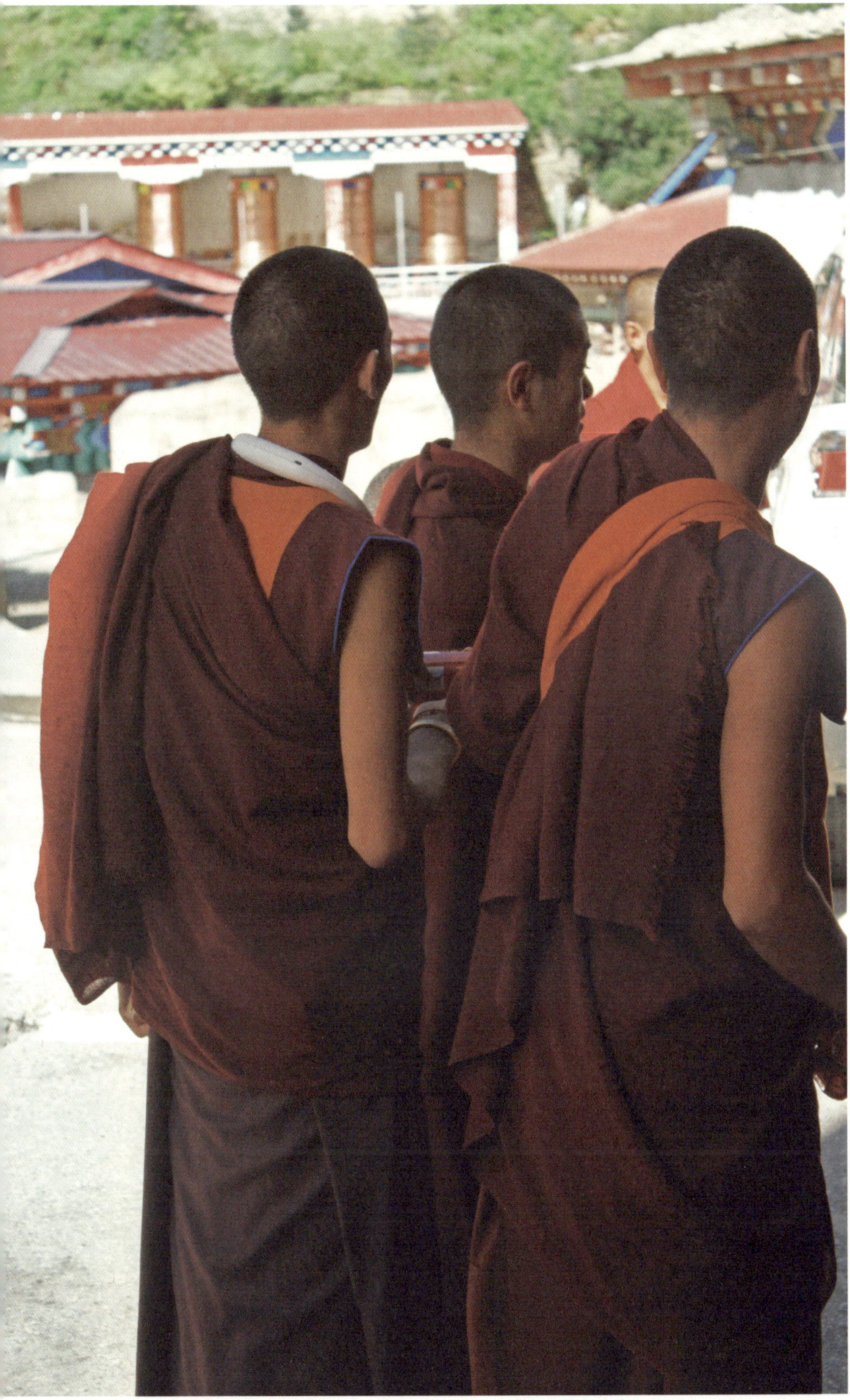

地区三个最大的宁玛派寺庙之一。宁玛派的僧人都戴红色僧帽。炽烈的红色，代表着宁玛的红辉。白玉寺始建于清康熙年间，有"灵鹫莲花院，人间明镜台"的美称。寺庙依山而建，应了"山是一座寺，寺是一座山"的意境。山腰间的主寺金碧辉煌，壁画色彩艳丽。最让我心旌摇荡的，是正殿两旁顶天立地壮观无比的藏经架，密密地摆满了藏文经书。经书的装帧是传统藏式布帙，悬挂的函套标头，色彩多样，花纹各异，无不彰显藏文典籍富丽堂皇的特色。此情此景再次验证了一句话：在藏区，一座寺庙就是一座图书馆。我不知道这些典籍有多少年头，但从面上堆积的灰尘来看，显然是很久远了。许多人说，藏文典籍存世久远，是因为使用狼毒草制作的纸张，其毒性使虫不蛀、鼠不咬，久藏不坏。但实际上，狼毒草在加工过程中会分解掉一部分毒素，而藏区高海拔的地理特点、极度干燥的气候条件，以及寺库的建筑特点，比如墙体厚、窗户极小甚至无窗，以及室内温度较为恒定，等等，应该也是典籍能够保存得很好的重要原因。

冥冥之中，一次与白玉寺的邂逅，让我觉得自己与德格更加贴近了。

告别了白玉寺，后续的道路变得畅通起来。天色渐深，我们的车子沿着金沙江畔行驶。隔着滚滚暗沉的江水，对面就是西藏界，同行的伙伴们激动起来，这大概是他们第一次离西藏这么近。而我，也在欣慰离德格越来越近了。

晚上，我独自一人步行至一千米开外的德格印经院，虽然院门已经关闭，但我仍想走得离它近点、再近点。县城不大，德格印经院很容易找到，随着当地的人潮走就行。在当地人的心中，绕着印经院走，就是在积功德，所以围绕着那幢小楼，流动着汹涌的人潮，一早一晚尤其多。我随着人流绕行，耳边是不绝如缕的诵读之声，身边就是高巍的喇嘛红墙。无论信步而行，还是拨动转经筒，抑或匍匐跪地长磕，每个人都宁静从容，即使像我这样一个"外人"加入，也没有对他们产生丝毫影响。这种"修功德"对他们来说，只是一种日常，无苦无难，不悲不喜。

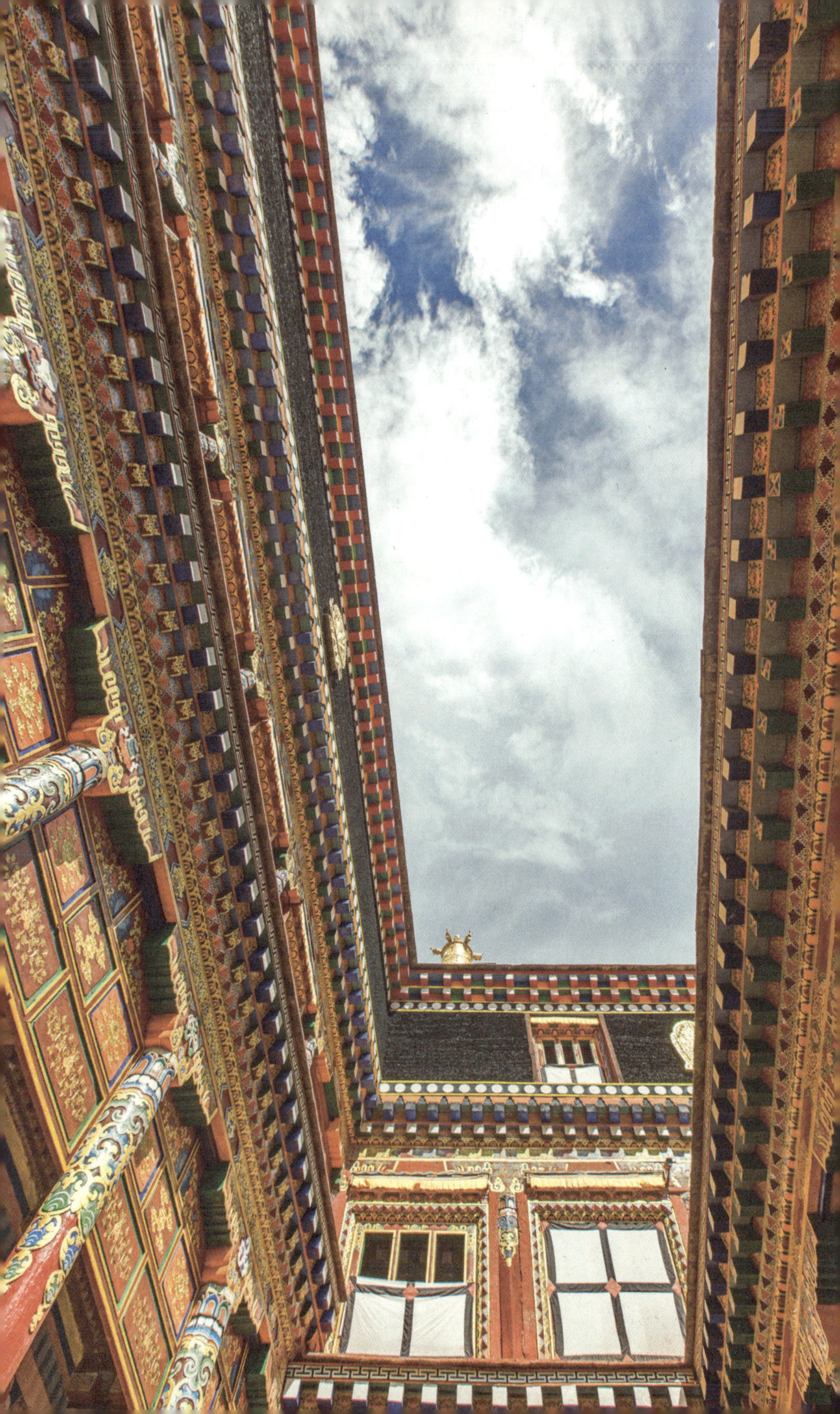

第三程：壮哉！德格印经院

翌日，天气一改前日的阴沉晦暗，阳光投射在印经院的屋顶上，一片璀璨吉祥。果然，藏式建筑，特别是寺庙，在晴朗的日子里最为瑰丽壮观。穿过依旧汹涌的人群，三元老师早已在门口等候。作为土生土长的德格人，他的汉语已经算非常不错了，不过对一些专有名词，我们还是要反复确认的。

据三元老师介绍，德格印经院是在清雍正七年（1729）由德格家族系第四十四代、土司系第十二代创建，后代本着"愚公移山"的精神，父辈子孙代代相传，总算在第十五代土司手上完工。世人只知德格有印经院，却不知道此前先有明正统十三年（1448）的汤甲经院，后有更庆寺主殿，再有原土司新官寨和印经院，当时，印经院只是更庆寺的一部分。德格印经院依山势走向建在一个小山坡上，造型十分特别，西墙高东墙低、南墙高北墙矮。印经院院门不大，给人最深刻的印象就是那满眼的红。这红色，既是红褐色黏土垒筑起的喇嘛红土墙，又是红漆柱子营造的一道道鲜红，更是院落一隅清洗雕版水池边的那片朱砂红，就连院内翻滚嬉闹的两只小猫身上，也似乎染上了一层红色。纵然有藏族寺庙特有的富含宗教意味的色彩、极为艳丽的图案和造像，也盖不住这泼天泼地的红。

印经院的院子呈回字形布局，中间是一个朝西走向的天井。鉴于防火，印经院不拉电线，完全靠自然采光，因此这种天井的造型就显得极为科学了。说起防火，此地还有一个神奇的传说：在甘珠尔经版库走道的尽头，挂着一幅绿度母的画像。当初画这幅唐卡时，画师还未把绿度母的眼睛画上。一天晚上，人们突然听到一个女人的喊声，呼唤大家前去救火。众人闻声赶到把火扑灭后，都觉得很奇怪，因为当时印经院是不许女人入内的。后来才发现，这是绿度母显灵。此时，画像原本未画的部位，分明显现出一双眼睛。从此，绿度母成为印经院的守护神，从那开始，女人便也被允许入院了。

院子的一侧是清洗雕版的水池，四五个藏族汉子在清洗刷印完的版子，一位老人则把清洗后的雕版一一对应排序。三元老师介绍说，检查排序的人需要有一定的学识修养，否则一旦排错，后患无穷，毕竟寺庙内拥有32万块雕版；毕竟它是全世界藏文木刻印版保存最多、内容最丰富的印经院；毕竟建院数百年来，印经院的工人们基本未停歇过雕版。那里的人们相信，清洗印版沉淀下来的颜料粉和洗经版剩下的朱砂水，再加上某种泥巴混合而成的"小药丸"，具有特殊的加持力，被称

223

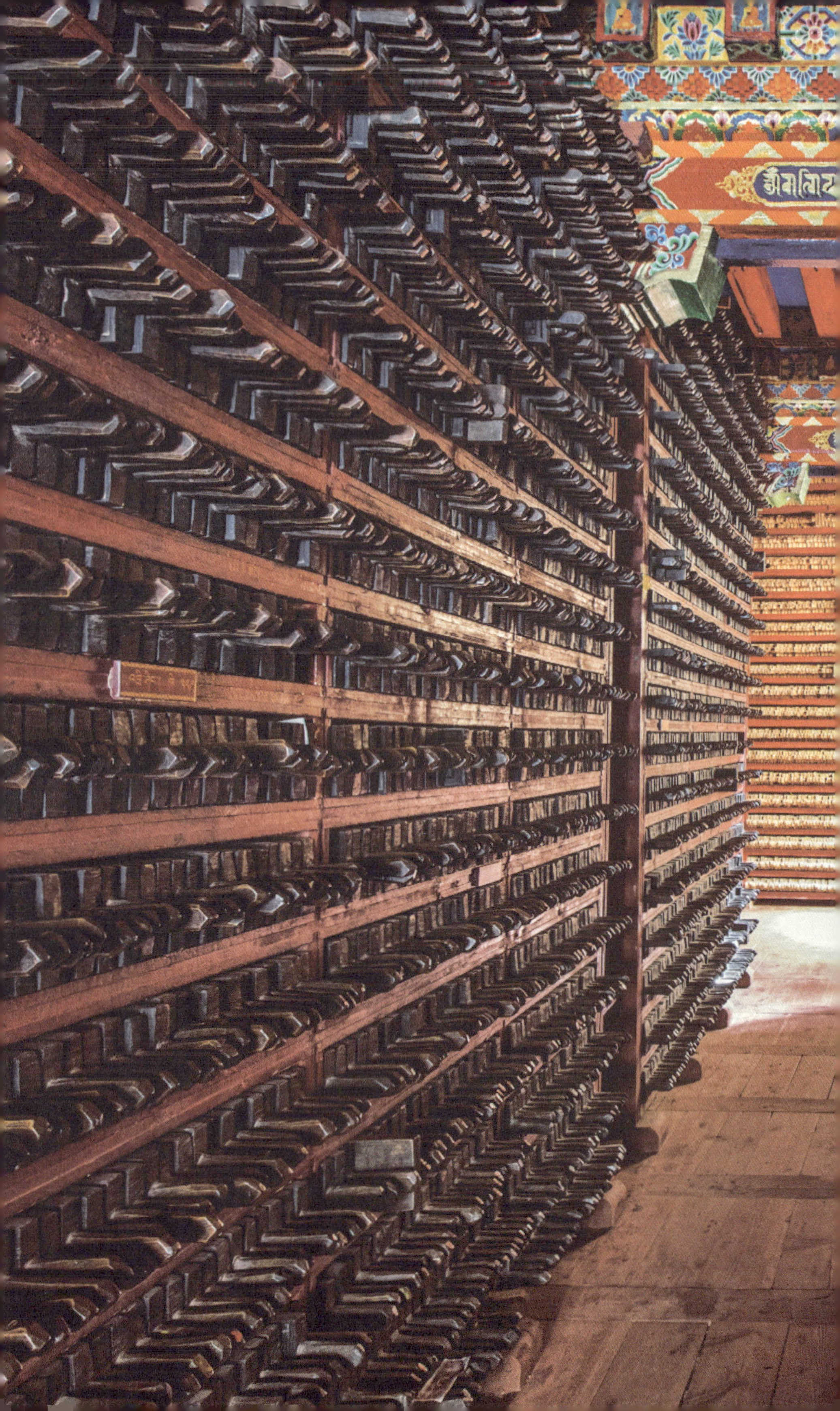

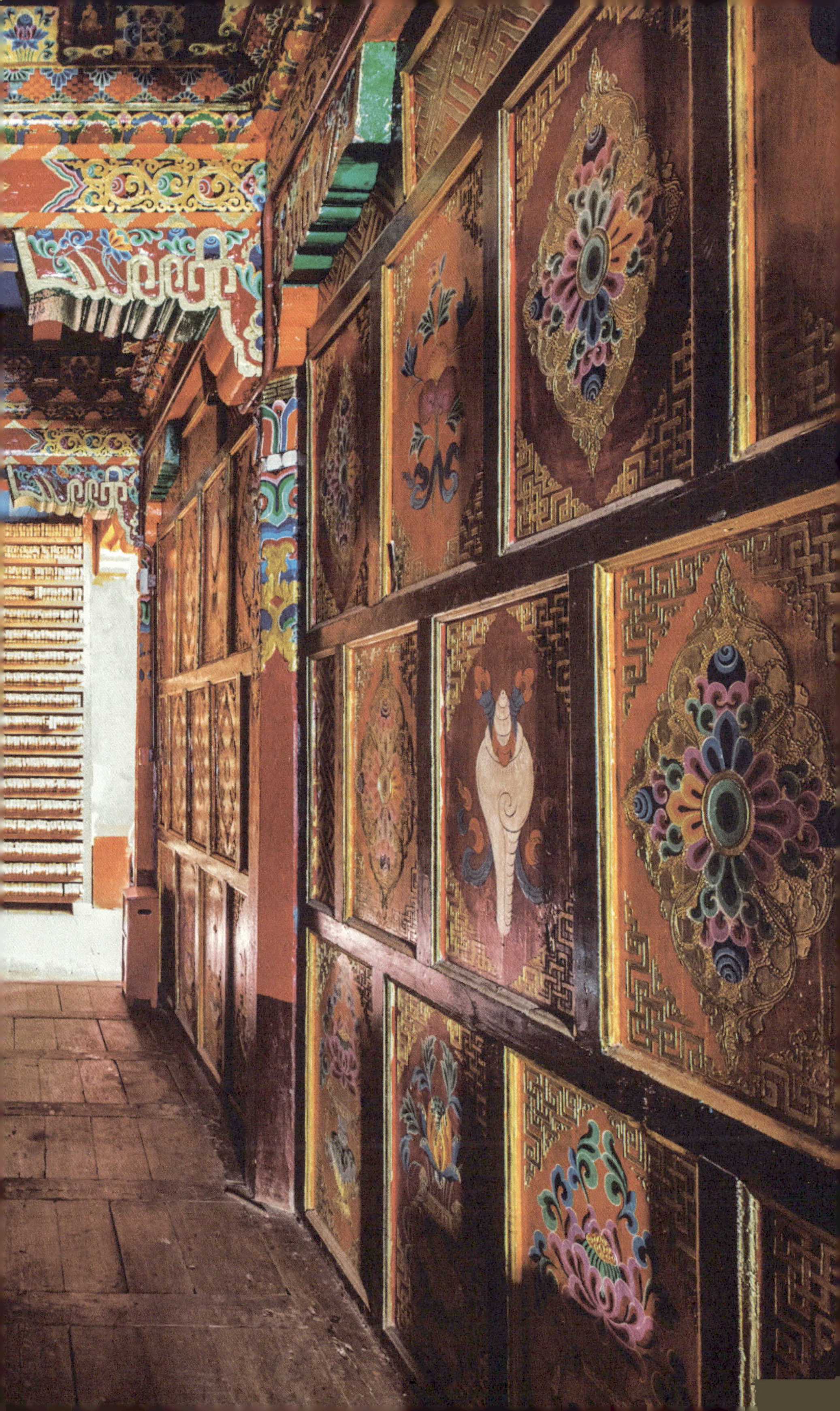

作甘露丸,所以常会从经院请一些带回家服用,这应该是德格人对经版寄托了某种信仰吧?

  院落另一边的大开间被分成了两个隔间。其中一个隔间内,两个工人对坐,把一叠大张白纸拉出一段,再用长铡刀裁成统一尺寸。另一间屋子内则有一个近两米高的固定架,工人们把裁好的纸张密密地叠放起来,一直叠到固定架的最高处,压紧压实后,用棍子前后左右敲打一番,让四边更加齐整。最后,两人站在凳子上,用一米多长的大刀像来回扯锯子般把边缘不齐整的纸边削平整。房间深处放有一沓沓裁好码齐的纸张,也有大叠大叠待裁的纸。三元老师告诉我,现在德格印经院内印刷雕版使用三种纸张,一种是刚看到的机器纸,虽然当地人嫌它太光亮,看多了对眼睛不好,但价格便宜。第二种是从雅安

购得的竹纸，统一称为内地宣纸。第三种就是我们常说的狼毒纸，但价格较贵，如果是一套500张体量的佛经，用机器纸印刷，价格在2000元左右，若是用狼毒纸就要7000多元了。这一点我完全理解，无论从原材料、加工工艺还是保存年限来讲，机器纸哪能跟手工纸相比呢？"狼毒纸好是真的好，原来的活佛们念了一辈子经书，很少有戴老花镜的，这种纸，可以清心明目呢。"三元老师说。

通往二楼的楼梯狭窄陡峭，光线极暗，我几乎要用手扶着台阶登楼。而工人们却手捧印版，目不斜视，以极快的速度上下。二楼的两侧是厢房，只在走道尽头有一扇极小的窗，强烈的高原阳光从窗外折射进来，只剩下几缕光线。借着这几缕光线，我看见一排排与房顶齐高的架子，插满带着手柄的印版。一望无际的雕版，层层叠叠的剪影，折射出温润低调的光泽，仿佛一直在这里守护着藏地的文化。

转过几道搁架，眼前豁然开朗，天井的光线肆意照射下来。整个前殿是个开阔的空间，除了四周靠墙的依然是顶天立地的印版架外，中间部分则是颇为壮观的印刷作坊。数十个健壮的小伙子，两两对坐，一高一低，中间斜放一个经版架，上面搁置着待刷印的经版。高坐者拿着蘸有墨汁或朱砂的软擦，快速地往经版上均匀涂抹，并将矮坐者递送的纸张固定在经版上。此时，矮坐者如同磕长头般，双手握着布卷滚筒"巴芝"，自上而下滚过纸面，如此前仰后合的动作，犹如在向经版及印文顶礼膜拜。

三元老师说:"原来要刷四次的,现在只是上下刷两次,动作简化了很多。他们的工作量实在是很大。"

我有些担心地问:"如此大量的印刷,会对经版有磨损吗?这好几百年的经版经得起这样刷吗?"

"不会不会。这里刷印的经版都是老版,保护得很好,如果真的磨损得很厉害,像《八千颂》,我们就不印了。另外,我们还复刻了一部分,把原版保护起来,用复刻版印。"

在他们看来,老的经版经过一代一代的刷印、传颂,更为殊圣,所以大家都愿意请回老版印制的佛经。而我担心的,则是这些老雕版是否能完好地保存下去。仔细观察了一下,这里的刷制工具与内地的棕刷不同,都是软布制成,对雕版的磨损应该轻微一些。

当一叠白纸刷完,工人起身取出一叠新纸扛在肩上,两手握着一端,使劲向前甩动,纸张抖散分离,发出刷刷的响声。"这些纸在印刷之前都要浸泡压实过夜,第二天才能用,这样会跟版子更加贴合一点。"

德格印经院虽然面积不大,但设计精巧,错落有致,我感觉自己是在三楼,其实已经到了四楼。楼层不高,感觉就要碰到天花板了。走进去,一边是"晒书楼"的耳房,用来晾晒印好的经书,待干后再装订加工。另一头是画版库房,依旧昏暗无比,唯一能借光的小窗还被两位刷版工人占用。几个工人围着一盏小莲灯,丈量登记画版的尺寸,为裁切纸张做准备。

我诧异于画版的坚固结实,有些画版尺寸格外大,却不破

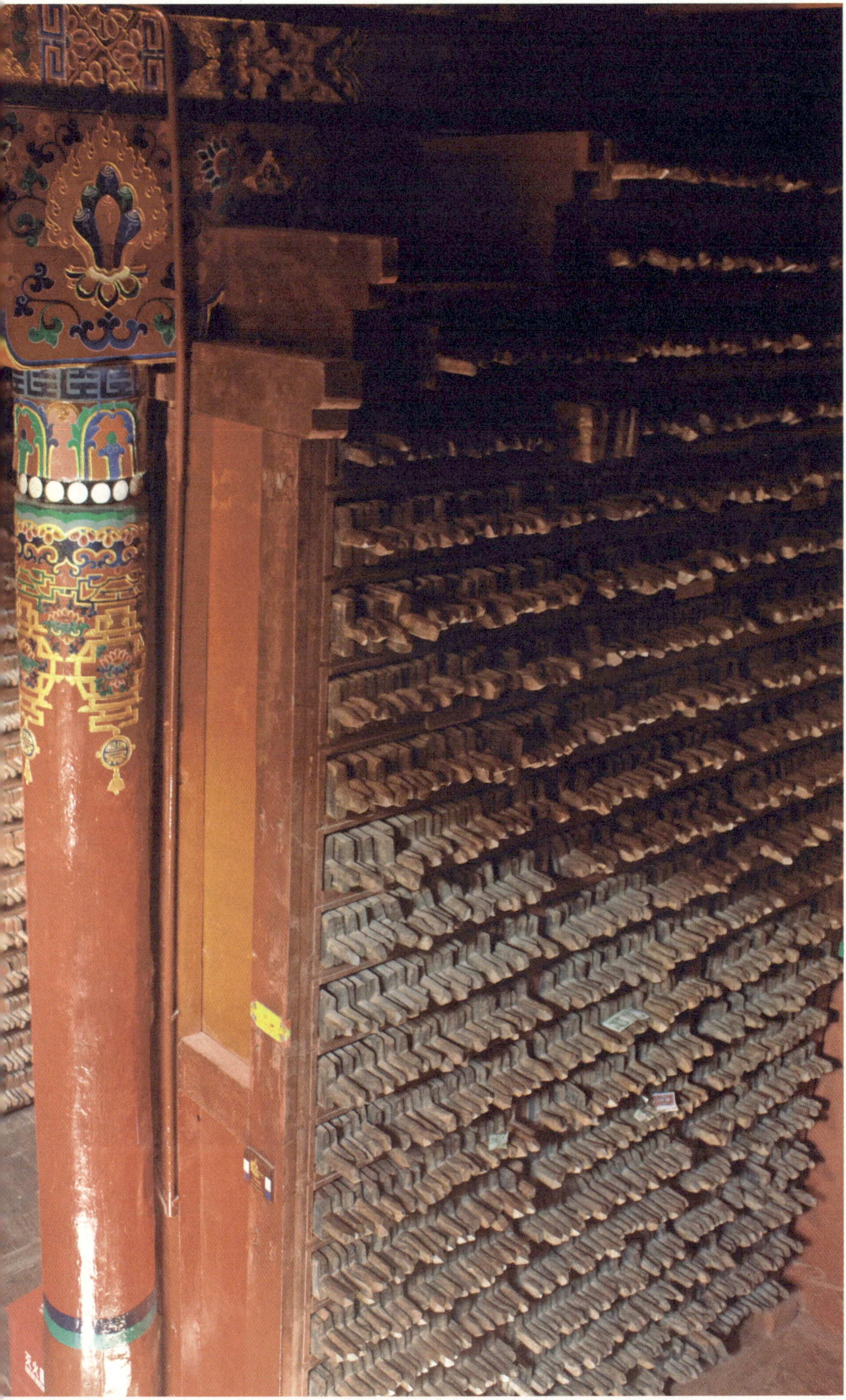

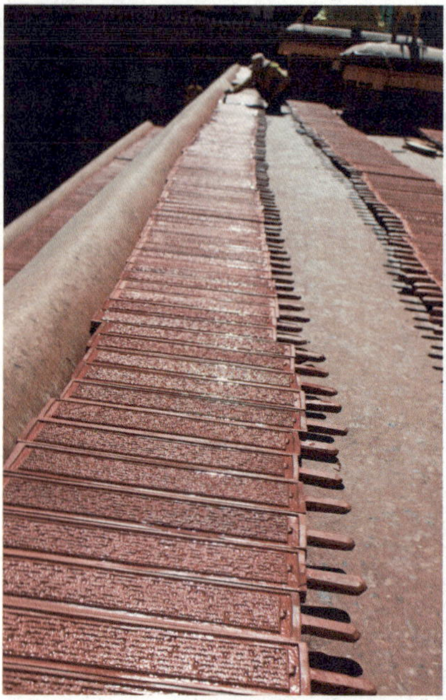

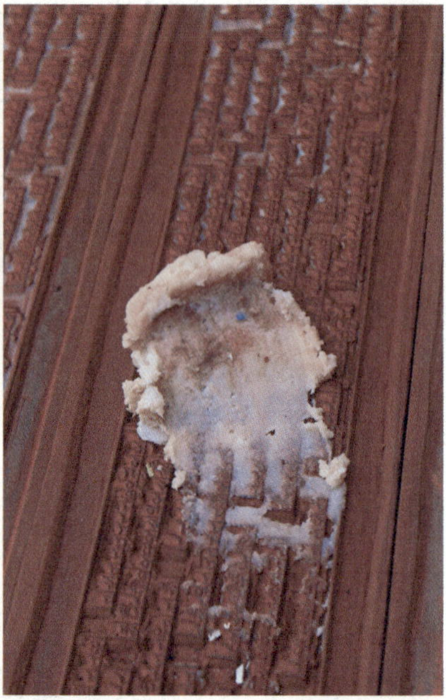

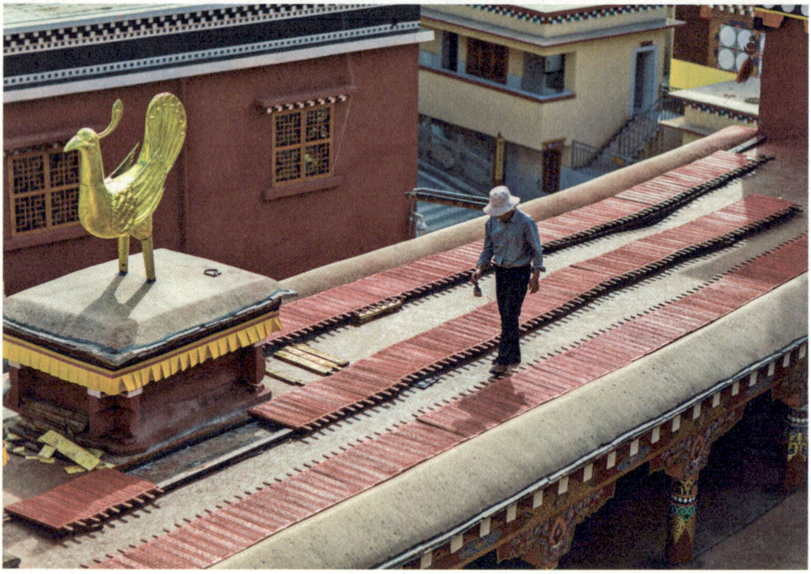

不裂。三元老师告诉我：能被德格印经院选为印版的木料，非红桦木不可，而且要待秋收后叶子转黄时，特地到山上寻找直挺且无节疤的红桦木，砍伐后裁成需要的尺寸，就地烘烤干燥，驮回家中放入畜粪池（一说为羊粪池）沤制过冬，最后取出烘干，推光刨平后成为待雕刻的坯版。至于那道特别有"味道"的工序，同行的伙伴轻声告诉我，那应该是通过沤制，消除板材的活性，让它更趋于稳定。

这小小一个库房，藏有3000余块画版，用这些画版印制的大型佛像、风马旗、避邪符咒、吉祥图案或坛城图像，最受寺庙和百姓们欢迎。此时，一张刚刚印制的佛像被众人晾晒起来，迎着微光，可见线条精美细腻，狼毒纸的纤维隐隐透出，折射出幽幽光泽，远比机器印刷的图像灵动，这大概就是手工纸的魅力。

我们一路走到寺顶，瞬间从暗处走到日光下。睁开眼时，面前金光璀璨，鎏金的金刚时轮和孔雀塑造像在阳光下熠熠生辉。转过一个弯后，又是满目朱砂红。数不清的经版晾晒在日光下，让空气中弥漫着醇厚浓郁的酥油味道，而地面则被经年累月的酥油浸润，有一层油腻而显得黏滑。据说，德格印经院的经版用完后，要仔细洗掉墨泥或朱砂，再涂上酥油入库，如此才能保持百年不腐。一位穿着藏袍的工人正在完成这道工序。他用小刷子从酥油桶内挖出一坨酥油，厚厚地涂抹在经版上。在高原炙热的光照下，乳白色的酥油慢慢化成透明，浸入刻痕，渗入木版的肌理间。天气晴好，三天就能完成晾晒。三元老师说，内地其他的植物油和动物油，不那么溶于经版，都没有藏区独特的牦牛酥油好用。"现在牦牛酥油很贵了，60元一斤，而保护经版需要好几千斤呢。"我顺口问几千斤酥油要多少钱，三元老师随即答道："这些酥油都是大家供奉。从来没断过呢。"看来藏地的百姓总会把最好的东西供奉给佛祖。

屋顶还有一间小屋，是修复雕版的地方，光照也特别好。一溜窗户前，刻工们面窗盘坐。对于"同行"们的工作，我总要给予更多关注。雕版修复，就是把缺字或残缺部位剜去，将红桦木根据缺损部位的大小，削成木榫状，打进木头，再削至与雕版齐平后再行刻字。德格印经院的刻版要求极其严苛，雕刻工匠都是以师带徒的形式培养，一般学徒只能雕刻经版上的空白部分，给师傅打打下手，只有经过严格考核筛选的刻工才能被委以雕刻重任。如果是画像的刻工，除了要具备更为精湛的技艺外，还需要有基本的审美以及对画面空间的布局能力。为了确保雕版刻印精准，印经院规定每人每天只能刻一寸版面。此外，版子初刻出来，还要经过反复校对（一说要校对十三四次），再对错字、掉字等挖补改错，准确无误后再请雕版专家来验收。验收合格后的雕版放入酥油锅内熬制、浸泡，再取出晒干（据说这道工序现已改成在日光下刷酥油），最后用当地"苏巴"根须熬的水清洗。"苏巴"的植物溶液，功效有点类似于皂荚，能有效去除雕版上多余的酥油。

雕版库房的面积占整个印经院面积的三分之二，能见度很低，可工人们却总能从几十万块雕版中准确找到需要的那一块。

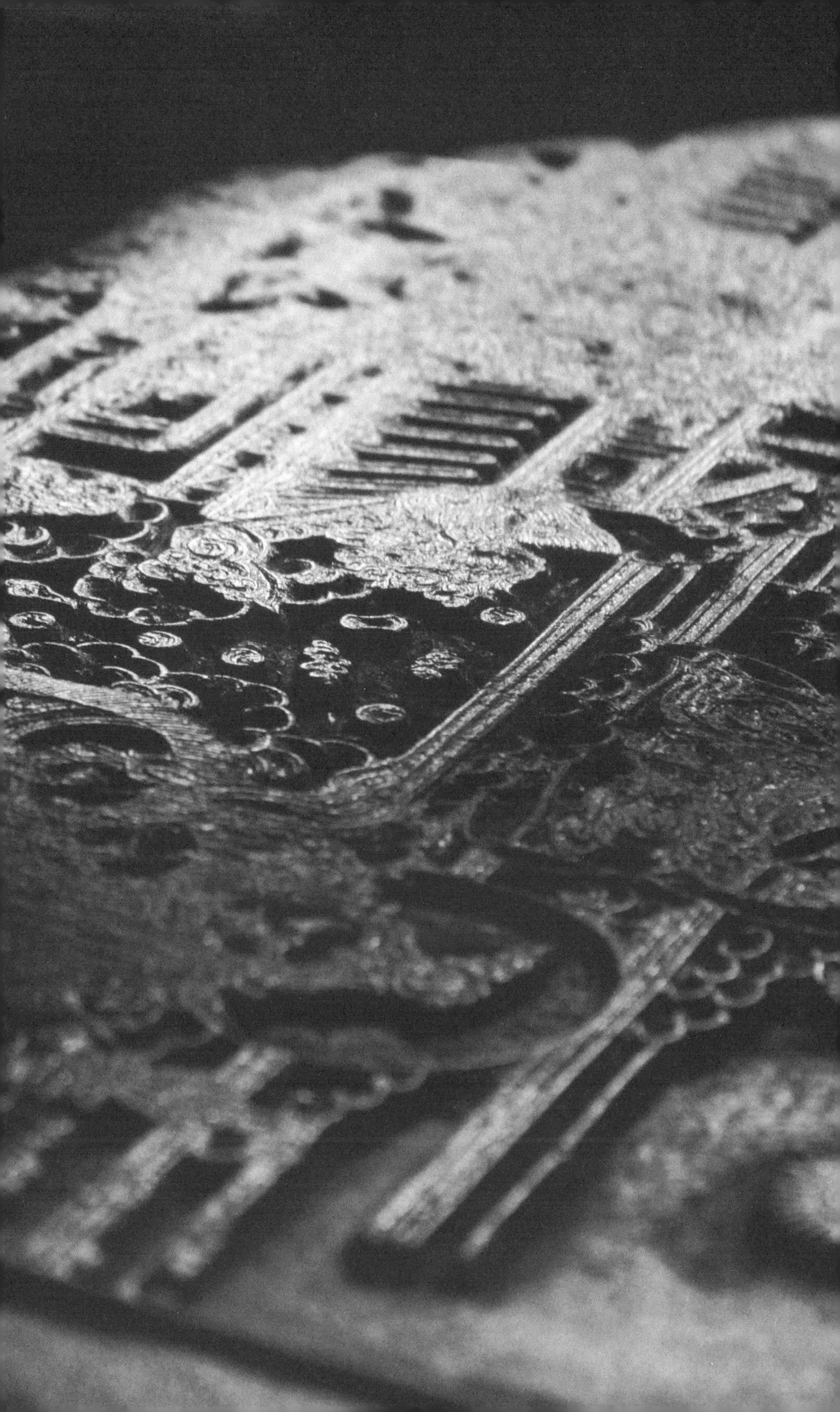

雕版库房内还有不少藏族信众，一边念着佛语，一边用额头触碰雕版行叩首礼。其中一位在雕版架之间磕长头的女子吸引了我的注意。三元老师轻声告诉我："她是德格印经院的工作人员，叫白玛，这个女子'凶'得狠！"见我一头雾水，三元老师赶紧解释："'凶'是我们这里的土话，是很能干，很厉害，很牛的意思！"他竖起大拇指比画了一下，"一会儿让她带我们去古籍展厅看看。"

待白玛老师做完功课，我们上前打了招呼。她告诉我之前曾去过故宫博物院学习，对文物修复很感兴趣。闲聊中竟发现，我们还有不少共同的朋友，于是谈论的话题又多了几分。在她的带领下，我们进入古籍展厅。说是展厅，其实是位于二楼的一个小厢房，平日也不对外开放。几个玻璃展柜里，放置着不少古老的印本佛经。我留意到书叶上除了絮化磨损以外，也有轻微的虫蛀破损及虫咬缺失。正如我之前所说，狼毒纸的毒性在加工过程中有所消解，或者随着岁月流逝，防虫的效果也会渐渐减弱。我提醒白玛老师，佛经存放过程中还是要注意防虫。她很是重视，当即向分管领导做了汇报。

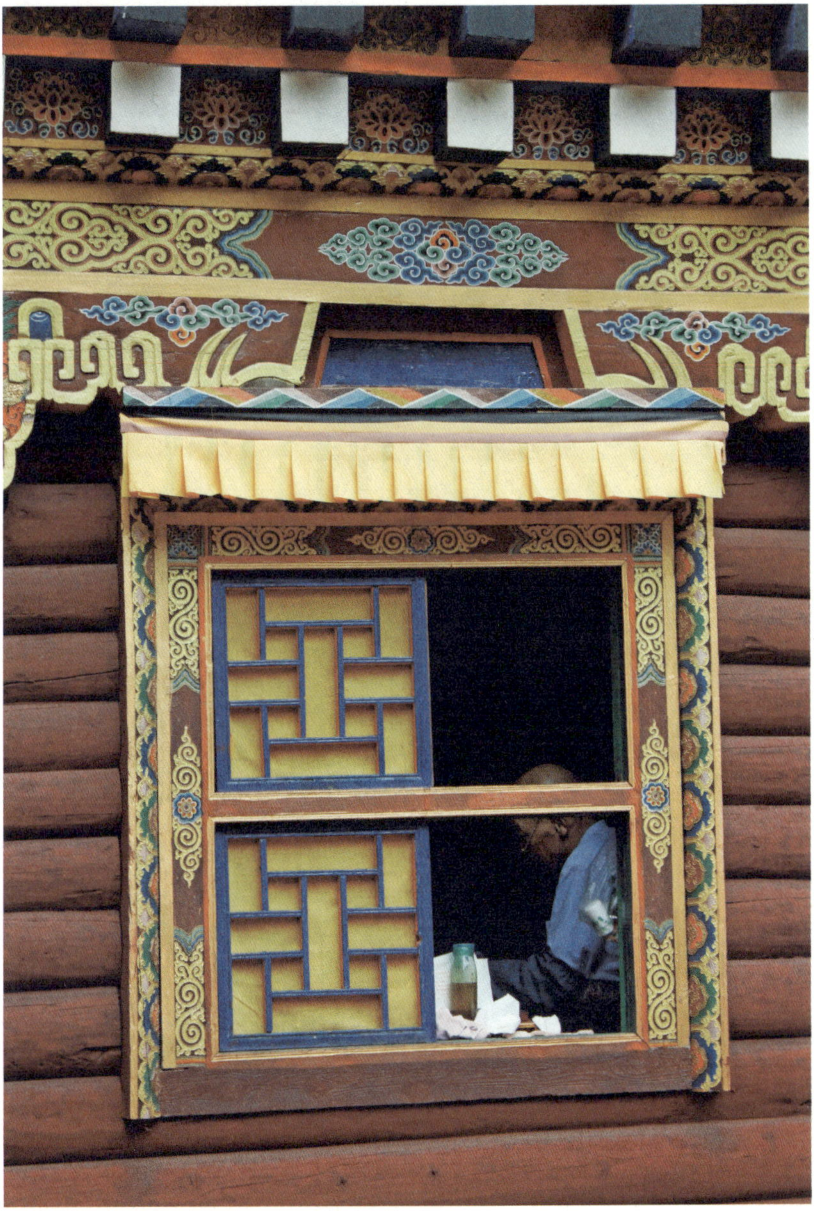

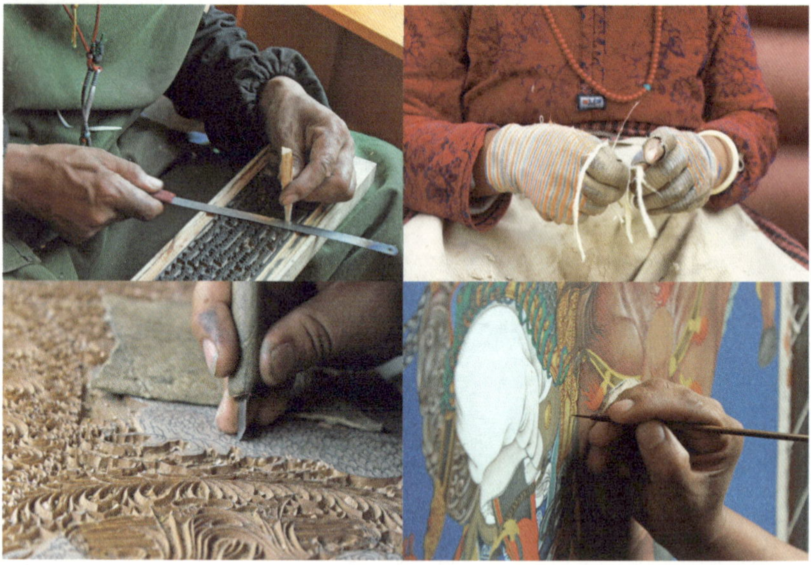

第四程：博览园里的大千世界

白玛老师告诉我，在德格土司时代，印刷用纸大部分都在本地制作，只有极少部分从不丹进口。当时印经院所需的纸张，是由印经院管辖内的100多家造纸活差户提供，而且还要选择生活在向阳地方的百姓或牧民，每户活差户每年上交1700张。此外，印经院还会向活差户摊派60个藏洋的各花税，强制向差户发放茶叶，用以物易物的方式换取差户的各类实物。我心中盘算了一下，当时，德格印经院每年大约需要50万张印刷用纸，这个量可真是不少。"所以，那时候的藏族人家没有不会做纸的，德格印经院的存在也推动着手工纸的发展！"白玛老师自豪地说。我赶紧追问："那现在还能看到这么多纸户吗？""不能了，原来德格印经院对面就有一家，现在也没了。村里还有一家，不过得走上半天车程。下午可以去我小姨的作坊，能看到所有的流程！"

白玛老师小姨的作坊，在康巴文化中心博览园，我们昨天进县城时仿佛见过。听三元老师说，那里是一个汇聚了手工造纸、唐卡绘制、雕版复刻等民间手工艺的场所，既能参观又能体验。虽然与我想象的百户造纸盛况相去甚远，但能再次看到狼毒纸，还是让我有点激动。

负责接待我们的藏族小伙名叫江扎，是博览园内雕刻工作室的负责人。他整个家族祖祖辈辈把德格雕刻技艺传袭下来，到他手里已经有三百多年历史了。江扎不会汉语，看到我们，笑得特别友善。三元老师听他说了几句，转身翻译过来："江扎说，看到你面善，仿佛在哪里见过！"大伙笑言可能是前世有缘吧！

博览园内，第一家就是德格藏纸艺术中心，掌门人正是白玛的小姨充巴老师。据充巴老师介绍，德格藏纸还是采用狼毒草的根为造纸原料。德格附近的山坡上有极为繁茂的植被，所以造纸是不愁原料的。海拔3000米以上，阳光越充足的地区，狼毒草的根须就越粗壮，造出的纸张质量也越好。德格的藏纸被分为三等，根据《德格印经院》记载："'阿交如交'的根须分内、中、外三层，可以分别制造三种质地不同的纸张。若用中层作的纸，则为一等纸，纸质细腻，色略白，为德格土司公文专用纸。若内层和外层合用造的纸，则为二等纸，是德格印经院的主要印刷用纸。若是内、中、外三层合用，造出来的纸，则为三等纸，质地较差，纸较厚，纤维也较粗，一般用于印刷风马旗、玛尼旗或作包装纸。"在充巴老师这里，藏纸也被分为三等，一等纸的纸张如同布料般柔软，可放入水中清洗，不破不化，纤维如同丝绸般洁白细腻。二等纸比较粗硬，可用来印刷经版。三等纸的纤维里面则含有一些金黄色的杂质。在充巴老师看来，即使是三等纸也是非常漂亮的，用其制作的纸灯笼很受游客的欢迎。

在藏纸艺术中心，我还看到一张很特别的纯黑狼毒纸，表面略带光泽。充巴老师说，这是用一等纸做成的加工纸，非常受画家、书法家欢迎，用金色在上面书写绘画，十分漂亮。我想到前几年曾在西藏看到不少黑色藏纸抄写的藏文佛经，破损了却苦于没有修复材料，便索性向她打听加工的方法。她说这种颜料调制起来十分麻烦，需要从山上采摘十几种植物，再加上羊奶或牛奶。我凑近观察，闻到一股墨香。她说："如果不加墨汁，一般染不成这么黑，当然，我们用的是藏地的墨。"至于纸张砑光的工具，也是很有意思：不同于我们一般选用的鹅卵石，这里是用一个大大的白海螺。因为我对藏传文化一直很感兴趣，所以知道海螺在藏传佛教中是重要的法器，被称为法螺。在藏族人心目中，用法螺对纸张或唐卡进行砑磨，除了可以使纸张更柔软光滑外，还有额外的佛法加持作用。除了法螺，一些坚硬的玛瑙珠子，甚至天珠，也会被用来砑纸。

心满意足地离开藏纸工作室，我们又去往江扎老师的工作室——德格印经院藏族雕版印刷技艺中心，那里同样也是体验馆和传习基地。

一进工作室，扑面而来的是两组顶天立地的雕版架。三元老师告诉我们，这就是德格印经院《大藏经·甘珠尔》的复刻版。雍正八年（1730）《大藏经》印版启动刻制，历经四年全面完成刻制，共103函，33101块。此后的近300年里，因印刷磨损、搬动碰撞，造成雕版无法修复的损伤，当地政府于2013年正式启动了《大藏经》复刻工作。而这项工作，正是由江扎老师带领团队共同完成的。面对满目雕版，我以为复刻工作早已完成，扎江老师却告诉我们，他们三十多个人，花了八年时间，仅完成17000余块经版！虽惊异于耗时之久，但仔细想来，也算正常，毕竟是完全采用传统手工雕刻技艺，要一字一句细细雕琢。德格印经院《大藏经》原珍版总长67厘米，宽11.8厘米，厚2.8厘米，新复刻《大藏经》比之略大：长72厘米，宽12厘米，厚3厘米。两面雕刻，一个熟练的刻工需要整整18天，这还仅是雕刻的一道工序而已。真是一项庞大的工程，也是一项伟大的工作！

展厅的展柜里，摆放着雕版印刷的古老的工具。作为一个手工技艺的从业者，看到传统、古老、精致的工具，我便完全挪不动脚步，满眼都是喜欢。另一个展柜内，是江扎老师复刻的《三体合璧般若波罗蜜多经八千颂》（以下简称《八千颂》）。《八千颂》原版早已封存起来，现在印刷用的是江扎老师复刻的版。待到《大藏经》复刻完成之日，想必也会被永久封存保护吧？

二楼的工作室是一个通透的大开间，绕窗一圈的榻上围坐着许多工人，他们各司其职，刷酥油、打磨贴纸、刻版、校对、修订，我们眼前仿佛完全展现了历史上刻制大藏经的盛大场景！《八千颂》和《大藏经》的复刻，与古籍的数字化和复制一样，都属于再生性保护。离开江扎老师的工作室之前，他送了我两样礼物，一件是展柜内的老工具，就是我注视时间最长的那件，另一件是他们雕刻的《长寿经》雕版。我抱着这两件厚重的礼物，由衷地感动于他的细心。江扎老师又憨厚地笑了，用藏语对三元老师说了几句话，三元老师向我转述："他还是觉得在哪里见过汪老师，而且汪老师'凶'得狠。"听了此话，我们都开心地笑了起来。

虽然还有许多想要了解的学问，无奈还是到了不得不说再见的时刻。回宾馆的路上，再次路过德格印经院。门外一侧，工人们又开始浸泡第二天要用的印经纸。这样的工作周而复始，300年来未曾间断。在我们看来无比辛苦的劳作，对他们而言可以集资净障，利益众生。我突然明白了为何江扎老师说仿佛认识我，可能我们都在为保存先人的智慧之光而努力，我们身上都有着同样的气息，我们神交久矣。

242

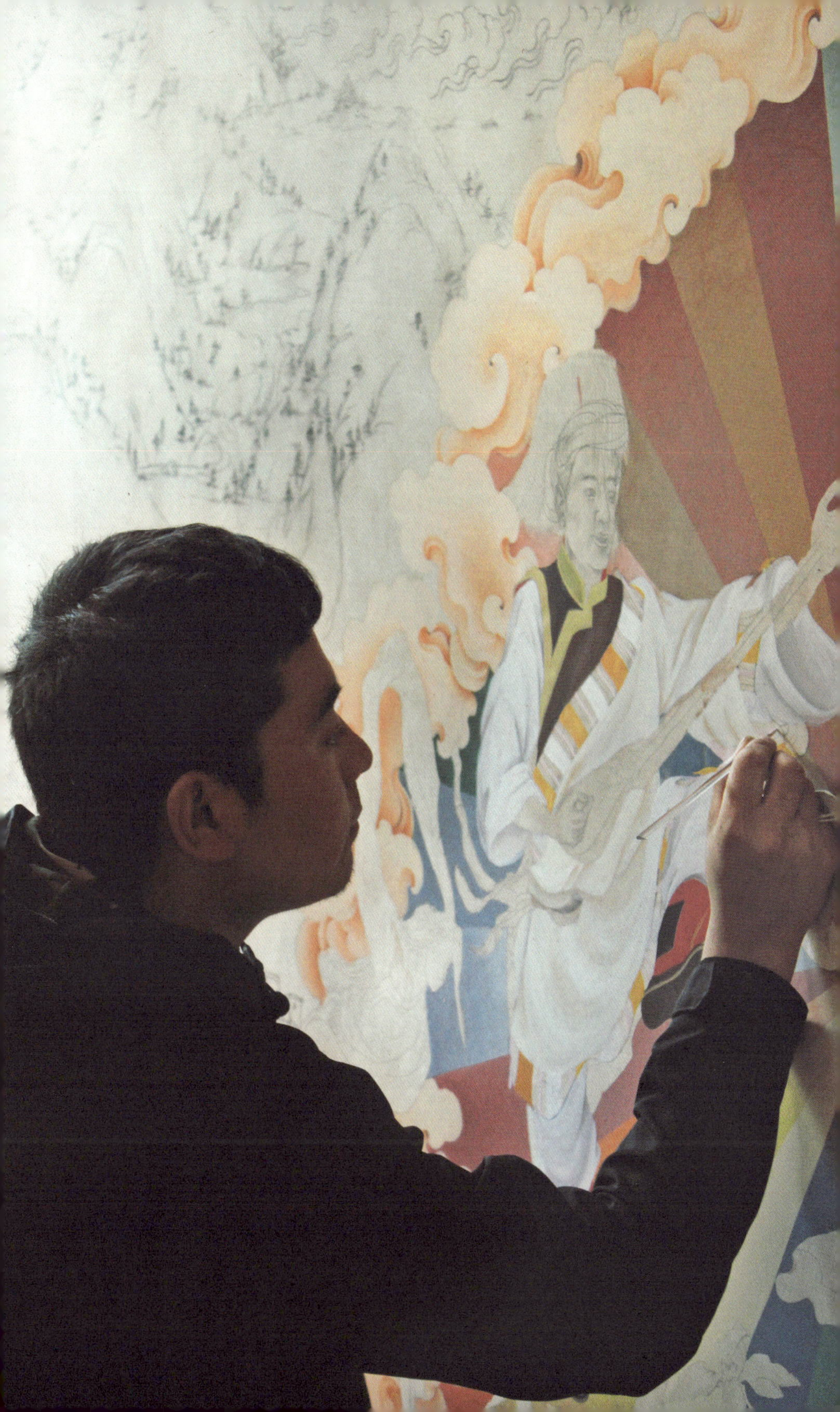

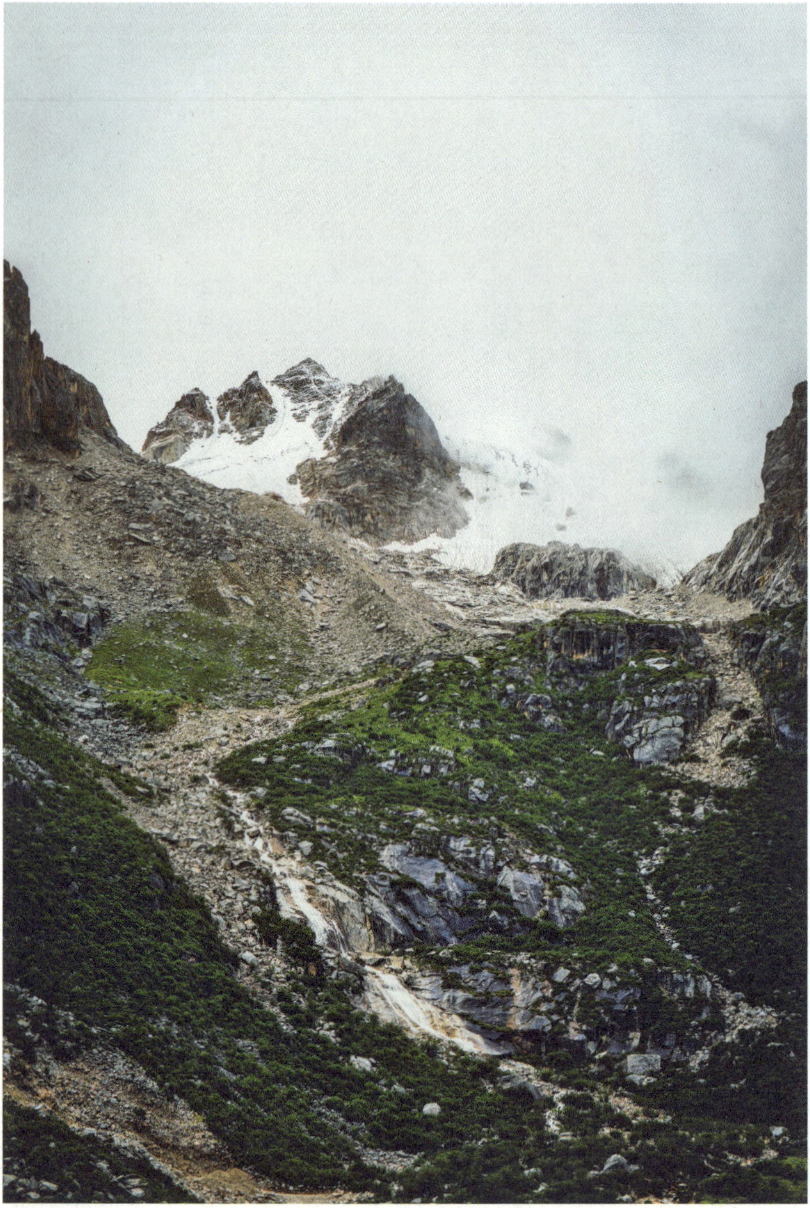

第五程：走马羌寨观舀纸

故宫博物院的翁连溪老师得知我在德格，建议我去八邦寺看看。他说那里的经版颇为精美，很值得一看。作为中国殿版古籍研究大家，翁老师说好的，肯定错不了。于是折腾了半宿，查路线，做功课。白玛老师则热心联系八邦寺的管家，安排接待我们参观。结果，一觉醒来，暴雨泼地。算算来回路程，起码得6个小时，何况八邦寺又与我们下一站完全是两个方向。再说，一夜暴雨，也不知哪里又会出现塌方，万一被堵在半路上可是不妙了。

我们穿越雀儿山隧道离开了德格。雀儿山是四川和西藏的界山，海拔6168米，自古就被称为天险。在藏语中，雀儿山也被称为"雄鹰飞不过的山峰"，至少在隧道开通前，5050米的垭口就阻挡了不少人前往德格印经院的步伐。隧道的开通，把原先两个小时的山路压缩到10分钟内。快是快了，可是从一个点穿入到另一个点穿出，直线距离压缩了人间美景无数，也掠过了市井众生的千姿百态。人人都道从前时光很慢，车也慢，马也慢，一个问候都要等上好久的日月。现代科技的推进，虽让人们的生活变得便捷、快速，可时光却也被扯得七零八落。

我们的下一站是绵阳市平武县的走马羌寨，那里可以看到最为原始的舀纸法。我一直不太清楚舀纸法与抄纸法有何区别，趁这个机会刚好弄个明白。途中有一段"熊猫大道"——唯一一条以熊猫命名的国道，也就是G350，全程500多千米。2015年我去色达五明佛学院时，返程也是走这条道的，沿途风景美不胜收，堪比川藏公路的国道，号称"摄影家的天堂"。满心欢喜地驶上这条国宝大道，同伴们却被现实打击得体无完肤：维修中的道路崎岖不平，时不时再堵上个把小时，抵达雅安已经是整整15个小时后了。与藏区的干燥清爽不同，雅安潮湿闷热得离谱，事后回想起来，才明白这正是异常天气的征兆。

8月15日，在大暴雨的催促下一早起来。前往平武的路也不好走，道路上时不时有从山上滚落下来的树枝、碎石，多少影响了行驶的速度，因此我们到达走马羌寨时已临近中午。

羌族是一个很古老的游牧民族，自称"尔玛"或者"玛"，以牧羊为生。而"羌人"，也是一个模糊不清的概念。费孝通先生在其《中华民族多元一体格局》中说，"羌人"原来并非一群人的自称，而是中原人对西方一些牧民的统称。随着岁月更迭，部分羌族人定居落户，内迁融合于华夏民族，以放牧、种田、植茶、手工艺以及造纸为生。绵阳这一带的羌族人属于

"白马羌",接待我们的"任总"所经营的羌寨,正是当年北川平武茶马古道沿路的一个驿站,叫作走马岭,而这也正是"走马羌寨"名字的由来。羌寨本应是一个旅游景点,但由于暴雨,没有一个游人。任总穿着一件中式对襟衫,沉静儒雅,除了五官比较立体外,哪里看得出是一个羌族汉子?不过,我对他的判断很快就被现实打破了。

造纸的地方离寨子还有一段路,本想自己开车过去,任总却果断接过我们的车钥匙,说是山路不好走,还是由他来开比较稳妥。没想到他哪里是可以用"沉稳"两字来形容的——我们简直被他带上了F1赛道:平路开得风驰电掣也就罢了,即便在蜿蜒曲折的山路也是狂飙突进,180度的大转弯都带着油门,似乎要冲破车窗外无休止的雨幕。虽然我们都系着安全带,却也被甩得东倒西歪。任总全程面不改色,似乎很享受那种飞越感,哪还有刚才坐而论道时的云淡风轻,岁月静好。好一个羌族汉子!

任总带我们前去造访的,是平武县大印羌族乡黄坪村的手工造纸作坊。雨越来越大,他带着我们在村里来回穿梭,却始终没找到造纸的人。原来这村里的十几户造纸人家现在只剩下两户,而在更深的山里头,还有人专门砍料送下山来,黄坪村只是个加工地。

任总在村里兜兜转转半天,总算拉到一位师傅为我们演示舀纸术。我本以为作坊就在屋里,没想到师傅又带我们钻进村边竹林内的一个小木棚。只用几根粗壮木头支起来的小木棚,四面毫无遮挡，几根梁柱撑着棚顶，棚顶覆着厚实的塑料膜布。至于塑料膜布上是啥，谁也看不清楚，因为棚顶早被落叶遮挡得严严实实，经年累月的腐叶滋生出额外的养分，不知名的新叶又在屋顶生长出来，在雨水浇灌下，翠绿欲滴。这应该算是真正的"野外作业"，木棚似乎已经与竹林完全融为一体。棚内设备也极为简陋：一个长满青苔的石头纸槽，一个就地取材、用木头搭建起来的榨纸设备，整个空间给人的感觉就是窄小、灰暗、潮湿。我感觉即便是晴天，也未必会让人愉快吧，一定是闷热无比又多蚊虫。

这里的纸，原料取自慈竹嫩竹。竹有多嫩呢？一般春节过后没几天，竹子连一根枝丫都没长的时候，就动手砍了。我问砍料时间是否过早，师傅则说他们这里做纸并没有削去竹子外皮的"杀青"工序，而是取整根竹料，所以一旦砍晚了，料就老了，纤维就粗，不好碾磨了。

离木棚数十步远的地方，有两三个大池子，用来泡竹竿和沤料。一层竹竿一层石灰，5吨的料用上一吨石灰，大约按这个比例，再放水淹没竹竿。5个月后，泡在石灰水里的竹竿变软，成了一缕一缕竹丝，颜色也由绿转黄，这时就可以碾料了。当然，碾料之前还要先把石灰清洗干净，否则会影响纸张质量。早些年还用畜力加石磨碾麻，现在则是换了机器粉碎。最后，就是把竹纤维的碎末转到舀纸的槽里。棚内光线太过昏暗，我无法看清水槽里的浆料，便伸手往水中捞了一下，感觉有点黏滑，看来是加了纸药。但纸浆犹如一团褐色的棉絮，谈不上多

249

少细腻。其实，舀纸同样是师傅手持纸帘，在水中左右各荡一下，然后把纸帘提到池边的纸坯堆上，浆膜便转移到纸坯上了。师傅手上的水滴下来，砸到刚舀好的纸上，形成一个水印，这种情况若是放在其他地方，可能就变成一张有透帘（纸张上局部纤维较薄但未完全穿透，透光度比纸张其他部位要大）的手工纸，属于有纸病的，质量欠佳，过不了质检关的，然而，这里的舀纸师傅并不在意。舀纸就是造纸的一种乡土表达方式，这里做的就是原生态的土纸，土得掉渣，有些地方称为火纸，一般用来做祭祀纸，早年人们也选择一些质量较好的当作卫生用品。

　　舀纸师傅似乎对其他地方的造纸也抱有浓厚的兴趣。得知我们去过夹江，他的话匣子也打开了："夹江纸嘛，跟我们这地方一样子的，用竹子嘛，舀的方法也一样嚯！他们那个纸老贵了，一张要好几块钱嘛！"我问他这里的纸多少一张，他说一毛钱，我便理解了他为何一年也就只做三四个月的纸，而其他时间去养猪或打工。

　　纸一张一张地舀，一张一张地叠，到了一定高度时便开始榨纸，而榨纸的方法倒与我在重庆、湖南看过的一样。至于干燥方法，也很"土"——直接干燥。

　　任总带我们去另一个纸户家，女主人与他言语了几句，便放下手中的活，起身到屋里取出一个半潮的纸坯开始分纸。她先用一柄特制的木棍翻拨纸坯边缘，使黏结的纸坯呈松散状。我本以为纸张可以一张张轻松揭开，没想到揭得很是艰难，基

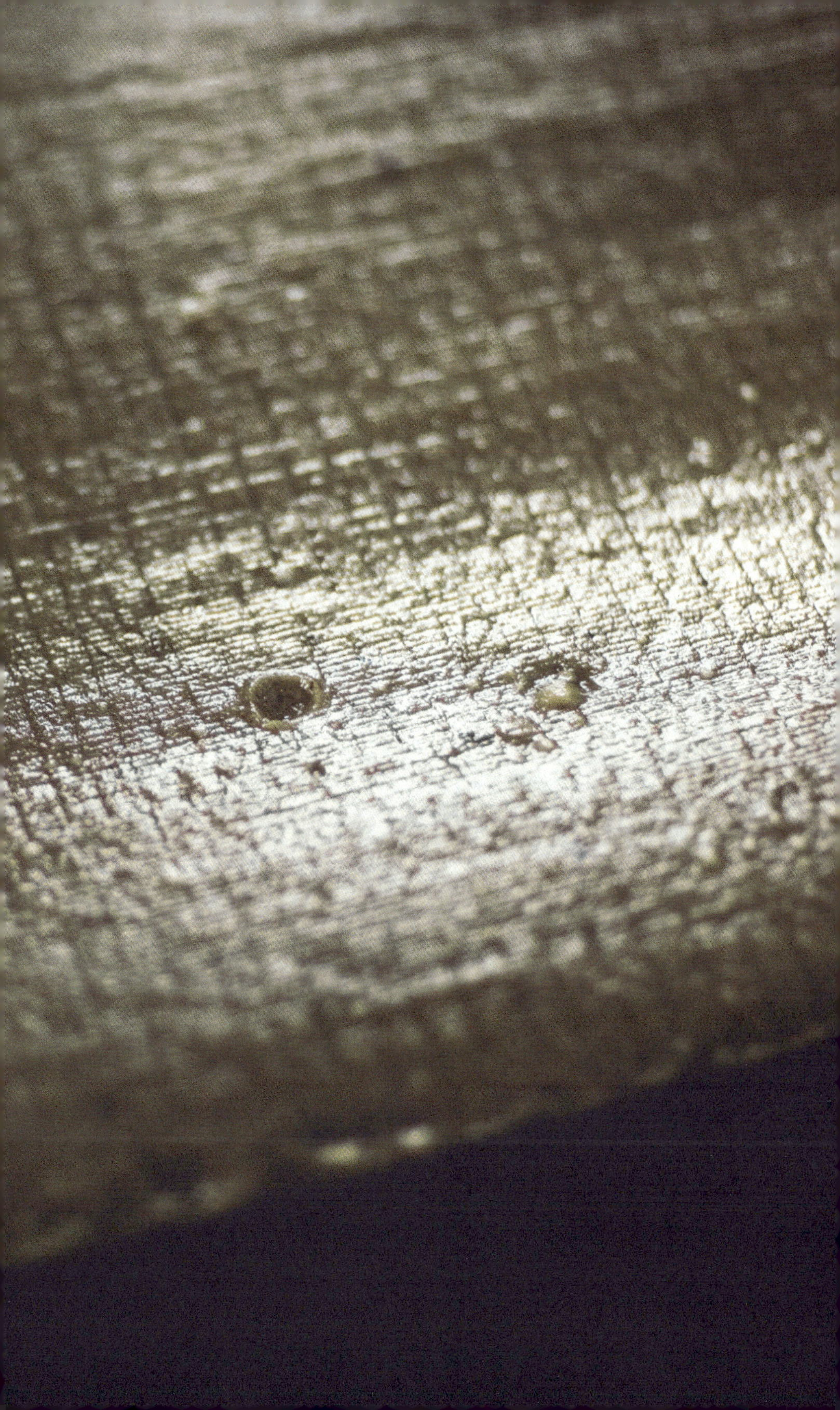

252

本都是稍稍揭开一点，纸张就开始分裂，一半揭起，另一半死活粘在纸坯上。女主人未免有点尴尬，说是纸坯太干，揭不出来。问她咋办，她挺轻松地说，重新打浆做呗。语气中透着一丝无所谓。倒也是，这么一叠纸坯，也只能卖出几十块钱，也难怪越来越多的人不愿意再做纸了。

离开小村庄，再次路过柴房时，发现屋檐下挂满了土纸，这是最后一道工序。密密麻麻、挨挨挤挤的纸，在这样的天气下，不知何时才能干。不过主人们似乎也无所谓，好像他们主要的收入来源并不在此。

回到寨子，任总也从肆意的"走马车神"又回到那个儒雅的"羌族寨主"。他告诉我们，土纸在过去用得很多，但凡家里供着祖宗牌位的，都要用到，而且用量还不小。每一个祭祀祖先的节日，香烛纸钱都得提前备好。不过现在多是用机器做的纸了，只有老人们还是习惯用土纸，说是地下的先祖们只认这种纸。不可否认，现代技术的冲击以及传统习俗的改变，对土纸产生了巨大的影响。其实，在任总的寨子里，除了羌绣、采茶等技艺展示，他还把一些画家朋友请来用土纸作画，顺便教舀纸的师傅学习画画。他说："万一游客们就喜欢这样的风格呢？"得知我每到一个地方都会写一篇有关纸的文章，他便问我会怎么写这里的土纸，我回答：如实写。他爽朗大笑："如实好，存在的就是合理的，至少它们还存在着！"

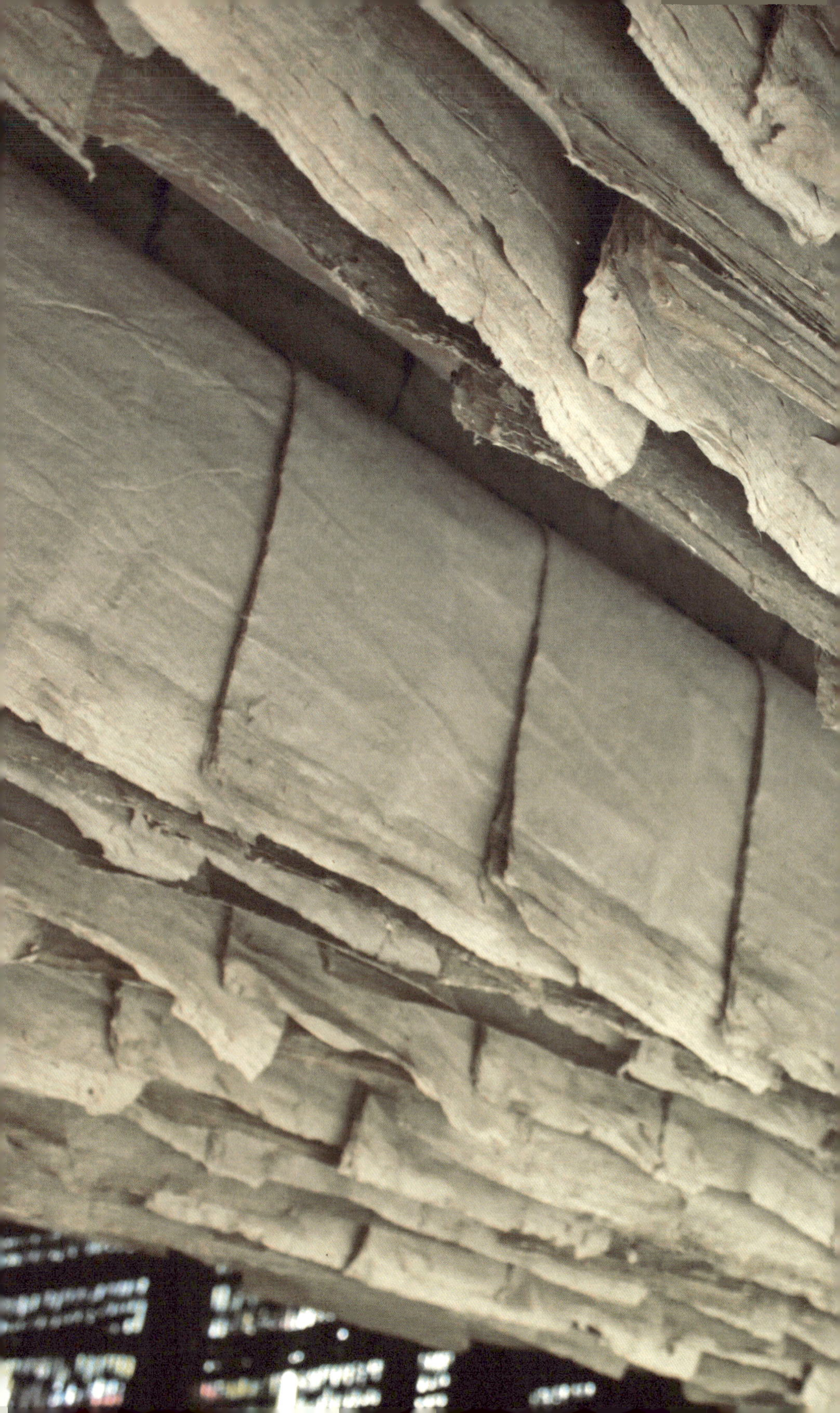

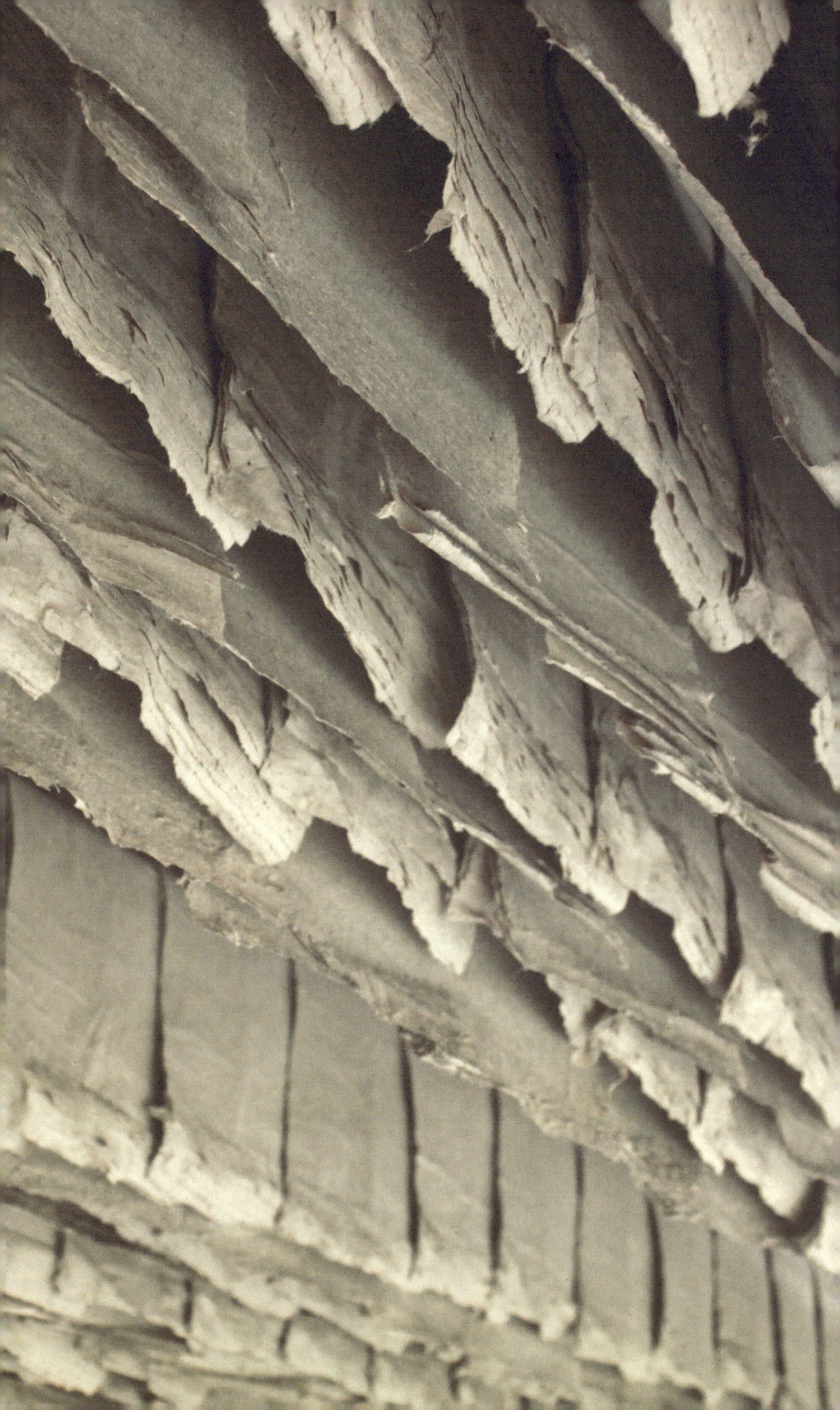

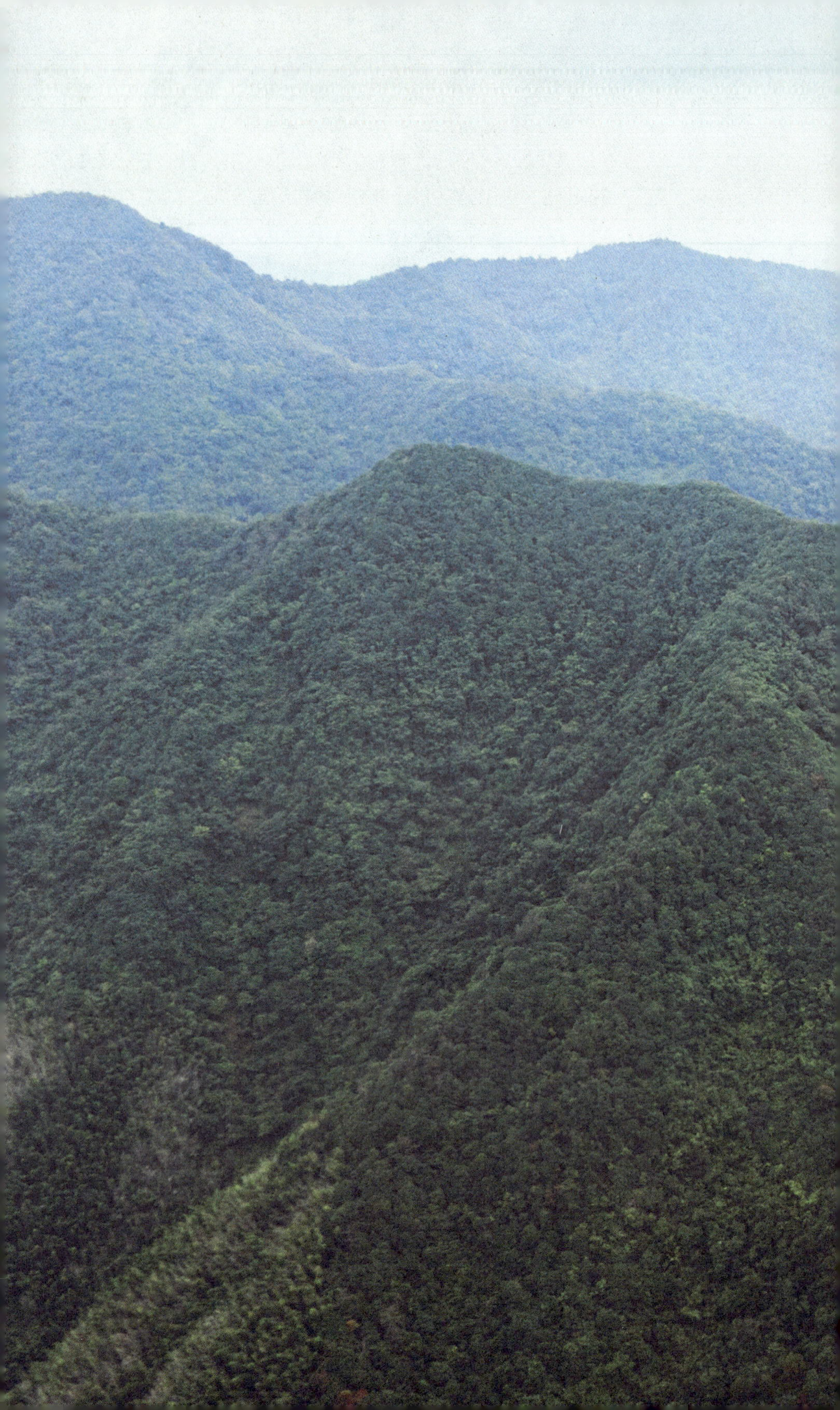

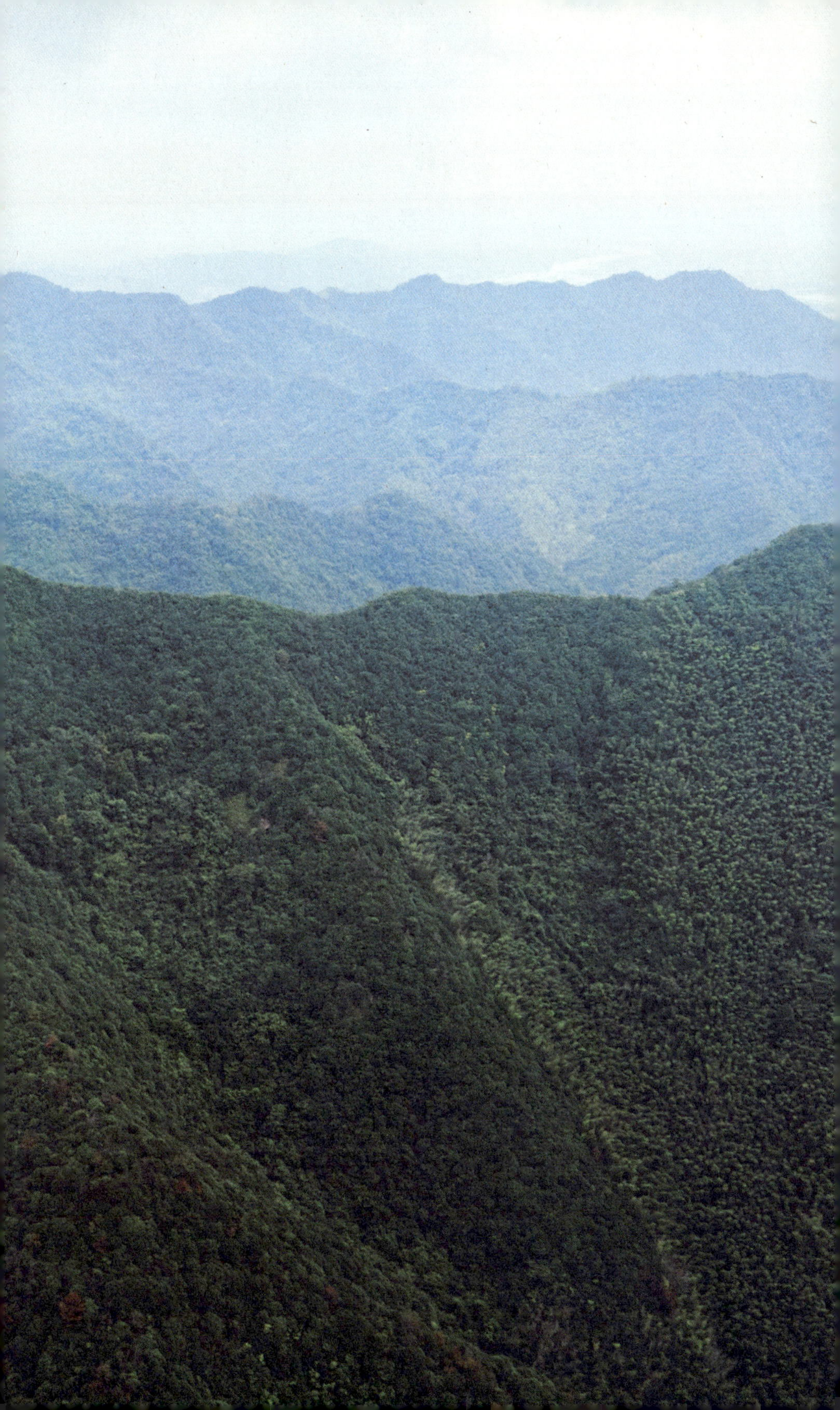

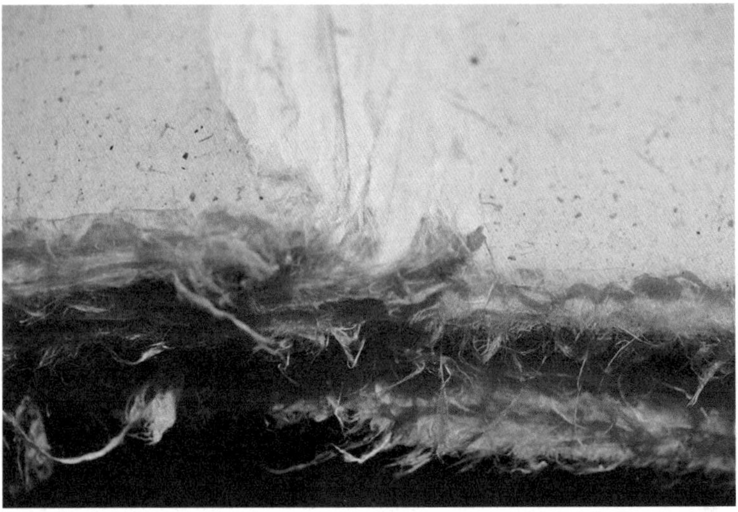

22　泾县守金：
　　一张有温度的手工纸

　　初识安徽泾县的程玮，或者说初识守金，是在2019年3月的"文房四宝会"上。我们赶到现场的时候已经是展会的最后一天，展厅内人群熙攘，有经验的人选这天去是想从会场低价淘点宝，不过这个时间段好东西也基本卖得差不多了，剩下的大都是些大路货。

　　我转了几个摊位，与相识的造纸朋友闲聊几句，收罗了点新的纸样后，感到有点失望。除了占领半壁江山的全国中小学生书画用纸产业基地——夹江机械纸、哗众取宠的"宋元明清古纸"之外，其他都是一些老熟人、老面孔。唯独程玮，在众多摊位中亮出了"守金——古籍修复用纸"的宣传牌，瞬间抓住了我们的眼光。他的摊位上摆放着诸如楮纸、雁皮、三桠等各类厚薄不一的手工纸，纸面洁净细腻。我们试了一下部分超薄的皮纸，除了结构略微紧密，其他方面都是可圈可点。（之所以说"略微紧密",是因为在古籍修复中,用作连接、托裱加固的纸张,一般要求纤维长、强度佳但结构疏松,这样在后续的工作中便于锤平。)我有些诧异,访纸这么多年,居然还没见过做得如此上乘的纸厂,大概是我孤陋寡闻了。

　　守金的主人程玮很年轻,得知我来自浙江图书馆,便告诉我他两年前开始帮父亲打理纸厂时,就一心想做好纸,想做文物修复类的纸张,恰好看到浙江图书馆在举办"书路修行——古籍修复特展"的消息,便特地赶来观展。他在现场看到了"纸谱墙",也看到了我们那年刚出版的《中国古籍修复用纸》,自觉获益匪浅。当时我们并未见面,只是阴差阳错,没想两年后竟会在遥远的北京认识。

　　虽说只有短短几分钟交流,但我对他和守金印象极深,一直打算去他厂里看看。2019年在泾县参加中国纸史会议时,我跟着各位专家老师到他厂里匆匆一访,也未能深谈。今年总算得了点空,便打算专程再去一次。他在电话里说,由于正在准备展会,厂子暂不开工,不过他会亲自演示流程给我看。

　　杭州到泾县原本有直达火车,可国庆期间不知何故取消,所以还得从黄山转车。时间倒没浪费多少,只是上车下车挺折腾人。但田野考察哪有不折腾的,相比其他偏僻山野,泾县之行算是很轻松了。

　　泾县隶属宣城,一提起宣城,大家马上会想到著名的宣纸。我从事古籍修复的这些年,每次面向公众做体验活动,但凡介绍手工纸,大部分受众的第一反应就会说到宣纸,由此可见,

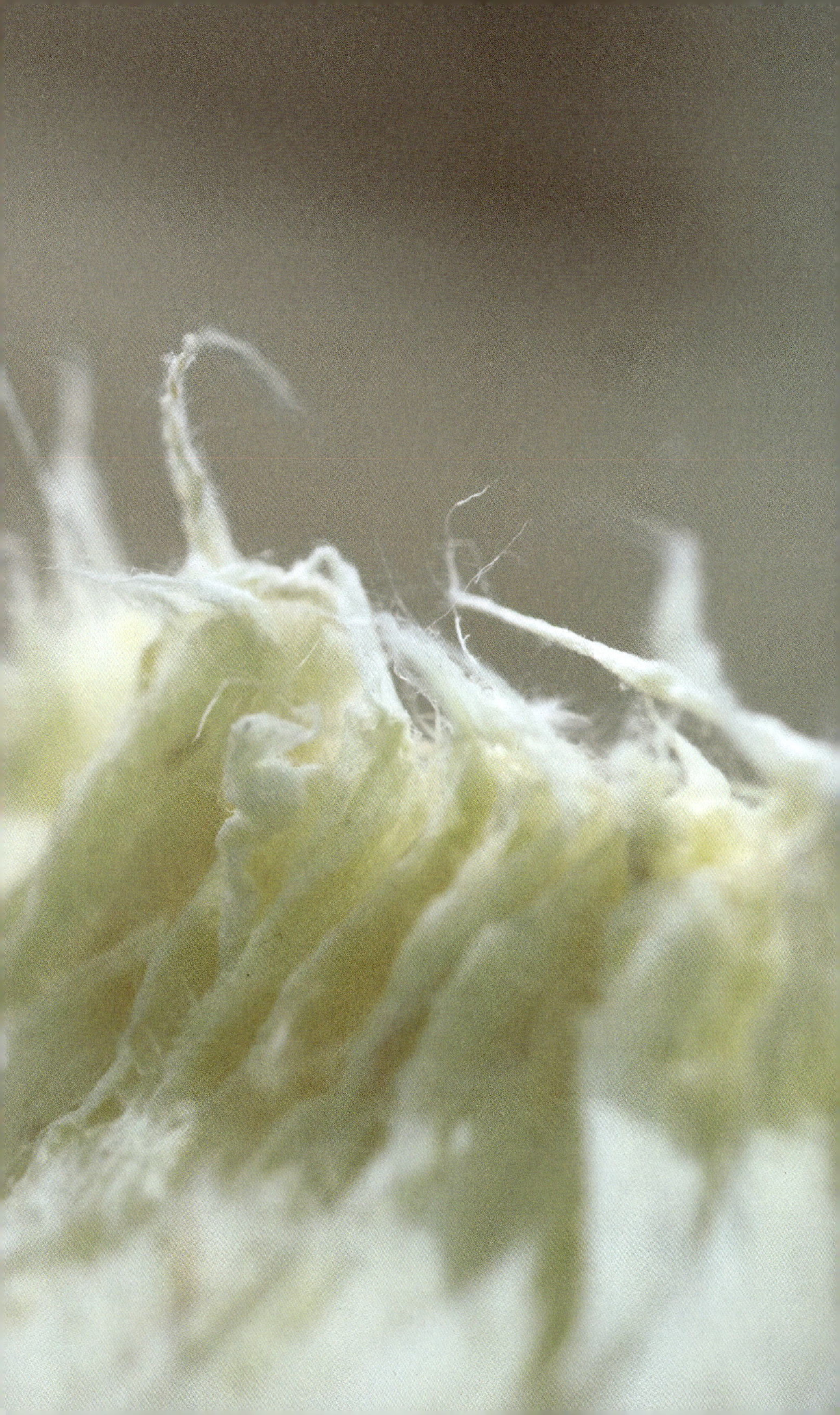

宣纸在大众心目中就是中国手工纸的代名词，尽管它只是中国传统手工纸中的其中一个体系。此外，不少人会把宣州地区产的纸统称为宣纸，可当地除了宣纸外，还有以纯皮料、竹或稻草做的用于包装、祭祀或民俗用途的纸。若要给出关于宣纸的准确严谨的定义，应该说它是由青檀树皮为主料，以沙田稻草为配料，按照一定比例加工制作，用于书写、绘画的高级纸张。不过若是以为有了这些要素就把宣纸搞清楚了，那就错了。前面说的宣纸，是"今宣纸"，与之相对应的则是"古宣纸"。学者把早期在古宣州和古徽州生产的高档纸张称为"古宣纸"，它采用的原材料主要为楮皮（构皮）。当然，青檀皮也会有所选用，但绝不是主流。至于"今宣纸"的产生，则是曹氏家族在南宋末年举族迁移至安徽泾县，经世代摸索、传承，在利用当地产的青檀皮纸的过程中，慢慢加入了短纤维的稻草，进而制出了举世闻名的宣纸。

现在人们只知道"今宣纸"，而纯用楮皮或青檀皮制作的"古宣纸"，却慢慢湮没在历史长河中。因为看到程玮在纸张外包装上写着"一张有温度的手工纸"，我便特别想去访一访守金的皮纸。

记忆中，每次见到程玮就是一个"冷"字：去年春天北京的倒春寒，岁末泾县山脚的刺骨冰冻，而这次去又遇到意料之外的突然降温。幸好程玮是个热情的小伙。工厂还没有开工，但他为我做了充分的准备。为了演示煮料的过程，院子里一口深锅烧着满满的水。数块漆板靠在墙边，上面贴着他做的薄皮纸在慢慢阴干。程玮说，漆板阴干的方法还在尝试阶段，所以就地取材，选了一些老旧门板以及废弃老家具的面板，过段时间还会去选一些更合适的木材，请师傅简单加工做成晒板。

程玮家做纸的厂房不小，一部分是在他父亲手上建立起来，另一部分则是他接手后慢慢加盖的。程玮原来是做电商的，后来才开始进军手工纸行业。交谈中，我感觉父子俩对手工纸有着截然不同的观点："我想做好的纸，按照真正的古法工艺去操作，当然，时间长，成本高，相应的售价也高，不懂行的人接受不了。而我父亲却反对我的做法，怕我投入太多，一旦不如其他人用现代工艺做出来的纸便宜好卖，最后反被排挤出市场。问题是，大家现在就是恶性竞争，你卖得便宜，我比你更便宜，但成本终究是需要的，所以只能在材料和加工环节偷工减料，长此以往，就再也做不出好纸，传统的技法也会慢慢失传。"只要人们不知道什么是真正的传统古法造纸，好的纸就会被排挤，被淘汰。

程玮认为，我若想完全了解纸张的生产工艺，最好的办法就是跟着他从头到尾把所有工序都做一遍。当然，传统手工纸工序多、时间长，所有工序都做一遍不太现实，只能选择性地做一些。据他介绍，泾县当地有不少师傅会做加工纸，也颇有心得，不过大部分手艺人的绝技都是秘不示人，所以交流并不多。对于这个问题，我也是深有体会。这些年来到各地访纸，大部分老师都愿意与我分享他们的经验积累，但也有一些师傅颇为警惕，一旦被问到关键问题，要么避而不谈，要么顾左右而言他，更有一位直言问我"你不会是要回去自己做纸吧"，真让人啼笑皆非。对此，我总在想，若是大家都能用开放的态度来面对行业内的良性竞争，是否会更有助于这一行业的发展呢？不过，手艺人也有苦衷吧，毕竟这是他们安身立命的饭碗啊！

程玮家厂房后就是一片山林，他这几年没少往山里跑，用他自己的话说，就是把能做纸的原材料全都试了个遍，有不认识的植物就借助手机软件拍照上传，学习研究。他甚至还采集了不少可用于染色的植物，慢慢实验琢磨。

就拿砍料来说，其中学问大了去了。原料砍下来堆放在地上，和生长在地上是截然不同的。程玮扯着构皮树枝告诉我如何区分大构和小构："像这样叶子是三角形的就是小构，上面有许多细小绒毛，而大构的叶子是圆形的，相对来说比较光滑。大构、小构做纸的区别主要在于：小构的纤维拉力特别强，在制作过程中容易打结，纸面会出现团絮状，而大构就没有这个问题，成纸后特别细腻。但为什么不都选用大构呢？因为大构数量比较少啊，所以成本偏高。小构比较多，而且生长速度快，你看，遍山都是，一般一年半左右，就可以把树枝砍下来了，所以说，古人造纸还是会考虑就近取材。"

看了构皮，我们还跋山涉水，去山里一睹青檀树林。那片野生青檀树林密密的一大片，分外壮观。青檀树的树干也不是特别粗壮，树身布满灰白色斑点，比较容易辨识。在半人高的位置，树枝开始分权，稀疏错落。虽说我也是做惯了手工活，

但上山砍竹料却还是第一遭。手举砍刀，颤颤巍巍，笃笃笃一阵轻砍，但见树杈半天没掉下几根枝条。程玮笑说我这哪是砍料，分明是在给树挠痒，而且还不给个痛快。说着，他干脆利落地三两下便砍出一大堆树枝，看得出是干惯了活的。

我们将砍下的树枝拖回工厂，算是完成了第一道砍料的工序。此时，深锅中的水也已烧开，我们就把细小的枝丫处理干净，剁成长短均匀的枝段，放入锅中做第一次蒸煮。我本以为要先把树皮剥去，毕竟刚刚砍下来，外皮还是比较容易剥去的。不料程玮告诉我，要连着树皮一起蒸煮，这样既可以提高出浆率，又容易清除果胶和木质素。

等待蒸煮的过程中，我们又去厂房里转悠。那里堆放着很多原材料，外皮还未清理干净的蒸煮过的构皮、丝丝缕缕的纤维原料、舂碓过还留有木碓痕迹的料饼，还有从外地购买的成叠的纸浆板。对此，程玮并没有回避，而是很诚恳地告诉我，好纸要做，但为了生存，迎合市场的普通纸也必须做。正因抱有这样的想法，他对两者的工艺流程都有颇为深入的了解，完全不像一个才入行两年的新人。

程玮把两种经过不同工艺漂白的构皮纤维拿给我做比较，一种是特别白净的纤维，使用现代工艺漂白；另一种，略带点本色的纤维，采用传统工艺，以日光漂白。"汪老师，你看，这种特别白的纤维撕扯起来比较轻松，拉力略微逊色。而本色的纤维，韧性就比较强，得费点力才能拉断。"我尝试着撕扯，发现颜色白净的纤维并非没有强度，只是纤维稍一拉扯就会断开，从断面看，纤维长度比本色纤维短好多。这两类纤维可是

用的同一种原材料啊！由此可见，使用现代漂白工艺虽然效率高、成本低、产量高、出货快，但缺点也显而易见，容易破坏皮料纤维。这一点做纸的人都知道，可还是愿意采用，可见传统漂白工艺是何等复杂了。

程玮说："以现代工艺操作，在二次蒸煮水洗后，纤维可以直接打浆捞纸了，而真正的古法造纸，需要在二次蒸煮后开始呛石灰、堆叠，把料撕成小条，让石灰均匀包裹在每一条纤维外，再放在晒坡上日晒雨淋，自然漂白。之后要经水洗、蒸煮，舂打成片状后，挫断，再呛一次石灰或草木灰，清洗干净后，第二次上晒坡自然漂白，最后手工挑去瑕疵，筛选，洗净。这么多道工序，得六七个月才能完成，可现在为了提高效率，降低成本，能够做到二次日光漂白的厂家并不多，哪怕能做到一次晾晒，都算是自然漂白了。"他边跟我解释，边往厂房的深处走去。

"这是我的一个实验车间，是父亲唯一支持我做的改造。"这个抄纸间的水槽比较特别，是不锈钢的。"两年前我去日本，专门学习了他们的方法。日语一点都不懂，就这么自己摸着找过去，还真找到一个做纸的纸坊。他们把做纸的流程分成几段，每一段分别收费，让参观者体验。我付了所有费用，把全部流程都学了一遍，日本人都吓着了！多少钱？不管了，去一趟总要多学点技术吧！"难怪，那个不锈钢水槽里放着的操纸帘框有点日式风味。"我回来就跟我爸说，要把纸槽换成不锈钢的，这样浆料会更干净。你想，如果还是用石头或水泥的，天长日久，里面难保不混上一些小石粒、水泥粒，这不影响纸张质量么？"我觉得他的话挺有道理，当使用者对纸张的质量提出越来越高的要求时，对细节也就尤为苛刻。细节决定一切，是要落实到具体行动的，这一点，日本人确实值得我们学习。可能是换了不锈钢的材质，我觉得纸槽里的水显得格外干净，银白色的构皮纤维如白色鹅绒一般悬浮在水面，看上去特别柔软。

接着，程玮为我演示了抄纸的过程。他说，这是他从日本回来后，将中日两种方法融会贯通的尝试。他认为，国内传统手法与日本手法最大的区别，在于纸帘入水后的荡水速度和频率。他们这里的老师傅原先荡两次帘就完事，这样，纤维的交织度就不够。况且纸张厚薄又与动荡的频率有关，动荡得快，纸张就薄，动荡得慢，纤维在帘子上的留存度就比较高，纸张容易厚。当然，程玮这样的做法，速度相对来说比较慢，出不了量，老师傅们就不太乐意了。"我当然有要求他们如何做，荡几次帘，需要停留几秒钟，可我又不可能一直盯在旁边啊。我让父亲帮忙管理现场，但他并不完全理解我的做法，也会疏于管理。所以，做好的纸，只有我亲自上了。"

由于呛石灰、舂料、晒料周期比较长，只能等到以后有机会再来实践了。程玮打算让我体验一下最磨人耐心的工序——手工挑瑕疵，于是便递给我一把蒸煮过的构皮料。我很是纳闷看上去挺干净呀，还有什么瑕疵可挑？他仿佛看透了我的心思，指着构皮料上一丁点青色或黄色说："就这些，都得洗去，不然纸面就会留下黑点，就不漂亮了。"有吗？我努力翻找，还真在纤维里找到被包裹着的一丁点残留物,但凡稍不留神,就很容易漏过去了。看来他的要求还真是挺高。

我们俩站在水池边,手里各自握着一缕纤维,浸在水里。束状纤维纷纷散开,犹如银丝,轻荡在水中,借着夕阳余晖,折射出闪闪银光。我一边欣赏一边翻找残留物,却没留意到很多细小的犹如绒毛般的纤维正缓缓地从我指缝尖游出,直向池底漂去,抓也抓不住。"这些都是好的料,在这一步骤中,浆料损耗非常非常大,所以动作必须快、狠、准!"一个看似优哉游哉的工序,在程玮口中变得如此迅捷。不过我早该明白,造纸,哪一道工序是轻松的?

在城市里华灯初上的时分,程玮工厂所在的小村子却没有多少灯火。晚上,我和程玮夫妇一起欣赏他们收藏的纸样。但凡爱纸的人,看见所爱之物,必然两眼放光,我当然也不例外。日本1973年出版的《手漉和纸大鉴》,内收东瀛各类手工纸样1000余张,全球仅发行一千部,当年定价30万日元,现在国内某旧书网2.8万元人民币起卖,最贵的已经炒到4万多元。程玮说,在夫人的极力支持下,他收了两套。我不禁咋舌,有如此贤妻,真是他的福气。书有五大函,50千克重,我们几人不知疲倦地搬书,看书,辨别纸样,分析制作工艺,一直到很晚很晚。

第二天,我继续跟着程玮,工作的内容是选纸、打包、发货。外省有一位客户向他定了一些包装纸,这客户对纸张有点要求:颜色一致,纸面洁净。这个要求不算过分,却让我们在仓库里选了好久。每一刀纸张颜色各有深浅，得挑；纸张翻看后，发现上面有黑色斑点，应该是料没选干净，也得挑。程玮抿着嘴，很沉默。这些有黑点的纸就算是次品了，影响工作效率不说，还造成库存积压。他告诉我，这些纸不可能回炉重做，只能降价销售，否则，他会支出更多的人工费。我很奇怪，为什么没有人对这些纸张问题承担责任呢？品质管控人员是否缺位了呢？程玮苦笑，这个厂是在他父亲手上建起来的，请来的师傅都是看着他长大的。"都是乡里乡亲的，谁好意思扣工资呢。再说了，现在只有他们肯做这造纸的活了，一个不高兴就不干了，只能好言好语哄着。况且，纸张生产是个连续的过程，一旦出问题，大家都会相互推诿责任。上回有一批纸张出了问题，我从焙纸开始往上查，每个师傅都往上一道工序推责任，查到最后，就成了打料师傅的问题，但我又能怎么说呢，只能让他下次注意吧。他们做好了，我可以给他们奖励，加工资，可做差了，却不能扣他们的工资。能上不能下，结果，质量未必能提高，而我们付出的人工费却越来越高。如果为了抢占市场，再和其他企业打打价格战，必然会在原料或加工工艺上做点文章。所以，我希望父亲能出面帮忙做品控管理，但他不愿意。他好像对我做什么都不满意。"程玮有点沮丧。

我突然产生了想与程玮父亲单独聊聊的念头。当一个"80后"小伙子，以自己的新观念、新思想，冲击老一辈传统手艺人的领域时，前辈们到底在想什么？

再三请求之下，我与程玮的父亲有了一次单独交流的机会。

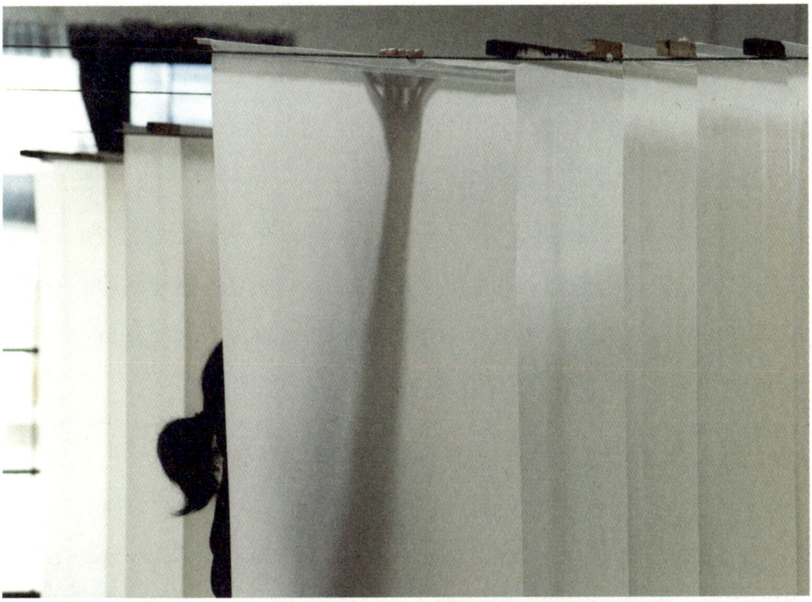

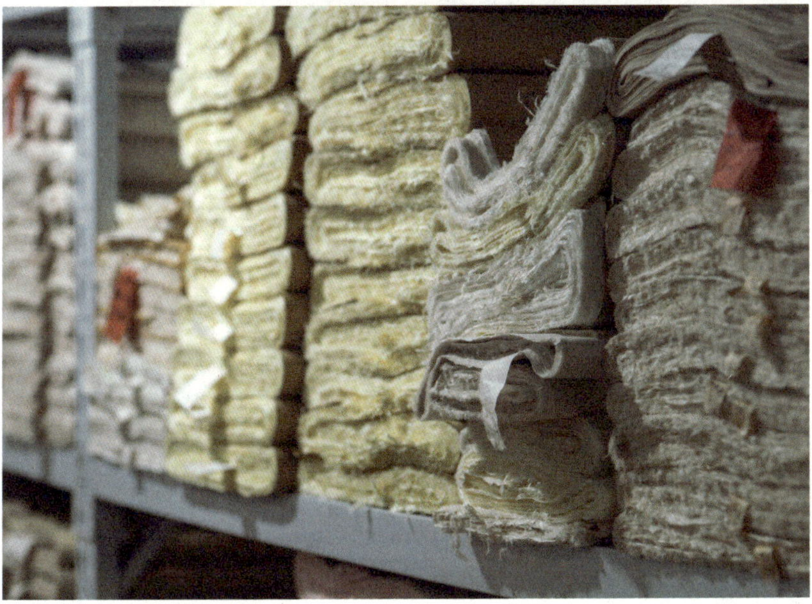

本以为程叔会是一个固执己见、沉默寡言的人，但话匣子一打开，他也很健谈。他从16岁开始造纸，那时厂房所在地还是一片老的青檀树林。这么多年来，他一点点建立起厂房，那些工人们也都是跟着干了十几年的老伙计了。"情分都在的，当年跟着我吃苦创业，现在犯点小错误就扣人家钱，怎么说得过去？我当然也考虑过每个流程都有品质管理，但是很难很难。程玮很努力，但他最大的问题在于管理，不够狠，不够有魄力。我希望看到他可以拍着桌子跟师傅们说：'这件事我决定了，你们就按照我说的做，所有的责任我来承担。'我把空间让给他，他还做不到，师傅们不听他的。管理很重要，人情也要考虑。当然，程玮已经非常努力了，像他这样的年轻人，在我们这里已经很少，他自己看书、外出学习、请教老师，我都支持，他提出想法，我就帮忙置办，我读书不多，只能在技术上支持他。以后？以后我们会降低低端纸的产量，不会再请这么多工人，管理太麻烦，我们尽量做好纸。这也是他的想法，我肯定支持。不过，我不会在他面前夸奖他，我还要打击他一下。我怕他骄傲。"

他看了一眼正在远处装箱打包的程玮，抿了下嘴，声音似乎停顿了一下："我为他搭建一个平台，未来的传承还是得靠他。他是我儿子，我挺为他感到骄傲的。"

在送我返程的车上，我问程玮，难道不想知道我跟他父亲聊了点什么吗？他停顿了一下，摇着头说："不，我怕自己会哭。"我突然明白了他们父子的相处之道，这是一个无比传统的农村家庭，内心都深爱着对方，却不擅长表达，只用自己的肩膀担起家庭的责任、事业的传承。父亲坚定地守护着后方，让儿子可以自由飞翔。在他们的身上，我看到了传统手工行业从业者的守望、传承和发展。

程玮，未来可期！

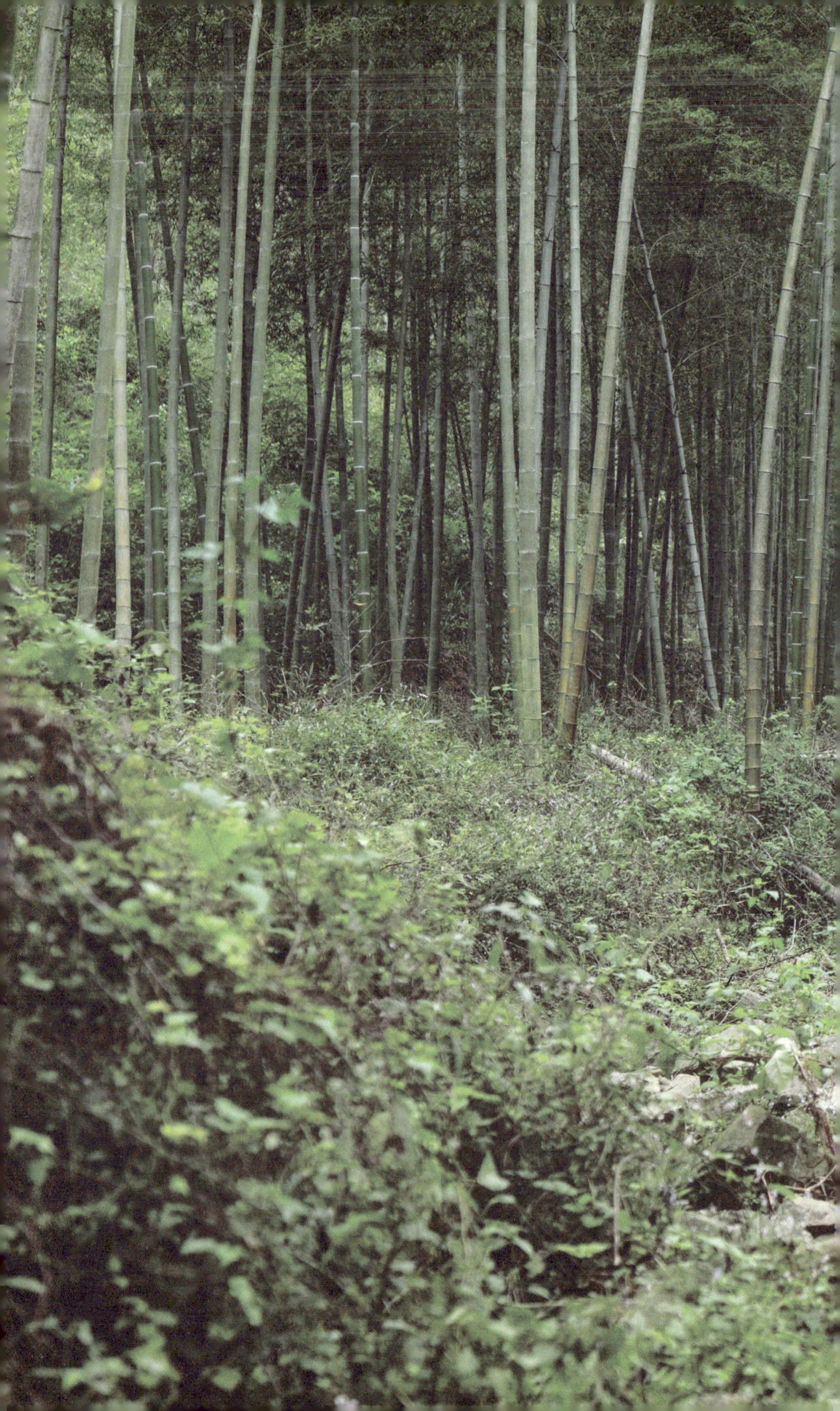

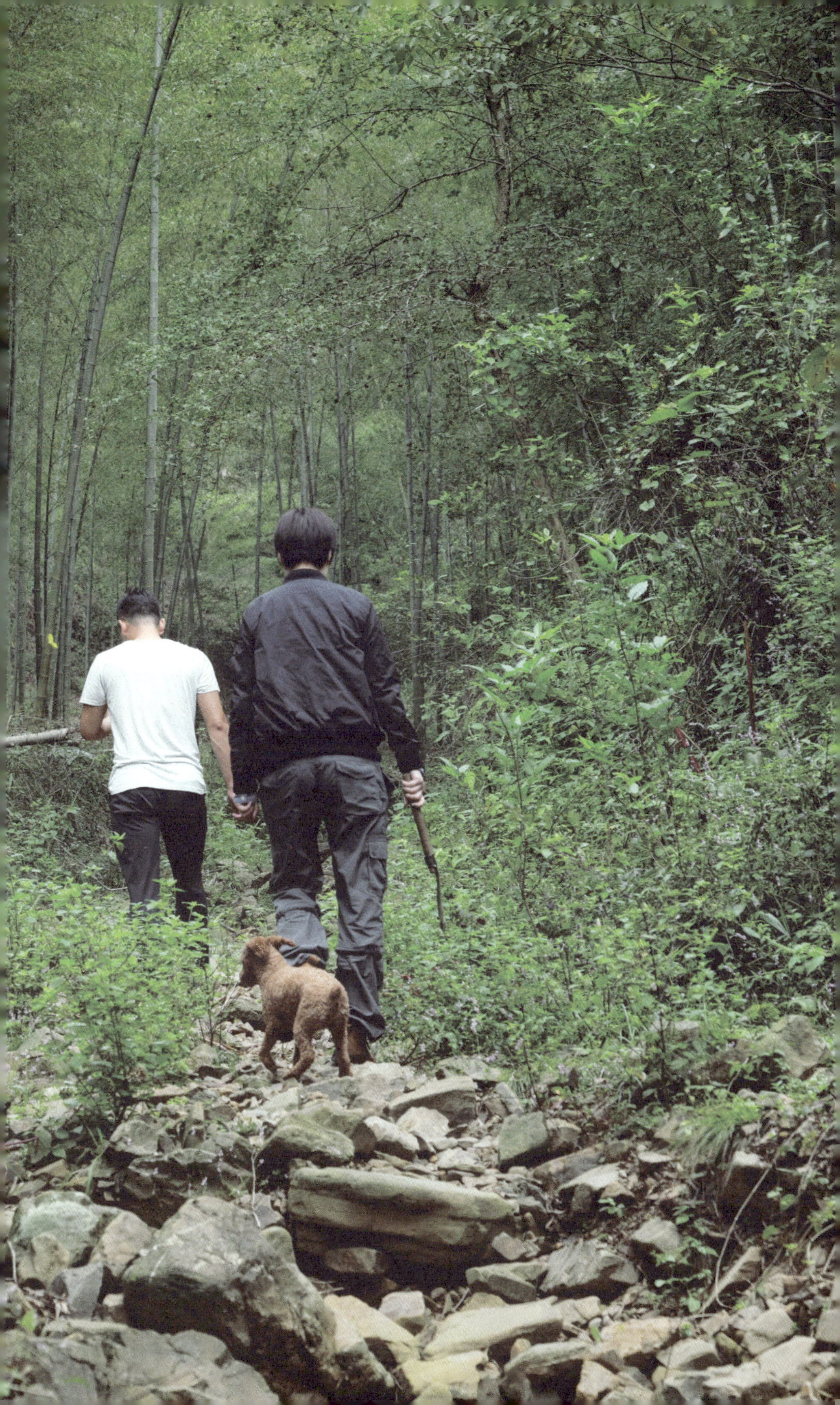

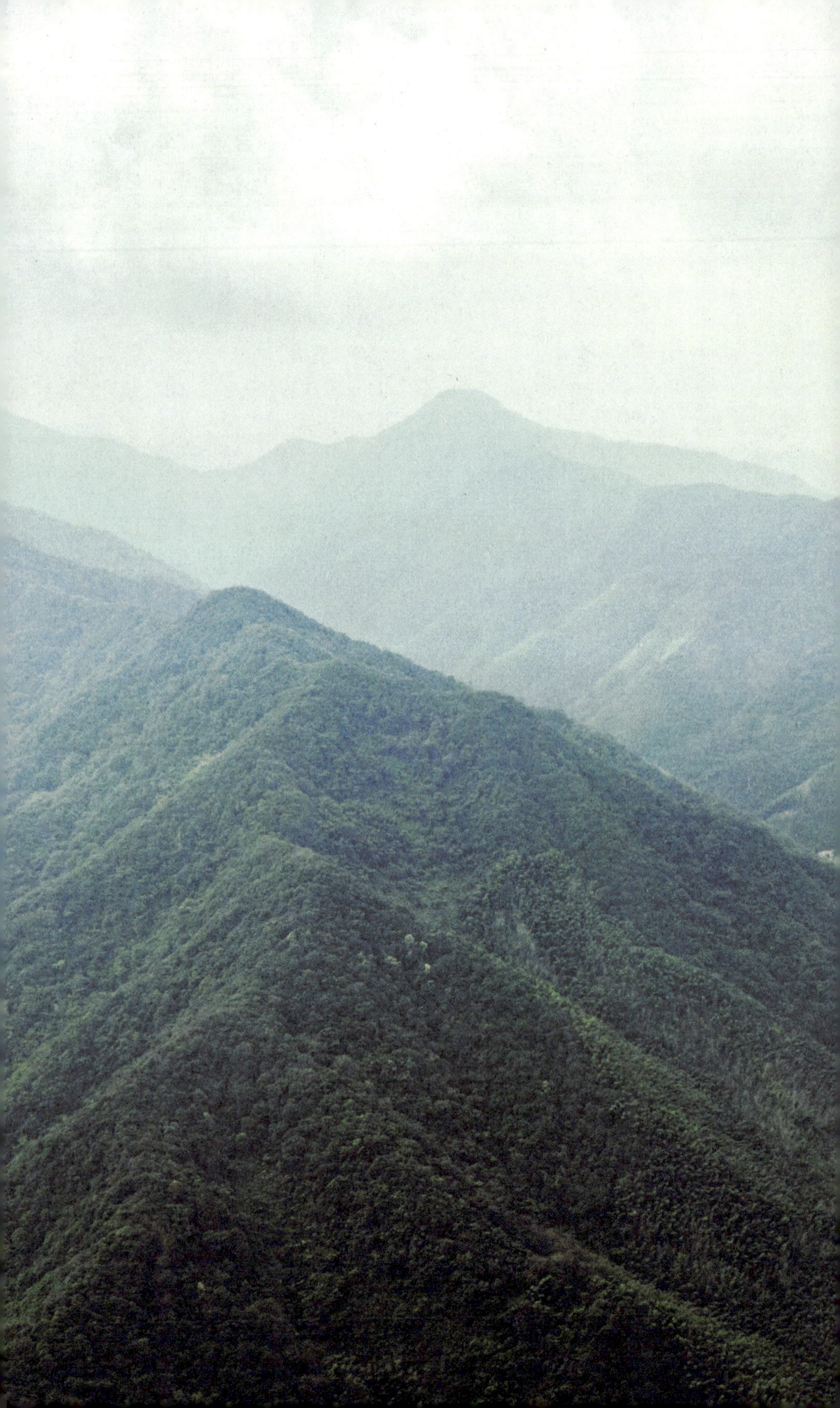

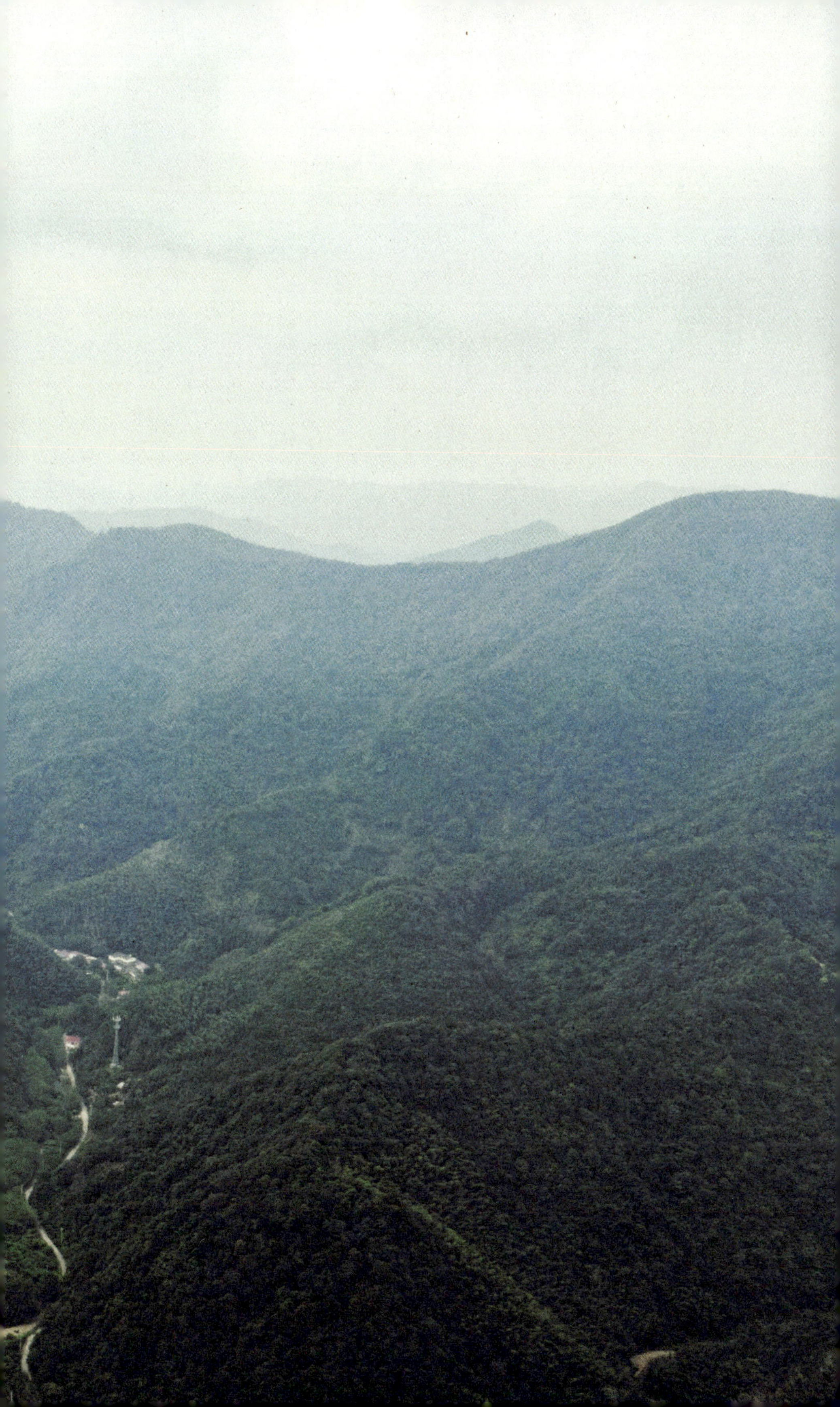

纸张索引

狼毒纸　薄款修复纸
西藏拉萨市尼木雪拉藏纸农牧民专业合作社

连史纸
福建连城美玉堂连史纸作坊

纯白玉扣纸
福建长汀县汀州闲星纸业经营部

古法连四纸
江西含珠实业有限公司

黄麻纸
山西裕盛源农业科技有限公司

手工麻纸
山西沁源郑变和手工麻纸坊

桑皮纸
新疆托合提巴·阿吉庄园

二元纸
重庆梁平蒋集文土法㡌纸作坊，重庆四方书院退藏楼监制

隆回滩头手工毛边竹纸
湖南邵阳隆回，忠良美监制

蔡伦古法手工纸
湖南耒阳蔡伦古法造纸技艺传习所，梁成富制

二贡纸（白） 佛表纸（黄）
湖南浏阳市张坊镇古山贡纸非遗传习所

玉扣纸（黄） 毛边纸（白）
福建将乐县龙栖半甲西山造纸作坊

手工傣纸 磨平薄纸
云南勐海县勐混镇曼召村

东巴纸
云南迪庆藏族自治州香格里拉市三坝纳西族乡白地村吴树湾，和树昆制

仿古棉纸
云南大理文化生态保护实验区鹤庆白族手工造纸传习所

迎春纸-001-1（薄） 迎春纸-002（厚）
贵州丹寨县石桥黔山古法造纸专业合作社

凤和堂流沙笺
安徽泾县凤和堂文化艺术品中心

开化纸，东桑 1 号
浙江开化县开化纸传统技艺研究中心

大千蜀纸，净皮
四川自信文化发展有限公司

充巴藏纸，狼毒纸
四川甘孜藏族自治州德格县手工藏纸传承基地

走马羌寨手工㲎纸
四川绵阳平武县锁江羌族乡黄坪村

雁皮纸
安徽泾县守金皮纸工艺品厂

后记

本想写篇中规中矩的后记，好好感谢一下所有要感谢的师友，感谢他们在寻纸道路上给予我的热情无私的支持和帮助，可以说，没有他们的相助，《寻纸》一书难以面世。

可是，一旦下笔，不知何故，心中最大的感触，却只剩下"孤独"二字。

这种孤独感，似乎无时无刻不徘徊在我寻纸的历程中：

这种孤独，是在西藏无人区迷路时，夕阳下那头独狼眼中幽幽的寂寥；

这种孤独，是在太行山谷中独自行走时，两侧山峰摇摇欲倾的俯压；

这种孤独，是在长沙患病咳嗽时，每天还要挣扎着驮上大背包早出晚归奔波的无告；

这种孤独，是身在前不着村后不着店的乡野，却联系不上对方的慌乱；

这种孤独，是沿路不得不找陌生人帮自己拍照、录下视频的无奈；

这种孤独，是被大巴车司机半途扔在异乡的国道上，不知该何去何从的惊恐。

除此之外，还有不止一次的纸坊主人相见之初那种不理解、疑惑、防范、婉拒的神态，令人处于人群中却依然感到异样的孤独，乃至衍生了忧郁，倘若不身临其境，无法感受。

寻纸的初衷，在我，是为了找到适合古籍修复的纸张。但有人说，作为一个修复师，能把修复技术练好就成，单位纸库里有那么多纸还不够用吗？也有人笑着调侃：确定不是自己想趁机出去玩么？这些话当然未能动摇我寻纸的决心。不过，于我而言，走的路越多，心里就越迷茫：什么是修复纸？什么样的纸能成为修复纸？什么是真正意义上的中国传统手工纸？我真有些担心：用如此挑剔的眼光，去拣选所剩无几的古法手工纸，怕自己会把寻纸之路越走越窄，反而辜负了当日初衷。

记得上次拜访中国纸张界泰斗王菊华先生时，她握着我的手说："小汪，你真不错，这么多年坚持下来了。"是啊，我坚持了下来。因为我知道"纸上得来终觉浅"，这样的坚持必须摒弃居高临下的审视，而以更谦和、更真诚的态度，去体验中国传统手工纸生产者的执着、热忱和情怀。

在国内专注于手工纸调研的有很多前辈、老师，诸如复旦大学的陈刚教授、中国科技大学的陈彪老师以及江阴博物馆的陈龙老师，在我的访纸历程中，都给了我无私的帮助。坦率地讲，与他们相比，我的访纸显得粗浅很多，更像是一种走马观花的游历，加上颇为肤浅的感叹。不过，私下以为，这样也挺好的，也许，我的现场踏勘记录可以附骥在他们的专业文章之后，帮助他们立体地勾勒出一幅当代中国传统手工纸制造业的现实画卷。倘能如是，足矣。

我父亲曾跟我说：行万里路，如果没有记录和思考，那不如在家读万卷书。父亲的念叨总是过耳就忘，但这句话我记下来了，也努力照着去做了。从2012年开始访纸，到现在的十年间，积累了不少一手材料。可惜未曾好好梳理，也没有完整地构思与组织。2019年，《藏书报》的刘晓立老师联系我，说是姚伯岳先生向她推荐，说我能写，她可以向我约稿。我很是汗颜，姚先生总是高看我。当时虽应承下来，却苦于两手空空，文章只能现作现发。与晓立老师你来我往地商量了小半个月，于是就有了《藏书报》的"小帆说纸"专栏。先后发了近30篇。说纸的文章越说越长，但囿于报纸版面的限制，很多内容无法展开，总觉得意犹未尽，不无缺憾。

于是，就有了这本《寻纸》。

我斗胆厚颜，敬请国家图书馆张志清馆长为小书作序。张馆长于百忙之中，不但热心赐序，还帮我审阅了全部文章，并提出了自己的见解。比如，书中关于新疆桑皮纸一节，张馆长不但告知我当年国家图书馆为扶持墨玉桑皮纸传承所做的工作，还特别指出：怛罗斯战役是纸张西传的第一个跳跃。他的认真负责和渊雅博学让我钦佩之至，从中也深切感受到前辈对后进扶持、关心的殷殷之情。

我内心一直有个小小的心愿，希望有一天，提到中国传统手工纸，人们知道的不仅仅只是宣纸一种，还可以如数家珍，说出一大串纸名来。为了实现这个愿望，我与设计师决定在《寻纸》当中附上当地产的特色手工纸纸样。因为我知道，再多的文字和图片都不如一张真实的纸来得有温度。当然，我也知道，为了这个愿望，出版成本、设计难度都将大大增加，庆幸的是，出版社给予了全力支持。同时，我也努力与相熟的纸厂朋友联系，请他们以尽可能低的成本价供应纸张。这样，书价才得以控制在一个大家都能消费得起的水平。令我感动的是，这些纸厂的朋友们都愿意以最低的价格提供样纸，有的甚至愿意免费赠送。所以，这本书的完成，亦有这些纸厂朋友的一份功劳。一并在此致谢。

《寻纸》一书，真实地记录了我十年来寻访古法手工纸的经历、反思与追问的全过程，也可以说是我寻纸历程第一个阶段的小结。遗憾的是，我寻纸的步履没有踏上宝岛的土地；此外，还有许多较为偏僻的手工纸圣地没有朝拜过。愿疫情之后，自己仍有"重整行装再出发"的豪情，在"寻纸"路上继续前行。

也许，我享受这"孤独"。

图书在版编目（CIP）数据

寻纸 / 汪帆著. -- 杭州：浙江人民美术出版社，2023.3（2024.4重印）

ISBN 978-7-5340-9604-4

Ⅰ. ①寻… Ⅱ. ①汪… Ⅲ. ①散文集－中国－当代 Ⅳ. ① I267

中国版本图书馆CIP数据核字（2022）第105324号

策　　划	屈笃仕　洪　奔
责任编辑	傅笛扬　张怡婷
书籍设计	梁　庆
责任校对	钱偎依
责任印制	陈柏荣　贾妍妍

XUN ZHI

寻 纸

汪帆 著

出版发行	浙江人民美术出版社
	（杭州市体育场路347号）
经　　销	全国各地新华书店
制　　版	杭州舒卷文化创意有限公司
印　　刷	浙江海虹彩色印务有限公司
开　　本	710mm×1000mm　1/16
印　　张	20
字　　数	300千字
版　　次	2023年3月第1版
印　　次	2024年4月第8次印刷
书　　号	ISBN 978-7-5340-9604-4
定　　价	128.00元

版权所有　翻印必究

如发现印刷装订质量问题，影响阅读，请与出版社营销部联系调换。